花下に舞う

かかにまう

あさのあつこ

光文社

花下に舞う

かかにまう

あさのあつこ

装幀　多田和博＋岡田ひと實（フィールドワーク）
写真　Getty Images ＋ Aflo ＋ハラカズエ

序

こりゃあひでえな。

伊佐治《いさじ》の後ろで手下《てか》の一人が呟《つぶや》いた。唾《つば》を呑《の》み込みでもしたのか、低くくぐもった音が続く。

確かに酷《ひど》い。

死人にも、殺しの場にも、血の色にも慣れた伊佐治でさえ目を背《そむ》けたくなる。なるだけで一寸《いっすん》も逸《そ》らしたりはしない。

むしろ、見る。

瞬《まばた》きもせずに凝視する。

男と女が倒れていた。男は仰向《あおむ》けで、女は横向きに血溜《ちだま》りの中に転がっている。どちらも死人の肌をしていた。底に薄《うっす》らと青みを湛《たた》えた白い肌だ。微《かす》かに濁《にご》ってきているから、間もなく黒ずみ強張《こわば》った死相に変わるだろう。白い顔の中で両眼《め》と口がぽかりと開いている。

怯《おび》えの表情ではない。怒りでも憎しみでもない。諦《あきら》めや覚悟ともほど遠い。

驚きか？

この二人は死の寸前に驚くべき何かを見たのか？

殺される恐ろしさに勝《まさ》る驚愕《きょうがく》……何だ、それは。

思案に浸《ひた》る。しかし、束《つか》の間に過ぎなかった。今は思案のときではない。頭より身体《からだ》を動かさねばならない。

伊佐治は息を吸い込んだ。血の臭《にお》いが身の内に滑り込んでくる。

「源蔵《げんぞう》」

こりゃあひでえなと呟いた手下が、前に出る。

「木暮《こぐれ》の旦那《だんな》をお呼びしろ」

「へい。組屋敷でよろしいんで」

「そうだ。今日は非番で屋敷にいらっしゃるはずだ。すぐに、走れ」

大きく一つ頷《うなず》くと源蔵は身を翻《ひるがえ》し、朝の光の中に飛び出していった。

伊佐治はもう一度、息を吸う。血の溜りに浮かぶ白い顔を見詰める。仰向けの男と目が合った。薄膜《はくまく》を一枚張ったような曇った眸《ひとみ》は、伊佐治ではなく自分の喉を切り裂き、腹を刺した相手を見ている。まだ、見続けている。

下手人は必ずお縄にしてやる。このままじゃ済まさねえ。だから成仏してくんな。

手を合わせる。

どこかで、雀《すずめ》が姦《かしま》しく鳴いていた。

第一章　桜

命日にはいつも桜が散っている。

今年もそうだった。

風が吹き、枝が揺れる。そのたびに山桜の花弁《はなびら》は空に舞い、流れていった。淡い紅色の花片《かへん》と弥生《やよい》の碧空《あおぞら》はどちらも、あまりに鮮やかな色合いであるものだから、かえって作り物めいて見える。

作り物は嫌いではない。吉原《よしわら》の植え桜のように人の手によって、人が見るためだけに創り上げられる風景には作り物でしか醸《かも》せない美しさがある。

花時《はなどき》、郭中《かくちゅう》の大通りの真ん中に桜を移植し、下草に山吹を植え、青竹の垣根を結う。黄昏《たそがれ》になればぼんぼりを灯《とも》し、江戸中から集まる客に夜の桜を照らし出す。

初桜、遅桜、彼岸、八重、山桜……。樹《き》の種や植え場所を変え、三月の一月《ひとつき》間、満開の桜を楽しませる。天下随一の遊里《ゆうり》ならではの趣向だ。

美しい。そして、馬鹿馬鹿しい。美しい馬鹿馬鹿しさは、酒よりも人を酔わせるものらしい。吉原の植え桜は寛延《かんえん》のころに始まったとされる。人の酔わせ方を心得た仕掛け人がいたのだろうか。

北定町廻り同心《きたじようまちまわりどうしん》、木暮信次郎《しんじろう》は八丁堀《はっちょうぼり》組屋敷の縁で酒を飲んでいた。

不味《まず》い酒だ。

妻子を持たない信次郎の屋敷には、主《あるじ》の他には奉公人が二人いるばかりだ。小者《こもの》の喜助《きすけ》とおしばという老女だ。機に応じて渡り中間《ちゅうげん》を雇うこともあったが、大方はこの二人で事足りる。今まで足りてきたし、この先、不足が出るとも思えない。

おしばは、信次郎が生まれる前から木暮家に奉公していた古参《こさん》中の古参の女中だった。庭の手入れや外回りの掃除、修繕は喜助が、屋敷内の雑用はおしばが受け持っている。喜助の方は手先が器用で几帳面《きちょうめん》で、給金に見合うかそれ以上の働きをしてくれる。おかげで、庭も木戸門あたりも心地よいほどきっちりと整えられていた。おしばも掃除には抜けがない。座敷も廊下も玄関先も磨き上げられ、塵《ちり》一つ落ちていなかった。台所仕事もそこそこに熟し、不味くはない飯を食わせる。ただ、ひどく気紛《きまぐ》れで、三日に一度はおざなりとしか思えない料理を出してきた。辛《から》いだけの煮物とか、焦げた焼き物とか、薄くて味のない汁物とかを平気で膳に載せるのだ。

今日の酒も不出来だ。

煮え湯の中にどれほど浸《つ》けていたのか、熱燗《あつかん》と呼ぶには熱過ぎる。風味など吹き飛んで、舌を刺す苦味しか残っていない。

何をどうやったら、ここまでひでえ味にできるんだ。

舌打ちして盃《さかずき》の酒を見詰めたとき、桜の花弁が一枚、舞い落ちてきた。刹那《せつな》、紅の色を濃くする。酒に酔った桜。粋人なら歌の一つも詠むところか。

信次郎は盃の中身を庭に投げ捨てた。

重い足音が近づいて、重い声が「旦那さま」と呼んだ。

おしばは普段、ほとんど口をきかない。耳が遠いわけでも、言葉を知らないわけでもなく、ただ、しゃべることが億劫《おっくう》なのだ。

「おしばさんに声を掛けられたときにゃ、嘘《うそ》でなく仰天《ぎょうてん》しやしたよ。あっしも手札をいただいてから長《なが》え付き合いになりやすが、おしばさんは口がきけねえのだとばかり思ってやしたからねえ」

数年前、伊佐治が真顔で告げたことがあった。父、右衛門《うえもん》の代から岡っ引として働いている男だ。右衛門は、「あれほど岡っ引に向いている男もそうそうおるまい。わしにとっては、天の賜《たまわ》り物のような手先だ」と称賛を隠さなかった。その右衛門が急逝し、信次郎が後を継いでからも伊佐治は、岡っ引であり続けた。

右衛門の称賛を的外れだと感じたことは一度もない。

伊佐治は優れた猟犬だ。粘り強く、辛抱強く獲物を追う。中途半端に投げ出すことも、容易《たやす》く諦《あきら》めることもなかった。指示通りにきっちりと動き、手下連中を巧《たく》みに使い、昼も夜も炎暑の折も酷寒の日も、厭《いと》う素振りなど僅《わず》かも見せず江戸市中を走り回る。胆力に富み、頭の巡りも速い。

重宝な男だ。

巷《ちまた》で起こる事件は嵌《は》め絵のようなものだ。一片一片をあるべき場所に置いていけば、全容が見えてくる。場所を違《たが》えては真相は現れないが、そもそも嵌めるべき欠片《かけら》がなければ動きようがない。

その欠片を伊佐治はせっせと集め、運んでくるのだ。集めるために怯《ひる》むということが、凡《およ》そない者だった。少なくとも信次郎は臆したが故に己の役目を疎《おろそ》かにした伊佐治を、知らない。

重宝な男だ。手練《てだ》れでもある。口うるさく、いつまでたっても説教癖が抜けないのには閉口するが。

その半端ではなく胆《きも》の据わった伊佐治ですら、おしばの呼び掛けには驚かされたらしい。

「で、『親分さん』て声が妙に艶《つや》っぽいというか、若々しかったもんで、余計に驚いちまいましてね。ぽかんと口を開けたまま、暫《しばら》く返事ができやせんでした」

伊佐治はそう続け、苦笑いを漏らした。

あれも桜の散る時分だったな。

苦笑いの岡っ引の肩先に、花弁が一つ二つへばりついていた。

「旦那さま」

おしばが呼ぶ。痩《や》せて皺《しわ》ばかりが目立つ老婆の声としては、なるほど艶と若々しさがあるかもしれない。

「今日は、ご命日でございます」

「わかっている」

「ならば、墓前に参られませんと」

艶のある声が咎《とが》めてくる。朝方から酒を飲むより他にすべきことがあるだろうと。信次郎は右肩だけを軽く上げてみせた。

「おしば、前々から尋ねようと思ってたんだがな」

銚子《ちょうし》と盃の載った膳を押しやる。空の盃が倒れ、縁《ふち》の欠ける音がした。おしばが眉を顰《ひそ》め、口の中で何かを呟いた。

「親父《おやじ》の命日はいっこうに気に掛ける風もねえのに、なぜ、おふくろの命日には拘《こだわ》るんだ？」

おしばは答えない。むっつり押し黙ったままだ。

「おふくろが亡くなって何年が経《た》つと思ってんだ。かれこれ二十年近くだぜ。命日、命日と騒ぐほどのものじゃあるめえよ」

おしばの唇がもぞりと動いた。そこから、

「何年経とうと、命日は命日でございます」

と、低い声が漏れる。艶も若さも失《う》せて、聞いていると口の中に苦味が広がるような声音だった。舌打ちしたくなる。

この世には神も仏もいない。人だけがいる。死ねば腐るのが人だ。埋葬されて二十年経てば、人の肉も五臓六腑《ごぞうろっぷ》も腐り果て土に還《かえ》っているのではないか。土に向かって手を合わせ、得られるものとは何だ？

心とやらの安寧か、しきたり通りに死者を弔っている満足か、現《うつつ》の憂《う》さを忘れられる一時か。信次郎には窺《うかが》い知れない。

窺い知れないものには、そそられる。闇に半《なか》ば埋もれた謎や人の正体に出くわすたびに、薄く笑いそうになる。薄く笑ったことも幾度となく、ある。

「旦那の薄笑いを目にすると、ああ始まるなって思うんでやすよ。何が始まるのか、上手《うま》いこと言えねえんですがね。始まるなって、それだけを思うんでやす」

伊佐治が語っていた。語っていた相手は、遠野屋《とおのや》の主人だ。

尾上町《おのえちょう》の親分と呼ばれる岡っ引と森下町《もりしたちょう》の小間物問屋の主は、気の合う父子《おやこ》のように穏やかな言葉のやりとりをしていた。

確かに、そそられる気持ちのままに薄笑いを浮かべる癖はもう、習い性となっているのかもしれない。けれど、墓前で手を合わせる者の心裡《しんり》は窺い知れなくはあるが、そそられはしない。口端は一寸《いっすん》も持ち上がらなかった。

「花と線香を用意いたしました」

おしばが執拗《しつよう》に言う。信次郎が「わかった」と頷《うなず》きでもしない限り、立ち去る気はないらしい。こうなると、老女は一念の塊になる。頑固で、融通がまったく利かず、折れるということがない。うんざりする。

膝に散った花弁を手荒く叩《たた》き落とし、立ち上がる。

頑固で偏屈《へんくつ》な老女を相手に根競《こんくら》べをしても無駄なだけだ。

「わかった。墓参りに行ってくる。支度しな」

おしばが甲羅から周りを覗《のぞ》き見ようとする亀に似て、首を伸ばしたのと、喜助が庭に入ってきたのはほぼ同時だった。

「旦那さま、親分さんの手下の方ですが」

喜助の取り次ぎが終わらない内に小柄ながら、逞《たくま》しい体軀《たいく》の男が進み出た。

「源蔵か、どうしたい」

「殺しです、旦那」

源蔵が短く告げる。〝殺し〟の一言は耳に馴染《なじ》んで少しも心を揺らさない。

「相生町《あいおいちょう》一丁目の『佐賀屋《さがや》』って口入屋《くちいれや》と女房が殺されました。すぐにお出《い》でくださいとの親分からの託《ことづ》けです」

「てこった。非番とはいえ、親分から呼び出されちゃあ応じないわけにもいくまい。墓参りはまたのことにするぜ、おしば」

おしばは信次郎を見上げ、動こうとしない。藁《わら》の詰まった人形のように見える。火を付ければ瞬く間に燃え上がりそうだ。

「それによ、おしば」

しゃがみ込み、老女の眼《め》を覗き込む。そこは、人形ではない人の潤《うる》みを湛《たた》えていた。

「あのおふくろが、命日の墓参りなんぞを喜ぶと思うか」

潤んだ黒眸《くろめ》が左右に揺れた。

人は生きているからこそ人なのだと、母から伝えられた記憶がある。「では、死ねば人は何になるのですか」と問うた覚えもある。

「人は死ねば物になる。道辺の石や倒木と変わらぬのです」

母の答えは、まだ幼かった信次郎の胸にもすとんと落ちた。

人は死ねば物になる。

息子にそう諭《さと》す母親が、墓参りを望むはずもない。

母の瑞穂《みずほ》がどんな女であったか。信次郎よりよほど深く、おしばは知っているはずだ。生きて〝人〟であった瑞穂と接した年月は、信次郎の何倍も長いのだから。

おしばは何も言わない。口を閉じ、腰を上げ、信次郎に背を向ける。源蔵がその後ろ姿を眼で追って、なぜか吐息を漏らした。


「殺された徳重《とくじゆう》は今年の正月で五十三、女房のお月《つき》は三十二だそうでやす」

伊佐治が小声で伝えてくる。名うての岡っ引は、信次郎が到着するまでに殺された夫婦のあらかたを調べ終えていた。いつものことだが、手際の良さは一級品だ。

相生町一丁目の『佐賀屋』の座敷は、濃く血が臭《にお》っていた。二つの死体は検分を済ませ、運び出されはしたが、血の溜《たま》りはそのままだ。流れた刹那は甘くも香る人の血は、刻《とき》と共に黒味を帯び臭気を放ち始める。この座敷は間もなく腐臭に塗《まみ》れるだろう。

「五十三と三十二か。親子ほどの年の差だな。つまり、お月ってのは後添《のちぞ》えってことか」

「へえ。徳重は五年前に先妻のおこうを病で亡くしてやす。お月と所帯を持ったのは、おこうの一周忌も済まない内だったこと、お月が女郎上がりならうえに、やたら気が強く、癇性《かんしよう》な性質《たち》だと言われていたこと、まあ、あれやこれやで『佐賀屋』の夫婦《めおと》の評判はあまり芳《かんば》しくありやせん。ただ、評判の悪さは、先妻との関わりやお月の性質だけに因《もと》があるんじゃやねえんで」

伊佐治が懐から大福帳に似た帳面を取り出した。表には何も書かれていない。二、三枚めくっただけで、解《げ》せた。

「金貸しか」

「へえ、そのようで。徳重は口入屋の傍《かたわ》ら、金貸しをやってたんでやす。いや、そっちの方が本業に近かったのかもしれやせん。かなりの利平《りびょう》を懐にしてたみてえで」

帳面には貸した相手の名前と日付、返済日が記されていた。家財、家、道具と朱色で書き加えられているのは、引当てとして差し押さえた物だろう。中には娘、女房という文字もある。借金のかたに娘や女房を取り立て、岡場所にでも売り払ったか。

「ふむ。徳重って爺《じい》さん、かなり阿漕《あこぎ》な商売をしてたようだな」

「へい。地回りの連中を使って、酷な取り立てをやっていたとか。しかも、徳重と地回りを結びつけたのは女房のお月のようなんでやす。女郎をやっていたころから地回りと繋《つな》がっていたんでやしょう。夫婦揃《そろ》って、なかなかの悪党だったのかもしれやせん。もしそうだとしたら、あちこちから怨《うら》みを買っていたのも頷けるってもんで」

「怨み？　親分は、この殺しは怨みから起こったと踏んでるのか」

伊佐治が瞬《まばた》きする。頬に僅かに血の色が浮いた。一息の間をおいて、頭を下げる。

「すいやせん、旦那」

「何で、親分が謝る？」

「気が急《せ》いて、早とちりをするとこでやした。下手人が怨みから徳重夫婦を殺したと決めつけるのは、早計ってやつでござんすね。探索は、これから始まるんでやすから」

つくづく律儀《りちぎ》な親仁《おやじ》だなと、おかしくなる。

徳重もお月も、身体《からだ》のあちこちに刺し傷を負っている。ただ、徳重は喉を裂かれ、お月は胸を一突きされた傷が命取りになったのは明白だ。下手人はおそらく、初めの一撃で息絶えた、あるいは虫の息になった二人をさらにめった刺しにしたのだ。殺し方に重ねて、徳重の生業《なりわい》や日ごろの業体《ぎょうてい》を考えれば、怨恨を殺しの原由《げんゆ》と決めつけるのは、しごく当然だ。

しかし、当然と思われたことが真実であるとは限らない。むしろ、安易な決めつけが障《さわ》りとなり、探索を歪《ゆが》ませる例は多い。今は能《あた》う限り決めつけを排し、確かな事実だけを拾い集める。そういう段階なのだ。

伊佐治は己の愚を即座に悟り、詫《わ》びてきた。

老獪《ろうかい》な岡っ引は、時折、こんな初心《うぶ》な律儀さを見せる。それで心を動かされるわけではないが、伊佐治本人が、場面場面で老獪にも初心にもなる己の多面に気が付いていないあたり、嗤《わら》いたくはなる。この律儀さに幾度も助けられてきたと認めてもいるのだが。

「で、徳重ってのは江戸の出なのか」

「へえ、まだきちっとは確かめられちゃおりやせんが、十年ほど前に上州《じょうしゅう》あたりから出て来て店を開いたみてえなんで。上州でも商いを、何の商いかはわかりやせんが、まぁそこそこにはやっていたと思われやす」

「何の商いにしろ、裏に回れば高利貸しで儲《もう》けていたんじゃねえのか」

「おそらく、そうでしょうね。徳重本人は、江戸で一旗揚げるために出てきたと吹聴していたようでやすが、金貸しをするなら江戸の方が商いになると考えたんじゃねえんですかね」

「十年前なら徳重は既に四十を超えていた。一旗揚げるにはちと年を食い過ぎている気もするな」

「江戸に店を構えるのは子どものころからの夢で、先が見えてしまう年になったから諦めるのではなく、挑んでみたかったのだと、これも近所の者には言い回していたみてえですぜ」

「ふーん、志を立てるのに年は関わりないってことか」

四十過ぎの男を突き動かしたのは志だろうか。野心や挑み心だろうか。もっと別の切実な情だろうか。

「まあ、ここで徳重の心内を穿《ほじく》っても始まるまいぜ。ところでよ、親分」

話の向きを変えることにする。気持ちに引っ掛かった諸々《もろもろ》を吟味し、石塊《いしくれ》から玉を拾い出す。地道な仕事は始まったばかりだ。

「二人の死に顔、気になったかい」

「なりやした」

一息の間もなく、伊佐治は答えた。

「あっしもたくさんの死人を見てきやしたが、ちょいと珍しい顔付でやしたね。何かにひどく驚いて、驚いたまんま死んじまった。そんな風に見受けやしたが」

「驚いたまんま死んじまった……か」

伊佐治の台詞《せりふ》を繰り返す。一度目は口に出して、二度目は胸の内で。

言い得て妙だ。徳重もお月も大きな驚駭《きょうがい》の中で死んでいったとしか言いようのない顔付だった。確かに、ちょいと珍しい。

あの死相は、嵌め絵の一片になるのか……。

「金の方はどうでぇ？　しこたま貯《た》めていたのなら、家内にはそれ相応の金があったのか」

「車簞笥《くるまたんす》はありやした。扉の錠が壊されて、中身は空っぽでやしたが」

「本来ならどれくれえの金を呑《の》み込んでる簞笥なんだ」

「女中によると、徳重は二百から三百ぐれえは商売用に手元に置いていたようなんで。ただ、昨夜、どのぐれえの額が入っていたかはわかりやせん」

女中から一通りの話は聞いている口振りだ。

「扉はこじ開けられていたのか」

「へえ、金梃《かなてこ》か何かで壊されたみてえでやすね」

矢継ぎ早の問いにも、伊佐治は淀《よど》みなく答えを返してくる。

「車簞笥、後でごらんになりやすか」

「だな。一応、見てみよう。金がなくなってりゃあ物取りって線も出てくる。が、まずはその女中とやらの話を聞いておくか。死体を見つけたのは、その女中だったな。住み込みか、通いか」

「通いでやす。おさいって四十絡《がら》みの女で、この先の丸木店《まるきだな》って裏店に鋳掛《いかけ》職人の亭主と二人で住んでいやす。毎朝、朝五つには通ってきて、昼八つあたりに夕飯の下拵えだけをざっとして帰るって勤めだったそうで。ちなみに『佐賀屋』の奉公人はおさいの他はいやせん。店は徳重夫婦だけで回してたみてえでやすよ」

死体の強張《こわば》り具合から推し量れば、殺されたのは明け方前だろう。とすれば、二刻《ふたとき》から三刻《みとき》、『佐賀屋』の夫婦は放っておかれたことになる。もっとも骸《むくろ》には、暑いも寒いも淋《さみ》しいもあるまいが。

「そのおさいとやら、まともに話ができる様子なのか」

「へえ、なかなか気丈な女でそう取り乱しちゃいやせん。ただ、座敷の有り様を目にしたときは、暫く気を失っていたようだと本人が申しちゃいます」

「今が正気ならけっこうなこった。連れてきな」

「ここに、でやすか」

「そう、ここにだ」

雨戸も障子も開け放してはいるが、血の臭いは留《とど》まったままだ。伊佐治が顎をしゃくると、廊下に畏《かしこ》まっていた源蔵が立ち上がった。庭に降り、裏手に回る。おさいは台所に控えているのだろう。

独り言のつもりだったが、伊佐治の耳は敏《さと》く聞き取っていた。

「音がするな」

「へえ。庭に小石を敷き詰めてありやすね。泥棒除《よ》けのつもりでやしょうか」

源蔵が歩いたとき、じゃりじゃりとかなりの音がした。忍び足であっても、静まり返った夜半であればかなり響く。徳重たちは寝所にしていた座敷で殺された。ぐっすり寝入って足音に気が付かなかったのか、足音そのものがしなかったのか。

「連れてきました。おさいです」

源蔵が促すように手を振る。痩せた色黒の女が頭を下げた。色は黒いが肌理《きめ》細かな滑らかな肌をしている。ただ、血色はひどく悪い。おさいは本気で怯《おび》えているのだ。

表情や言葉付きは繕《つくろ》えても、顔色だけは化粧でもしない限り誤魔化せない。

「てえへんな目に遭ったな。大丈夫か？」

おさいが顔を上げ、信次郎をまともに見た。掛けられた言葉が思いもかけず優しいものだったから一瞬戸惑い、それから、僅かに気が緩《ゆる》んだようだ。

「ありがとうございます。何だかまだ頭がくらくらして……、夢の中にいるようです」

「だろうなあ。現の出来事には思えねえだろう。無理もねえ。けど、おまえさんは二人の死体を一番に見つけちまった。話を聞かねえわけにもいかなくてな」

「……はい。わかってます」

おさいは唇を結び、頷いた。伊佐治の言う通り、心持ちの確かな女だ。怯えてはいるが取り乱してはいない。こういう女は面倒がなくていい。

「まず、今朝のことをできる限り詳しく話してもらえるか」

「あ、はい。でも……親分さんにはさっきお話ししましたが……」

「うむ。二度手間になって申し訳ねえが、もう一度、端《はな》から話してくんな」

おさいが息を吐き出した。唾を呑み込み、話し始める。ところどころ掠《かす》れはするが、しっかりした口調だった。

「あたしはいつもの刻《こく》に来ました。裏木戸から入って、台所で朝餉《あさげ》の支度をするんです」

「裏木戸？　どこにある」

「北側の路地に向かって、台所のすぐ裏手にありやす」

伊佐治が答える。

「戸締りはどうしてる？　庭に小石を敷き詰めるほど用心深い男だ。戸締りを疎かにするとは思えねえが」

「木戸には閂《かんぬき》が掛かっています。お内儀《かみ》さんが開け閉めしているんです。あたしが来るまでに閂を外しておいてくれます。今朝も閂は掛かっていませんでした。だから、あたしは、そのときは……木戸を開けたときは、別に何とも思わなかったんです。だから、いつも通り木戸を抜けて、勝手口から台所に入りました」

「木戸を開けたときは、普段と変わらずだったわけだな。では、どこでおかしいと感付いた？」

「台所に入ってすぐです。お湯が沸いてなかったものですから」

おさいは信次郎が口を挟むのを拒むように、早口で続けた。

「旦那さまは朝、起きぬけにお湯で顔を洗うんですよ。真夏でもお湯じゃないと駄目なんです。それで、お内儀さんが毎朝、あたしが来る前に竈《かまど》でお湯を沸かしてました。もうずい分と前のことですが、一度、沸かすのを忘れたことがあって、旦那さまが起きたときにお湯が間に合わなかったらしいんです。そしたら、旦那さまがひどく腹を立てて……」

「腹を立ててどうした？　女房を殴ったのか」

「殴りはしません。罵《ののし》ったんです。『うっかり者の役立たず』とか何とか。お内儀さんも負けていなくて言い返しはするのですが、そうするとさらに旦那さまが言い募《つの》って、あたしが傍《はた》で見ているのに口喧嘩《くちげんか》がずっと続いていて」

おさいが口をつぐむ。主人夫婦を誹《そし》っていると気が付いたのだ。既に亡くなったのだからと、鬱《うっ》憤《ぷん》や不平不満を好きに吐露《とろ》する性質《たち》ではないらしい。

この女も律儀なのだ。真面目で素直で融通が利かない。

伊佐治を横目で見やる。すぐに察して、伊佐治は縁側に出てきた。

「おさいさん、まあ、お掛けなせえ」と促す。信次郎は一歩引いて、長い付き合いの岡っ引と今しがた知ったばかりの女を見詰める。

律儀な女は律儀な男に任せるに限る。

信次郎は〝見る〟ことが好きだった。

人を見る。問われて答える女、言い繕う男、泣き喚《わめ》く老婆、淡々と語る隠居……。さまざまな人を見る。伊佐治が問い質《ただ》している傍らで、見る。

さあ、よくわかりません。

親分さん、本当にあたしは何にも知らないんです。

はい、そのころは家におりました。一人で酒を飲んでおりましたよ。

そうは言われましてもねえ、昔のことなので覚えが定かではありませんが。

おれを誰だと思ってやがる。ふざけんじゃねえぞ。


首を捻《ひね》り、ため息を吐《つ》き、顔を歪める。笑いも泣きも憤《いきどお》りもする。

見ていると薄皮が一枚、一枚、剝《は》がれていく。人の被《かぶ》っていた薄皮だ。皮の下には本性がある。

正体がうずくまっている。二枚、三枚剝がすだけで済む者も、何枚も何枚も厚く重ねている者も、べたりと張り付いてしまった者もいる。

けれど、剝がれない者はいない。皮が剝がれ、赤剝《あかむ》けの本性が現れる。隠し通してきた正体が露《あら》わになる。

それを見るのがおもしろい。

一時ではあるが、暇潰《つぶ》しにはなる。

「あたしは……ここで構いません」

おさいは首を横に振り、伊佐治の後ろにある座敷から目を逸《そ》らした。

「そう言わねえで、座りな」

伊佐治が後ろ手に障子を閉めた。おさいの唇から、吐息が漏れる。のろのろとした仕草で縁に腰を下ろす。

「先を聞かせてくれねえか。派手な口喧嘩の後、徳重たちはどうしたい？」

「はあ……」

「おさいさん、おれたちは、あんたが主の悪口を言ってるなんて小指の先っぽも、思っちゃいねえよ。どうか包み隠さず話してもらいてえ。おれたちは下手人をお縄にする手掛かりが欲しいんだ。そのためにあんたの話を聞きてえ。聞かせてもらいてえ。それだけなんだ」

伊佐治が訥々《とつとつ》と諭す。おさいがもう一度、息を吐いた。さっきより柔らかい。

この親仁は、皮ってものがねえな。

ふっと笑いそうになる。

伊佐治は本気で女に語っていた。下手人を挙げたい想《おも》いを、少しばかりの焦燥を、苛立《いらだ》ちを隠そうとしない。おさいのような女には、そういう関わり方が効くとわかっているのだ。わかっていて、芝居をしているわけではない。皮を被るのではなく、脱いで相手に向き合う。そういう手立てができる男だった。

おさいが首肯《しゅこう》し、話を続ける。

「それからはお内儀さん、お湯を沸かすの忘れたことなくて。そう言えば、お内儀さん、よくため息を吐いてましたね。『うちの人の機嫌を損ねたら、怖い』って。『殴ったり蹴ったりじゃなくて、ぐちぐちと口で苛《さいな》んでくる』と。そういうの、ほんとうに参るって……。お内儀さん、旦那さまのことが怖かったんだと思います」

「だから、毎朝、きっちりお湯を沸かしていたと?」

「はい。それからは、忘れたことは一度もありませんでした」

「なのに、今朝はお湯が沸いていなかった?」

「はい。驚きました。変だなと思いました。それから怖くなったんです。旦那さまが、どれほど怒るかと思うと身体が震えたぐらいです。それで、慌ててお湯を沸かしました。でも、竈に火を焚《た》きつけているうちに、変だという感じが強くなって……。旦那さまもお内儀さんも起きてくる気配が全然、ないものですから。それで、様子を見に行くことにしました。そしたら……寝所の障子が開いていて……。その後は、よくわかりません。ほとんど何も覚えてないんです。暫く気を失っていたみたいで……、我に返ったら、廊下に倒れていました。それから、それから……それから、あたし、どうしたんでしょうか。ええ、やっぱり思い出せません」

「表通りに飛び出して、助けを呼んだんだよ。両隣の店の者が飛んできて、あんたは、その人たちに主人夫婦が死んでいると告げた。そして、そのまま、しゃがみこんじまったんだ。隣の唐津屋《からつや》のお内儀が座敷にあげて介抱してくれたんだぜ。けど、あんた、すぐに正気に返って、旦那さまの様子を見に行くと言い張ったそうじゃねえか」

伊佐治が嚙《か》んで含めるように告げる。おさいは俯《うつむ》き、かぶりを振った。

「覚えていません、何も……」

「じゃ、何を覚えている」

唐突に信次郎は口を挟んだ。おさいが顔を上げ、息を詰める。

「覚えていることは、何だ？　おさい」

答えが返ってくるまでに、暫くの間があった。

「台所に座っていたのは覚えています。人の声が聞こえていて……多分、親分さんたちがいらしたときじゃないでしょうか」

「ふむ。で、何を考えてた」

「は?」

「正気に戻って、お頭《つむ》がはっきりして、一人、台所で何を考えていた」

この返答にも間があった。前よりかなり長い。

「あたしは別に何も……。考えることなんかできなくて、ただ、ぼんやりとしてました」

「おさい、ぼんやりってのはな、頭が空っぽになることじゃねえ。取り留めなく、あれこれ考えちまうってことさ。ぼんやりしてるとな、心の内にあるものがぽろぽろ零《こぼ》れちまうんだよ。だろ?」

おさいが頬を強張らせる。怯えに似た光が眼の中を走った。

伊佐治が空咳《からせき》をした。おさいの膝を軽く叩き、「大丈夫だ」と囁《ささや》く。

「何も心配するこたぁねえ。ここで、あんたがしゃべったことはどこにも漏れたりしねえよ。誰かに伝わることもねえ。心の内にあるものを他人《ひと》に知られたくないのは人情だって、よく、わかってるからよ。だから、無理強いをするつもりはないんだぜ。どうしても嫌だってことを無理やり聞き出そうとは、おれも旦那も思っちゃいねえんだ。そこんとこだけは、信じておいてくれ」

おさいは伊佐治を見詰め、瞬きを繰り返した。

「わかりました。本当に……本当に、内緒にしておいてくださいね」

「むろんだ。嘘はつかねえよ」

伊佐治が励ますように笑む。おさいは信次郎の方を見ようとはせず、伊佐治だけに眼差《まなざ》しと言葉を向けた。

「あたし、罰《ばち》が当たったのだと思ったんです」

「罰？　二人が殺されたのは罰だと思ったのかい」

伊佐治は首を傾《かし》げ、声を潜《ひそ》めた。

「そりゃあまた、どうして」

「旦那さまが、亡くなられた方を悪《あ》しざまに言っておられたので……。一昨日《おととい》のことです。ある方の葬儀から帰られて、その方、故人のことをひどく罵っておいででした。とてもひどい、聞くに堪《た》えないような言葉でした」

「ふーむ、どんな風だったのか、もうちょい詳しく聞かせてもらえるか。葬儀に出ていたってこたぁ、親類筋か親しい誰かが亡くなったってことだな」

「……前のお内儀さんの弟になる方だと聞きました。森下町の油屋さんだとか、お内儀さんが言ってましたが……」

ちらり。ほんの一瞬、伊佐治が視線を向けてくる。ちくりと刺さってくる視線だ。

信次郎は知らぬ振りをする。

森下町は遠野屋の住む町だ。これまで幾度となく足を運んだ。定町廻りなのだから、定められた持ち場を日々巡るのは仕事の内だ。森下町に『遠野屋』という小間物問屋があろうとなかろうと町内を見回る。自身番にも寄る。事が起これば乗り出しもする。他の町と何ら変わらない。なのに、伊佐治は森下町と聞くたびに、視線を尖《とが》らせる。それでちくりと刺してくる。

遠野屋さんは関わりありやせんぜ。わかってやすね。

眼差しで、ときには口で念を押してくる。

嗤ってしまう。

遠野屋清之介《せいのすけ》。あの徒《ただ》ならぬ気配を纏《まと》い、尋常の枠からはみ出した男に引っ掛かっているのは、伊佐治本人ではないか。「遠野屋さんはまっとうな、一角《ひとかど》の商人じゃありやせんか」の一言をしょっちゅう口にするけれど、伊佐治が本気でそう信じているわけもない。剣呑《けんのん》や異形《いぎょう》、血の放つ臭いには人一倍敏い者であるのだから。

やはり、嗤う。

信じているのではなく、信じたいと足掻《あが》く老岡っ引を胸の奥で嗤う。

伊佐治は遠野屋が好きなのだ。

父親の手で暗殺者に育てられた。そういう過去を背負いながら、商いに没頭し商人の道で生き直そうとする男を助けたいとも、支えたいとも望んでいる。そのくせ、信じていないのだ。いや、岡っ引の性根が信じることを許さないのだ。

名の知れた商人として振舞う遠野屋が刹那放つ凍《こご》えた殺気を、底なしの暗みを、伊佐治が感じ取れないはずがない。そして、殺気や暗みを心身の一部とした者が日の下の暮らしに馴染めると、納得しているわけもないのだ。

舌舐《な》めずりしそうになる。

一位の殺気、極上の暗み。それに幾枚もの皮を被せ、遠野屋清之介は信次郎の前に現れた。剝がせば露わになるはずの正体は剝がすたびに闇の底に沈んでいく。暗みは増し、殺気は青白い光を湛える。

そそられるではないか。

たまらなく、そそられる。

だから、逃しはしない。

『遠野屋』の主人のまま最期を迎えさせたりはしない。異形には異形の終わり方がある。それが真実というものだ。

遠野屋が、伊佐治が、あえて目を逸らし気付かぬ振りを通すなら、底なし闇に手を突っ込んで真実を引きずり出すだけだ。

さあ、それはどんな形を、どんな姿をしているのやら。

ぞくりと身体の奥が震える。震えるほどの喜悦《きえつ》がせり上がってくる。遠野屋と出逢《あ》ったとき、これで凌《しの》げると感じた。退屈な日々をこれで凌げる、と。俄《にわ》かには見通せない謎のような相手に出逢い、かっこうの退屈凌ぎを得た。気分が昂《たかぶ》った。昂りは今でも残っているけれど、遠野屋が退屈凌ぎの域に収まりきらない相手だと思い知りもした。

わたしはあなたに負けはしませぬよ、木暮さま。

不敵な言葉を眼差しを投げつけてくる。

わたしは、わたしの選んだ道を生き切ってみせる。それはつまり、あなたに負けなかった証《あかし》になりましょう。

このおれに本気で挑むつもりか。しゃらくせえ。

苛立つ。苛立ち、ここまで情を揺さぶられる己にさらに苛立つ。

「前のお内儀さんは、確かおこうさんて言ったな」

伊佐治は視線をおさいに戻し、問いを続けた。

「はい。あたしは、直《じか》には知りません。ここに奉公に上がったときは、今のお内儀さんでしたから。でも、ご近所で聞いた話では穏やかな、良い方だったそうです」

「そうか。けど、亡くなってからだいぶ経つ先妻の弟、その葬儀に出かけるんだから徳重さんってのは義理堅いのか、先妻の実家と繋がりが続いていたのか、どっちだろうかね」

おさいがかぶりを振る。白っぽく乾いた唇を舌の先で舐め、声をさらに細くする。

「どっちでもないと思います。旦那さまが葬儀に行ったのは……」

「ふむ。行ったのは、何でだ？　義理や繋がりじゃねえんだな」

伊佐治が身を乗り出した。微《かす》かな手応えを感じ、身体が動いたらしい。

「はい。あの……取り立てだと……」

おさいが身を縮めた。目尻の皺が深くなる。

「取り立て？　借金のか」

「はい。旦那さまは油屋さん……確か『今《こん》の屋《や》』さんとかいう油屋さんにお金を貸していたみたいでした。それも、かなりの額のようでしたけど……」

伊佐治が振り返り、真正面から信次郎の眼を、今度はしっかりと捉えてきた。

信次郎は障子に背をもたせかけ顎《あご》をしゃくる。

続けな。

頷き、伊佐治はおさいに向き直った。

「その『今の屋』ってのが先のお内儀の実家で、亡くなった弟は店主になるわけだな」

「みたいです。お商売が上手くいかなくて、昨年から今年の初めにかけて二度か三度、旦那さまから お金を借りたらしいですが……」

「油屋の『今の屋』か。老舗《しにせ》だが、どうも危ねえって噂《うわさ》を聞いたことがあるな。主人は確か、代々榮三郎《えいざぶろう》って名乗ってたはずだが」

伊佐治の頭の中には、縄張《しま》り内にある町々の有り様が大雑把とはいえ入っている。驚いたのか、おさいが瞬きし、唾を呑み込んだ。

「はい、そのようです。あたし、一度だけですが今の屋さんが来られたとき、お茶をお持ちしたことがあります。多分、二度目か三度目かの借金のときじゃないでしょうか。旦那さま、とても渋いお顔をしておられました。何というんですか、あの苦い……」

「苦虫を嚙《か》み潰《つぶ》したような顔か」

「あ、それです。何だかずっと今の屋さんを詰《なじ》っておいででした。『道楽で金を貸しているわけじゃない。それなりの覚悟をして借りに来たのか』とか『あんたは、お坊ちゃん育ちだから商いには向いてないんだ』とか『昔、縁があったからといって甘えてもらっちゃ困る』とか……。もっと酷《ひど》いことも仰《おつしや》ってました」

「なるほど、今の屋さんの方はどんな様子だった?」

「一言も言い返さず、俯いておられたと思います。けっこう大柄ながっしりした身体の方でしたが、身を縮めるようにして、見ていてお気の毒でした」

おさいの舌が滑らかに動き始める。

伊佐治は聞き巧者だ。相槌《あいづち》を打ち、耳をそばだて、眼を覗き込み、ときに深く息を吐く。その掛かり口を外さない。たいていの者は、いつの間にか滑らかに舌を動かし、知っていることごとくをしゃべってしまう。むろん、知っていることごとくをしゃべらぬよう用心している者、胸に一物《いちもつ》のある者、口にできない秘密を抱えた者などは〝たいてい〟の内に入らない。唇を閉じて口重《くちおも》になるか、妙に滑々《すべすべ》と辻褄《つじつま》を合わせてくるか、何も知らない振り、あるいは忘れた振りをするか。それぞれがそれぞれに取り繕おうとする。取り繕えば綻《ほころ》びは眼に付き易《やす》くなる。世間の多くは、このことを知らない。嘘に嘘を重ねれば隠し通せると信じている。

おさいは淀みなく話しているけれど、隠し立てしている風はない。おそらく性分のままに律儀に懸命に記憶を辿《たど》っているのだろう。もっとも、正直者の言うことが真実だとは限らない。真実だと思い込んでいるに過ぎないことも多いのだ。

「その今の屋さんが亡くなったんだな。それは聞いていなかったな。てこたぁ病か何かで亡くなったんだろうかね」

殺されたのなら言うまでもないが、自ら命を絶っても、災厄に巻き込まれて亡くなっても横死《おうし》であれば伊佐治の耳に届いてくる。

「心《しん》の臓《ぞう》が突然に止まったと聞きました。夜中に苦しみ出して、お医者さまが呼ばれたときはもう駄目だったそうです。葬儀の報《しら》せに来たお店の方が話していました」

「金を貸した相手が頓死《とんし》した。それで、徳重さんは証文を手に金を返すよう催促に出かけたってわけになるんだな」

「はあ……」

「えらく阿漕なやり方じゃねえか。残された家族からすりゃあ鬼にも蛇《じゃ》にも見えただろうよ。徳重さんってのは、こういう取り立て方をいつもしてたのかい」

おさいは首を傾げ、暫く考えていた。

「よく、わかりません。でも、今の屋さんに対しては、とても厳しかった気がします。『おこうの実家だからって、甘えられてはかなわん』と強く仰ってましたから。今の屋さんは金の生かし方を知らないんだ。全部、死に金にしてしまう。商人としての才がなさ過ぎるとも、今の屋の身代《しんだい》を借金のかたに頂いたら、商いを一からやり直させるとも仰ってました」

「金の生かし方か。それをあんたに向かって言ったんだな」

「いいえ、お内儀さんにです。旦那さまは決められたことをきちんとやらないと、とても怒りはしますが、その他の理由《わけ》でお内儀さんを責めたりはしませんでした。お内儀さんを聞き役にして、あれこれしゃべることは多かったです。あたし、お内儀さんのお世話をすることもあったので、どうしても耳に入ってきます。でも、旦那さまは気にする風はありませんでした」

「あんたが、軽はずみに他所《よそ》で奉公先の話をするような性質じゃないと、わかってたんだろうよ」

おさいが頬を染め、顎を心持ち上げる。

「旦那さまにも同じことを言われました。おまえは口が堅いから信用できる、って。お給金も他の店に比べれば、ずい分とよかったです。あの……親分さん」

「なんでえ」

「さっき、あたし、旦那さまとお内儀さん、罰が当たったと言ってしまいました」

「うむ、言ったな。けど、話を聞いてると合点できるぜ。どんな理由《わけ》があるにせよ、仏になった者を悪しく言うのは人道に外れるってもんさ」

「でも、親分さん、旦那さまはちゃんと見ていてくれたんです。あたしの仕事をちゃんと見て褒《ほ》めてくれましたし、働きに見合うだけの給金を出すと言ってくださいました。あの、旦那さまは確かに他人さまにお金を貸していました。容赦なく取り立てもしていました。でも……でも、世間の口さがない人が言うように〝血も涙もない鬼〟なんかじゃないんです。ただ、お金の貸し借りについては厳しいというだけです。旦那さまは、返す当てもないのにお金を借りにくる方が許せなかったのだと思います」

伊佐治の唇が僅かに動いた。しかし、言葉は出てこない。

けどよ、借金のかたに家、屋敷はともかく女房や娘まで取り立てるのは、やはり鬼と言われても仕方なかろうよ。

伊佐治が呑み込んだ一言が聞こえる。現の声と同じ程度にくっきりと聞こえてくる。

「そういえば、もうずい分と前になりますが、旦那さまが仰ったことがありました。自分はたいへんな思いをしてここまでやってきた。他人には言えないような真似もして、苦労に苦労を重ねて生きてきたのだと。あたしには、よくわかりませんが旦那さまは誰より苦労して、精進して生きて来られたんじゃないでしょうか。それなのに、こんな最期を……」

不意におさいがすすり泣き始めた。しゃべることで気が緩んだのだ。恟然《きょうぜん》、戦《おのの》き、不安、悲嘆。辛《かろ》うじて持ちこたえていた心が一気に崩れていく。

「まさか、まさか……こんなことになるなんて……。あんな惨《むご》い死に方をするなんて……信じられなくて……あたし、これからどうしたら……」

すすり泣きは啼泣《ていきゅう》に変わり、おさいはその場に突っ伏した。「あぁあ、あぁあ」と呻《うめ》きに似た泣き声が響く。

こうなれば、もう使いものにはならない。日溜りで微睡《まどろ》む猫ほどの役にも立たないのだ。

「おさいさん、辛《つら》いのによく話してくれたな。ありがとうよ。もういいから、あっちでゆっくり休みな。ご亭主に迎えに来てもらうよう差配するからよ」

伊佐治が目配せすると源蔵がおさいを支え、立ち上がらせた。そのまま寄り添い、裏手に連れて行く。庭の隅には、もう二人、伊佐治の手下が控え、指示を待っていた。

よく躾《しつ》けられた猟犬そのものだ。よく躾け、よく鍛え、まさに手足として動かす。いつものことながら伊佐治の手下の育て方、扱い方は見事だ。

「旦那、どうしやす」

伊佐治も猟犬の眼になり、信次郎を見上げてくる。

「そうさな、まずは徳重とお月の身辺を洗ってもらおうか。ここ二、三カ月金を借りに来た者、金を返せずにいる者を調べてみてくれ」

「へえ」

「それとは別に、徳重やお月がごたごたに巻き込まれていなかったか、あるいは引き起こしていなかったかも頼む。特にお月だ。徳重ばかりに目が行くが、お月が災いの因になり亭主が巻き込まれたって見込みも無きにしも非《あら》ずだ。そして『今の屋』だ。どんな商い振りだったのか、今、どうなっているのか。葬儀の日、徳重がどう振舞ったのか、借金はどうなったのか。つぶさに知りてえ」

「心得やした」

伊佐治が戻ってきた源蔵を含め三人の手下に、早口で命じる。三人は三様の動きで散っていった。

信次郎は庭に降り、背戸に向かう。伊佐治が数歩遅れて、ついてきた。

木戸は並の物より頑丈に造られていた。しっかりと閂が差してある。

「おさいが来たときは、ここが開いていたんだったな」

「へえ。いつもはお月が開けておくと言ってやしたね。だから、おかしくは感じなかったと。まあ、言うことの筋は通ってやす」

「そうだな。しかし、そのお月は、朝方には既《すで》に骸になっていた」

「さいでやす。骸は閂を外せやせんからね。となると、この戸を開けたのは誰なのかって話になりやすが……」

木戸に目立つ傷は見当たらない。力尽くで押し開けられたとは考えられない。

伊佐治の台詞をなぞる。

この戸を開けたのは誰なのか？

「閂を外すためには内側にいなきゃなりやせん。他の場所から忍び込んで閂を抜いたとしか考えられやせんが」

「忍び込んで、わざわざ閂を外した。それだと外に仲間がいたってことになるな」

座敷には大勢で踏み荒らした様子はなかった。

「じゃあ事を済ませて逃げるときに、開けたんじゃねえですかい。人殺しでも押込みでも、逃げるなら表より裏を選びたくなるもんでやすよ」

信次郎は顔を上げ、あたりを見回した。『佐賀屋』の塀は高く、素人が容易く乗り越えられるものではない。狭い路地を挟んで、隣の二階屋の壁が迫っている。路地に出ると、すぐ目の前に隣家の背戸口があった。

伊佐治の言い分にも一理ある。殺しや盗みでなくとも後ろ暗い心を持てば、人は表より裏を、光より闇を選ぼうとする。それは、人の視線に怯えるからだ。〝見られる〟ことを何よりも恐れるからだ。しかし、殺しは日が昇るかなり前に行われた。夜はまだ深く、しかも、雲が出て月も星も隠していた。表通りも裏路地も漆黒の闇に包まれていたはずだ。ならば、隣の背戸口がすぐ近くにある路地より、表の方が忍び込むにも逃げるのにも適してはいまいか。

「親分、塀は調べたかい」

「調べやした。塀を越えて出入りした跡はありやせんでした。ちなみに店の表は雨戸が閉まったままで、猿もきっちり嵌まってやしたね」

この男のことだ。調べに抜かりはあるまい。

信次郎は踵《きびす》を返し、血の臭気に満ちた座敷に戻る。畳に染み込んだ血は赤黒く、先刻よりさらに粘っこく纏《まつ》わりついてくる。

「徳重の貸付帖はさっきの一帖だけか」

「古いものを合わせれば、かなりの数ありやす。ごらんになりやすか」

「そうだな、見せてもらおう。出しておいてくんな」

血の飛び散った襖《ふすま》を開けると三畳ほどの小間《こま》があった。

「こっちは、お月の部屋になっていたそうで。普段はこっちで過ごすことが多かったと、おさいは言ってやした」

衣装簞笥の中を改める。抽斗《ひきだし》の中の着物も小物も質素ではないが、目を引くほどの品は見当たらない。古手屋で手ごろに買えるだろう代物ばかりだ。

「ふむ。とりたてて贅沢《ぜいたく》に暮らしていたわけじゃねえんだな」

「へえ。そのようでやす。お月が着飾ってどこかに出かけるなんてこたぁ滅多《めった》になかったみてえで、家に閉じこもってる方が多かったようでやすよ。近所付き合いもほどほどにしかしてなかったと、これは隣の女房から聞きやした」

「なのに気が強く、癇性だって言われていたんだな」

派手な装いもせず、遊びもせず、家に籠《こも》っていた女の性根を誰が見定めたというのか。

「おさいは奉公先の話を、まして、主人の悪口を言いふらす性質じゃありやせんしね。おそらくお月が女郎上がりだってことで、あることないこと吹聴《ふいちょう》する輩《やから》がいるんでしょう。お月は確かに気が強え《つえ》面はありやした。物言いも険しくて、気に入らないと出入りの物売りを怒鳴ることもあったとかで。だから、気が強えだの癇性だのって話、あながち全部がでたらめってわけじゃねえようで。けど、怪我《けが》をした野良猫を助けたり、自分に非があればすぐに謝ったり、お薦《こも》に銭を恵んでやったり、優しくて素直なとこも十分あったみてえですがね」

巷の噂、世上の風説というものが役に立たないわけではない。しかし、当てにもできない。それは、人の好みや思念でいいように歪められてしまう。

女郎を後添えにした金貸し。女郎上がりの金貸しの女房。どちらも世間の口の好餌《こうじ》になる。お月はおそらく、そのことを身に染みて承知していたのだ。だから、身を潜めるように生きていた。

利口な女だったようだ。人の世を生き抜く術《すべ》を知っていた。そういう女があっけなく殺された。それも人の世の皮肉というやつか。

「旦那、一つ、お尋ねしてもよござんすか」

伊佐治が背後から声を掛けてきた。

「構わねえが、改まって何だ」

振り向きもせずに答える。伊佐治は躊躇《ためら》いがちに続けた。

「旦那がこの件に乗り気なのは、徳重たちの死に顔に引っ掛かってるからでやすか」

「そういうこったな」

あっさりと答える。ここで、役目だの仕事だの建前を並べても、問うた相手は戯言《ざれごと》としか受け取らないだろう。

信次郎は顔だけを伊佐治に向けた。向けた相手は目元にも口元にも緩みのない、生真面目な表情をしている。さっきの問い掛けはかなり本気だったらしい。

「そんなに乗り気に見えたかい、親分」

「ただの押込みや殺しのときよりは、ちっとご熱心に見受けやした」

「ふむ。てぇことは、親分もこの件がただの押込みや殺しとは違うと感じてんだ。それもこれも、まずはあの死に顔に因《よ》るってんだな」

伊佐治が顎を引いた。とんでもない言い誤りをしたという風に、眉間に深い皺を作り、口元を歪ませる。

江戸という町で人が死ぬのは珍しくない。

天寿を全うしての死や病や怪我での不慮の死は除く。同心なり岡っ引なりが関わらねばならない死、人に人が殺された、人が人を殺した、そういう死だ。

大半はつまらない、底の透けて見えるような代物ばかりだ。欠けた茶碗程の値打ちもない。と口にすれば、律儀で愚直でさえある伊佐治の眉が吊《つ》り上がるのはわかっている。

「旦那、人の命に値打ちなんて付けちゃなりやせんよ。それに、下手人を捕らえるのは旦那のお役目じゃござんせんか。底が浅かろうが深かろうが、本腰を据えて取り組むのが心得ってもんじゃありやせんかね」

そんな説教を聞かされる羽目になる。昔はよく正された。どうであれ人の死を選《よ》り分けてはならない。ましてや、おもしろがるものでも興《きょう》の当て所にするものでもないのだと、事あるごとに説かれ、正されてきた。振り返りざまにばっさりと斬って捨てたら、どれほどすっきりするだろうかと胸裏《きょうり》で呟いた覚えが多々ある。伊佐治の抜きんでた探索の能を認めていなかったら、とっくにお払い箱にしていただろう。

岡っ引の仕事振りと口煩《うるさ》さを天秤《てんびん》にかければ、仕事振りの方が明らかに重い。重々承知しているから、斬り捨てもお払い箱にもせず使っている。

しかし、気付けばこのところ、伊佐治の説教を耳にする度合いがたりと減っていた。

幾ら諫《いさ》めても無駄だと諦めたか。

いや、違う。伊佐治は思い至ったのだ。

自分の内側に、信次郎と同じ情動があることに。

人の死は一様ではない。死人それぞれだけ、それぞれの面を持つ。そして、稀《まれ》に心惹《ひ》かれる様相を持つ死に立ち会う。奇妙な一点を秘めたもの、どこか歪んだもの、どう考えても奇態としか言いようのないもの……諸々の尋常でない死に、あるいは人に惹かれていく己を見つけてしまったのだ。

遠野屋のせいか。

伊佐治の賢《さか》しらな諫言《かんげん》が収まり始めたのは、おそらく遠野屋と出逢った時分からだ。辣腕《らつわん》の商人の面の後ろにあるのは、暗殺者の来し方を引きずりながら懸命に生き直そうとしている若者でも、女房を失った傷をまだ疼《うず》かせている亭主でもない。まるで違う。もっと異形、もっと歪《いびつ》、もっと奇怪な姿だと伊佐治は嗅《か》ぎ当てたのだ。嗅ぎ当てて、ぞくりと心身を震わせた。震えて、黙り込んだ。おれも旦那と同じかと、唇を噛んだ。

嗤いたくなる。

煩《うるせ》え爺さんの口を封じてくれた。遠野屋に礼を言わなきゃならねえな。

「そうでやす。あの顔がどうにも引っ掛かっちゃあおりやすよ」

今度は、伊佐治があっさりと返事をする。

「あっしも旦那のお供を長えこと務めておりやすからね。人の死に様はたんと見てきやした。徳重たちよりもっと惨いのも、すさまじいのもありやした」

「だな」

首を切り落とされた者、腹を裂かれた者、顔を潰され火に焼かれた者、長く水に浸かり腐り果てた者、犬に食い千切《ちぎ》られた者。確かに、徳重夫婦を超える惨状には幾つも出遭ってきた。血に塗れてはいたけれどあの二人は手も足も頭も胴にくっついていたのだ。徳重の方は、辛うじて首が繋がっている恰好《かっこう》ではあったが。

「けど、ああいう顔ってのは……驚《おどれ》えたのと怯えたみてえなものが混ざったというか……ああいう顔ってのは、あまりお目にかかったことがありやせん」

「だな」

「旦那、徳重とお月は死に際に、何を見たんでやしょうね」

伊佐治の一言が鏃《やじり》となり、突き刺さってくる。

死の間際に何を見たのか。

頭の隅に疼きが走る。軽い眩暈《めまい》がした。

遠い昔、よく似た呟きを聞いた。男ではなく女の声で。

疼く。聞いた。少し掠れた女の声が呟いたのだ。

死の間際、何を見たのであろうか。

「旦那、どうかしやしたか？」

伊佐治が覗き込んでくる気配がする。信次郎は僅かに頭を振った。

「いや、別に……。なるほどと感じ入ったのさ。親分の台詞はいつも言い得て妙だな」

伊佐治の眉間の皺が深くなる。探る視線を信次郎の横顔に向けてくる。微かでも普段と違う気配を嗅ぎつけた眼だ。適当にいなしたつもりだったが、老練な岡っ引には通用しなかったらしい。

それほど甘っちょろい相手じゃねえか。

伊佐治の視線に気付かぬ振りをしながら、簞笥の抽斗を開けていく。

うん？

上から二段目の抽斗。その隅に細長い袱紗《ふくさ》包みが仕舞われていた。取り出し、藤色の袱紗を開いてみる。

「これは……舞扇《まいおうぎ》だな」

手に取るとそこそこに重い。親骨の根元に鉛が仕込んであるのだ。扇の動きを美しく整えるための重石としてだ。金箔《きんぱく》を施された上等な物であり、他の質素さとはちぐはぐにも思える。

「お月は、舞をやってたのか」

「はて、それは……。すぐにおさいに尋ねてみやす」

「ああ、そうしてくれ。吉原の太夫《たゆう》じゃねえ、岡場所の女郎の身で舞を習っていたとは考え難い。徳重と一緒になってから始めたと踏んで差し支えねえだろうがな」

「女郎に堕《お》ちる前かもしれやせんよ。堕ちた経緯までは知りやせんが、そこそこの暮らしはしていた女だった、その見込みはありやすから」

人の堕ちるのは早い。そこそこの暮らしから女郎へなど、ほんの一跨《また》ぎでしかない。習い事に勤《いそ》しむことができた娘が苦界《くがい》に沈む。そんな変転は江戸に溢《あふ》れてはいる。

「そうかもしれねえ。けど、この扇はまだ新しい。買ったまま仕舞い込んでいたようだがな」

伊佐治が「なるほど」と相槌を打つ。

「習い始めた素人が気の逸《はや》りから、あるいは商売人の口車に乗って買ったはいいが、まだ使い道がなくて箪笥の肥やしにしていた。よくある話じゃありやすね」

「……そうだな」

よくある話だから、この一件に当てはまるとは言い切れない。〝よくある話〟とやらも世間の噂と同じで得体の知れない代物だ。信じるに値しない。もっとも、信じるに値する何かなど、この世にはほとんどないのだろうが。

信次郎は舞扇を手に、ひらりと振ってみた。金箔が鈍く光る。舞の名手が使えば、扇は光を弾《はじ》き、放ち、川の流れとも飛び交う蝶《ちょう》とも、雪片《ゆきひら》とも風の行方《ゆくえ》ともなる。

「……お上手でやすね」

伊佐治が息を呑んだ。瞬きしながら見上げてくる。

「うん？　何に感心してんだ」

「旦那の扇の扱い方でやす。妙に滑らかじゃありやせんか。あっしなんかばたばた扇《あお》ぐれえしか使い勝手はわかりやせんぜ。それこそ、舞の心得でもあるみてえな動きでやすね」

舞の心得？　そんなものあるわけがない。

舞も謡《うたい》も芝居も鳴物も浮世の露塵《つゆちり》と切り捨てはしない。そういうものが人の心を浮き立たせ、金や飯とはまた別の生きる糧《かて》になることもある。

しかし、自分には無用だ。

見事であれば見事だと称しもするけれど、それで我が身の生が彩《いろど》られるとも、豊かになるとも信じてはいない。

「ああ、そう言えば」

伊佐治が膝を打つ。柔らかな笑みが口元に浮かんだ。とたん、好々爺《こうこうや》の顔付が現れる。

「亡くなられた母上さま、瑞穂さまは舞の名手だったそうでやすね。右衛門さまから聞いた覚えがござんす」

伊佐治の口から母の名が出てくるとは思いもしなかった。不意打ちを喰《く》らった気分になる。同時に、またあの囁きが耳の奥で蠢《うごめ》いた。

死の間際、何を見たのであろうか。

母の呟きだ。

呟きに誘われて見上げた横顔は、薄《うつす》らと紅かった。夕陽《ゆうひ》に染まっていたのだ。これは、いつの、どこの、何の記憶だろうか。

束《つか》の間、目を閉じ、その答えに思い至った。信次郎は瞼《まぶた》を上げ、扇を握り締める。それから、伊佐治の前に投げ捨てる。

「出所を捜し出しな」

「へい」

「きっちりと確かな作りだ。一荷《いっか》売りから購《あがな》ったとは考えられねえ。そこそこの店のそこそこの職人の手のようだぜ」

「わかりやした。まずは町内の扇屋を当たってみやす」

「頼む。突き止めるのはちっと骨が折れるかもしれねえがな」

藤色の袱紗を伊佐治の目の前で振る。

「本来、上物の扇は箱に入っているはずだ。ところが、これは袱紗に包まれていた」

伊佐治の首が傾く。

「て言いやすと？」

「箱には店の暖簾《のれん》名が上書きされていることが多い。つまり、箱があれば売った店は容易くわかる。親分が汗をかく手間はいらなかったはずだ」

伊佐治は扇を手に眉を顰めた。

「それは店の名を知られるのが嫌で、わざと箱を隠したか捨てたかしたってこってすか」

「わからねえな。何かの弾みに箱を汚したり壊したりした。それだけのことかもしれねえ。ただ、それだけのことと打《う》っ棄《ちゃ》っていちゃあ、おれたちの仕事は成り立たねえからな」

「まったくで。ようがす、お任せくだせえ。酒屋や八百屋に比べれば扇屋の数なんざ知れてやす。すぐに突き止めてみせやすよ」

伊佐治の物言いには力みはなかった。本所《ほんじょ》から深川《ふかがわ》にかけての一帯は、伊佐治にとって知り尽くした場所だ。言葉通りに突き止められる自信があるのだろう。

「頼もしいな。では、おれは親分の獲物を待つことにしようか。あ、もうちょいおさいを揺すってみな。扇屋の心当たりが出てこないとも限らねえぜ。無駄足になる割合の方が大きいだろうがな」

お月がわざと箱を処分したなら、奉公人のおさいが店名を知っている見込みはほとんどない。それでも、皆無でないなら穿らねばなるまい。捨てた箱を目にした。お月がぽろりと店の名を出した。そういう経緯が出来《しゅったい》するのも現の世だ。

「旦那はこれからどうされやす」

「おれか？　おれは徳重の帳面を調べてみるつもりだ。しかし、その前に」

「その前に？」

「『今の屋』の様子を探りがてら、森下町をぶらつくか。『遠野屋』で美味《うま》い茶を馳走《ちそう》してもらうのも悪かねえしな」

「旦那！」

伊佐治が露骨に顔を顰《しか》める。露骨過ぎて滑稽でさえある。

「冗談さ。遠野屋とこの一件が結びつくとは、さすがに考えちゃいねえよ」

「質《たち》の悪い冗談でやすよ」

伊佐治の焦《あせ》りを鼻の先で嗤ってみる。

「まあ、あいつには小間物より死体の方がずっと似合いではあるがな」

「旦那、口が過ぎやす。まったく、遠野屋さんに申し訳ないと」

「親分」

伊佐治の文句を遮《さえぎ》り、まともに見詰めてみる。

「親分はいってえ、あいつの何を守ろうとしてんだ」

「は？」

「遠野屋は死神さ。本人にその気がなくとも、人の死を引き寄せちまう。そういう男の何を守ってやりたくて、そんなにじたばたしてんだよ」

「……遠野屋さんは立派な商人《あきんど》でやすよ。あっしみてえな者が守れるとも守ろうとも思っちゃいやせん。あっしは、旦那が遠野屋さんに妙に絡むのが嫌なだけなんで。ともかく、あっしは仕事に掛かりやす。日が暮れる前に一度、組屋敷の方に顔を出しますんで。旦那は、このままお屋敷の方にお帰りになってやすね。帳面は、おさいに纏めて風呂敷に包むように言い付けやすから」

森下町などに寄るなと釘《くぎ》を刺しているのだ。伊佐治とやり合う気分はとうに失せていた。伊佐治より、今は、頭の隅の疼きが気になる。よみがえった記憶の意味を手繰《たぐ》ろうとすれば、疼きはさらに強く脈を打つ。確かめてみるしかあるまい。

「そうだな、ひとまずは帰るとするか。それから、墓参りに行く」

「墓参り……でやすか」

信次郎と墓参りが結びつかなかったのだろう。伊佐治が寸の間、口を開けた。が、すぐに身を翻し、足早に外に出る。

身の軽さを明かすような小気味いい足音が遠ざかる。

墓参りか。

疼きを抱えたまま、信次郎は一人、小間の中ほどに立っていた。

第二章　野路菊

漣《さざなみ》のように細かな、揺れる気配が背に伝わってくる。

殺気や腥風《せいふう》といった剣呑《けんのん》なものではない。柔らかく、円《まろ》やかだ。

清之介は足を止め、振り返った。

後ろをついて歩いていた信三《しんぞう》が俯《うつむ》いて、肩を震わせている。笑いをこらえているのだ。

縁《へり》とはいえ、表通り、しかも両国橋《りょうごくばし》を渡り終えて間もなくの賑《にぎ》やかな上にも賑やかな通りに立っていた。すぐ傍《かたわ》らを多くの人々が、ある者は忙《せわ》し気に、ある者はゆるりとした足取りで行き過ぎる。駕籠《かご》が走り、常州訛《じょうしゅうなまり》の一団がそぞろに歩き、やはり訛のあるやりとりをしながら数人の武士が擦《す》れ違って行く。

荷を背負った老婆、振り袖姿の娘、薬籠を提《さ》げた総髪の医者、旅人、虚無僧《こむそう》、物売り、浪人、紙《かみ》屑《くず》拾い、六部《ろくぶ》、男、女、年寄り、子ども、百姓、職人、武家、商人……。まるで人の曼荼羅《まんだら》だ。人という生き物のあらゆる雛形《ひながた》が揃《そろ》っている。

騒《ざわ》めきに包まれ、舞い上がる土埃《つちぼこり》に目を細めていると足裏に江戸の鼓動を感じる。国中から人を集め、物を集め、全てを呑《の》み込んでいく町の蠢《うごめ》きだ。

ここにいれば全てが手に入るようにも、全てを失うようにも感じる。高く飛翔できるようにも、底なしの穴に沈んでいくようにも感じる。愉悦《ゆえつ》と怯《おび》えが綯《な》い交《ま》ぜになり身体《からだ》の内を巡る。その一時が清之介は好きだった。江戸でしか味わえない奇妙で甘美な一時ではないか。

「申し訳ございません」

信三が口元を引き締め、頭《こうべ》を垂れた。

「旦那さまのお供をしながら、とんだ不調法をいたしまして」

「いや、不調法とは思わないが、どうしたのだ？　おまえが往来で含み笑いをするとは珍しいじゃないか」

信三は遠野屋の筆頭番頭だ。まだ若いけれど質は十分にあると判断して、清之介がその立場に据《す》えた。それが間違っていなかった証《あかし》に、信三はよく働きよく励んでくれた。初めのうちこそしくじりも目立ったが、しくじりを糧《かて》にして己で己を育てていったのだ。商いへの真摯な想《おも》いと誠実な人柄、何より商人としての才覚がなければできないことだ。

おれの人を見る眼《め》も曇っていなかったわけだな。

信三の確かな番頭振りに触れるたびに、清之介は少しばかり誇らしくなる。むろん、将来《さき》はわからない。人の生涯は城とよく似ている。築き上げていくには長い年月と辛抱がいるけれど、燃え落ちるのも崩れるのもあっという間だ。信三がこの先、決して堕《お》ちも崩れもしないとは言い切れない。

いや、信三だけではない。このおれも……。

自分が盤石の上にいるとは、とうてい思えない。むしろ、脆《もろ》い砂石《させき》に立っている気さえする。遠野屋は繁盛している。今も幾つかの得意先を回っての帰りだった。その内には大名家も大身《たいしん》の旗本も名の知れた大店《おおだな》も含まれていた。

商いは滑らかに回り、身代《しんだい》は肥え、憂いは何もない……はずだ。それなのに、なぜか心許《こころもと》ない。心の一端に危うさが付き纏《まと》う。その危うさの得体が摑《つか》めない。摑もうとするたびに、冷えて乾いた笑声を聞く。

嫌な声だ。肌にも肉にも骨にも突き刺さってくる。熱を奪い、心力を削《そ》ぎ、臓腑まで凍《こご》えさせる。悪意が潜《ひそ》んでいるわけでも、底意が透けて見えるわけでもない。そんな易《やす》いものなら耳底にこびりつき、不意に響いたりはしない。

嫌な声だ。嫌な男だ。

この男は、鬼と人の間に生まれたのではないか。

半人半鬼、それが正体ではないのか。

木暮信次郎と出逢《あ》ったときから、顔を合わせれば必ず、頭の一隅を掠《かす》める思念だ。

「本当に申し訳ありません。言い訳ではないのですが、今、そこをどこぞの娘さんが通られましたでしょう」

娘は幾人か通った。裕福な家の拵《こしら》えをした者も木綿の小袖の裾を短くして駆けていった者もいた。賑やかにしゃべり合っていた三人連れも、嫁入り前の若い女たちだ。

「それで、つい、おちやさんを、延《ひ》いては今朝の騒動を思い出しまして。思い出したら、おかしくておかしくて」

信三がまた俯いた。声こそ出さないが、身体全部で笑っている。

「ああ、おみつとおちやのやりとりか」

「はい。ほんとに、思い出すと辛抱できないほどおかしくて……」

「辛抱することはない。ここで笑っても誰に迷惑をかけるわけでもないからな」

主《あるじ》の許しに遠慮の箍《たが》が外れたのか、信三が笑い出す。それでも声は抑え気味だ。

「まったく、おちやさんはおもしろいお方です。本人がいたって真面目なだけに余計におかしくて、おもしろくてなりません」

「確かにな」

清之介もつい、口元を緩《ゆる》めていた。


今朝、得意先回りに出かける四半刻《とき》ほど前だった。

清之介はおうのと、来月開く表座敷の催しについて相談をしていた。二、三カ月に一度の割合で行われる催しは、異種の商いを手掛ける仲間たち、帯屋の二代目三郷屋吉治《みさとやきちじ》と履物問屋の主吹野屋《ふきのや》謙蔵《けんぞう》とともに育んできたものだ。小間物、帯、履物だけでなく反物《たんもの》も仕上がった小袖も化粧《けわい》の品も一堂に揃える。女が身に着ける全ての品を並べ、化粧師や役者の助言を受けて、帯合わせ、衣装合わせを客が好きにできるよう試みた。手探りでの出発だったが、評判は上々の上にも上々で、数年先まで客の約束が入っている。前回の催しの後、いずれは男物も扱いたいと謙蔵が言い出し、清之介も吉治も異存はなかった。ただ、そのために越えねばならない壁は幾つもある。壁がどういうものか、どう越えていけるのかこれから一つずつ明らかにしていかねばならない。

そういう諸々《もろもろ》を話し合っている最中、

「商いはおもしろいねえ」

謙蔵が言った。静かな口調だが、昂《たかぶ》りを秘めていた。

「商いのおもしろさに、どっぷり浸っていられる。おれは幸せ者だよ」

謙蔵の一言は清之介の、おそらく吉治の想いとも重なる。

商いはおもしろい。血が沸き立つような心持ちを与えてくれる。催しは、おもしろさの要の一つになりつつあった。だから、慎重に丁寧に支度を整える。

おうのは、催しの当初からずっと下支えを果たしてくれている。

兄、宮原主馬《みやはらしゅめ》の側女《そばめ》であった女は、優れた化粧師であり髪結いであり稀《まれ》な色合わせの才を具《そな》えた者でもあった。助言者として、催しに集まる客たちから信用され頼りにされている。おうのの仕事が評判の一端を担っていると、清之介はもとより謙蔵も吉治も認めていた。

今朝も次の催しに向けて、おうのと話し合っていた。主に〝暈《ぼか》し紅〟についてだ。

〝遠野紅〟とも呼ばれる遠野屋固有の紅は、最上質品なら数百両の値で取引される。玉虫色の紅は唇に差すと紅色に変わり、その紅の底から淡い光を放った。そして、差した者の肌色に添うように、色合いをさらに変化させる。

「この紅はまるで生き物のようです。命があって心があって、女の唇を能《あた》う限り美しくするために自ら色を変えていく。そんな不思議な生き物のように思えます」

まだ試作だった紅を手に、おうのが言ったことがある。しみじみとした口調だった。あれから紅匠、紅花農家、産地嵯峨波藩《さなみはん》に置いた遠野屋の出店、嵯波藩紅掛かり役人までも巻き込んでより質の高い、より美しい紅を作り上げようと努めてきた。その結実が〝遠野紅〟だ。今、人が生み出せる最も上質な紅だと、言い切れる。自惚《うぬぼ》れではなく言い切れるが、このままでは駄目だともわかっていた。

あまりに値が張り過ぎる。

遠野屋の商い、儲《もう》け分を考える。この紅一匁《いちもんめ》にかかった費《つい》えを考える。もともと紅一匁は金一匁と等価であると言われていた。〝遠野紅〟は従来の紅と比べ物にならない手間と秘事中の秘事である紅匠の技を編み出すことで生まれてきた。遠野屋の主として思案をすれば、どう抑えても百両を下らぬ見積になる。その値でなければ商いが成り立たない。

江戸には国中の富が集まる。富裕な者たちは大勢いた。紅一つに百両の上の金子《きんす》をかけられる者たちだ。実際に〝遠野紅〟を求める声は数多く届いている。客がいる限り、商いは成り立つ。しかしと、清之介はさらに思案するのだ。せざるを得ない。

しかし、それは淡雪のようなものではないか。一時、積もってもすぐに融《と》けて消えてしまう。百万人が住むという江戸で、〝遠野紅〟を購《あがな》えるのはほんの一握りの人々だ。ほんの一握りを相手にしていては、商いはいずれ廃《すた》れる。淡雪ではなく、地に根を張った商估《しょうこ》でなければ伸びも繁《しげ》りもしない。

廃れぬ商いを創り上げる。そのためには数多《あまた》の人々、老若男女、財も地歩も年齢も身分も跨《また》ぎ越して品を売り、購ってもらう形を拵えねばならない。遠野屋を継ぎ、遠野屋と共に生きてきた年月の間に清之介の中で芽生え、育ち、堅確となってきた信念だった。

自分一己の信念は、吉治と謙蔵の他は誰にも明かしていない。が、おうのは悟っていたようだ。

「『都風俗化粧伝』を読んでおりますと、紅はとても多様な使い方ができるようなのです。それでね、遠野屋さん、〝暈し紅〟など試してみてはいかがでしょうか」

「〝暈し紅〟？」

「ええ。粉白粉《こなおしろい》に紅を僅《わず》かに混ぜ込むのです。それを化粧刷毛《はけ》で頰に刷《は》いたり、指で瞼《まぶた》につけたりと使えばどうかと」

「ふむ。紅を暈して使うというわけですか」

「はい。むろん紅の質によって色合いや艶《つや》はずい分と違ってくると思いますよ。〝遠野紅〟だと、どれほどの色艶になるか……」

その色艶を思い描いたのか、おうのが小さく息を吐いた。

「しかし、それだけ値が張ってしまうが」

「はい。仰《おつしや》る通りです。でも、使う量は僅かで済みます。遠野屋さん、あたし、試してみました。中等のものですが紅と白粉を混ぜてみたんですよ。当たり前と言えば当たり前ですが、混ぜる具合で色は変わります。薄桃であったり、桜、撫子《なでしこ》、牡丹《ぼたん》の色に近いものも作れる気がします。顔料を上手に用いれば、もっと色合いが深くなるかもしれません。〃遠野紅〃はさておき、紅の使い方の一つに考えてみてはくれませんか」

「なるほど。量が少なければ、さほど法外な値にせずともすむかもしれないな。うむ、おもしろい。おうのさん、新しい試みとしてやってみましょう」

やってみる値打ちも意味も十分にある。

おうのが微笑《ほほえ》み、大きく頷《うなず》いた。初めて出逢ったとき、まだ主馬の側女であったころ、おうのは暗く粘るような色香を纏っていた。ふとした仕草からも笑みからも、艶が零《こぼ》れ、流れだす。そんな女だった。今も美しい。遠野屋で働き始めてからやや肥えて、身体は丸みを帯びた。その分、柔らかな色気も増したようだ。世間が、おうのを清之介の妾《めかけ》だと噂《うわさ》するのもあながちわからないではない。とんだ的外れではあるが。

おうのは今も美しく、柔らかな色気に包まれている。そして、優れた仕事人でもあった。信三や女中頭《がしら》のおみつに引けを取らないほど、しっかりと遠野屋の屋台骨となってくれている。頼もしい。

「それなら、次の催しで幾人かの方に見本になってもらってもよろしいでしょうか」

「見本とは？」

「お歳《とし》の違う女人数人に、紅の化粧を施すのです。その方のお肌や顔形、染みのあるなしや、髷《まげ》の形で少しずつ紅の暈し様を変えてみせるのですよ。紅を含めて化粧が一様一式なものではなく、一人一人に合わせるものだと、合わせられるものだとお客さまに示せたらよいなと、ずっと考えておりました」

「なるほど。今日はあなたに感心させられっぱなしですよ、おうのさん。吹野屋さんや三郷屋さんにも相談してみますが、わたしとしてはぜひに」

やってみたいと続けることができなかった。どんと響く物音と女の悲鳴が聞こえてきたのだ。清之介はすぐに部屋を飛び出した。

「なにごとだ。あ……」

廊下に、おみつが横倒しになっている。起き上がれないのか、両脚をばたつかせていた。そのすぐ近くに、おちやが立っている。手拭いを姉さん被《かぶ》りにして手には雑巾《ぞうきん》を摑んでいた。大きく目を見開いて、身体を竦《すく》ませている。少し離れて、信三がやはり目を剝《む》いて棒立ちになっていた。得意先回りの刻《とき》だと告げに来る途中だったのだろう。胸にしっかりと風呂敷包を抱えている。

「おみつ、どうした。大丈夫か」

「お、おみつさん。しっかりしてください」

清之介が、少し遅れて信三が駆け寄り、おみつを助け起こす。おみつはううっと小さく呻《うめ》き、喘《あえ》いだ。

「こ、腰を打って……。痛っ、いたたたた」

「おみつさん、そこは腰じゃなくてお尻ですよ、お尻を打ったんですね。いてっ」

おみつに鼻先を打たれ、信三が顔を歪《ゆが》める。

「何するんですか。心配してるのに」

「女に向かってお尻、お尻って、はしたないじゃないか。遠野屋の番頭ともあろうものが、それくらいの心得はしてなさいよ」

怒鳴られて、信三は肩を窄《すぼ》めた。信三が遠野屋に奉公に上がったとき、おみつは既に古参の女中として働いていた。肉親との縁が薄い若者を不憫《ふびん》に思ったのか、信三の世話をなにくれとなく焼き、面倒をみてきた。信三もおみつを姉のように慕っている。その大姉に叱りつけられれば、黙り込むしかない。

「それにしても、派手に転んだな。何をしてたんだ」

「すみません」

おみつより先におちやが膝をつき、頭を下げた。

「あたしが粗相《そそう》をいたしました。おみつさんに廊下の拭き掃除をするように言われて……」

おちやは手の中の雑巾を握り込んだ。

「おちや、拭き掃除ってのはね、雑巾で汚れを拭き取るってことなんだよ。どうして、廊下に水を撒《ま》いたりするんだよ」

おみつがぽんぽんと叱り飛ばす。信三はちらりと清之介を見やった。

よろしいのですか。そう尋ねている眼つきだ。

おちやは江戸でも屈指の大店《おおだな》『八代屋《やしろや》』の縁に繫《つな》がる娘だ。八代屋の身代の大きさは遠野屋を遥《はる》かに凌《しの》ぐ。そういう娘を他の奉公人同様に扱っていいのかと、信三は気を揉んでいるのだ。

むろん、いい。

わけあって、おちやは遠野屋に押しかけ奉公に来た。自分の思案で女中奉公を選んだのだ。初めのうちこそ、大店のおじょうさまをどう扱えばいいのか迷っていたおみつだが、三日も経《た》たないうちに下働きの娘たちと同じように教えるべきことを教え、叱るべきところで叱り、ときに厳しく咎《とが》め、戒《いまし》め、泣かせもした。

それでいいのだ。おちやは真綿に包《くる》まれ、蝶《ちょう》よ花よと手を掛けられた大家《たいけ》の娘ではあるが、そういう境遇に歪められずに育ってもいた。気性が真っすぐで、誠がある。驕《おご》りもしないし、卑下もしない。他人を見下すこともなかった。懸命に、本気で生きている。おみつは、おちやの美質を見抜いたからこそ、それまでこの娘が知りもしなかった諸々を教え込もうとしていた。薄い布団に包まり女中部屋で寝起きすること、夜が明けないうちに起き出し働くこと、一汁一菜の膳のありがたさ、よく嚙《か》むことの大切さ、門の掃き方、雑巾の絞り方、茶の淹《い》れ方、器の洗い方、洗濯物の干し方……。日々の暮らしに欠かせない仕事と心構えを伝えていく。それは、今までおちやが誰からも教わらなかった生きるための術《すべ》でもあった。おみつの厳しい躾《しつけ》に堪《た》えかねて、すぐにも逃げ出すかと思われたおちやは、しかし、意外なほど生き生きと言い付けられる役目をこなしていた。こなすというには、あまりに粗相が多い嫌いはあったけれど。

この数カ月で、おちやの壊した器や道具は片手の指では足らないだろう。些《いささ》か粗忽《そこつ》の気があるらしい。

「水ってのは庭や門に撒くもんなんだ。廊下に撒く馬鹿がどこにいるんだい」

「あ、あの、撒いたわけじゃないんです。雑巾を濯《すす》ごうとしたら桶《おけ》を倒してしまって、慌てて拭こうとしたところにおみつさんがいらして……あの、足を滑らせてお尻を……」

「腰ですよ、腰。あぁもう、裾がびしょびしょになってしまって。ほら、おちや、ぼんやりしてないで早く拭き取りなさい。言われなくてもささっと動く」

「あ、はい。す、すみません。すぐに、あ、きゃあ」

立ち上がろうとしたおちやが水に足を取られ、尻もちをつく。はずみに雑巾が飛んで、おみつの髷に載った。そこから水が垂れ、おみつの豊頬《ほうきょう》を濡《ぬ》らす。

「まっま、ちょっと、おちや！　いいかげんにおし」

「す、すみません。ごめんなさい。あ、痛い。思いっきり、お尻を打っちゃった」

「娘がお尻なんて口にするもんじゃないよ」

「え、では何と言えばよろしいのですか」

「尻臀《しりたぶ》とか御居処《おいど》とか、何とか言いようがあるだろう」

そこに、おくみが数枚の手拭いを持ってきた。貧農の出のこの娘は優しいだけでなく、よく気が回り、手が動く。

「おちやさん、これで早く拭いて」

「あ、あ、すみません。ありがとう」

おちやは乾いた手拭いをおみつの顔に当て、急ぎ擦《こす》った。

「わっ、駄目よ、おちやさん。それ、雑巾だから。おみつさんじゃなくて廊下を拭くの」

「えっ？　え、きゃっ、どうしよう。ごめんなさい。申し訳ありません」

そこで信三が噴き出した。清之介の背後でおうのも笑っている。清之介は唇を噛み、突き上げてくる笑いを何とかこらえた。

あの騒ぎを思い出した、というより、ずっと頭にこびりついていたのだろう、信三が往来で笑い続ける。行き交う人々は多いが、振り向く者も見咎める者もいない。笑っている商人など珍しくもないのだ。

笑いが収まったころあいで、清之介は番頭の名を呼んだ。

「信三」

「はい」

主の声音に何かを感じたのか、信三の顔付が引き締まる。

「これから先、佐久間《さくま》さまと石渡《いしわたり》さまの件は全ておまえに任せたい」

大身の旗本と大名家の重臣は、どちらも息女の嫁入り道具の小間物一式を遠野屋であつらえたいとの意向を伝えてきた。小間物一式といっても多岐に亘《わた》る。

簪《かんざし》、櫛《くし》、笄《こうがい》、化粧箱と道具一式、手鏡、鏡台、白粉、眉墨、そして、紅。

「〝遠野紅〟をぜひに用意してもらいたい」

旗本と重臣は、まったく同じ台詞《せりふ》で望みを伝えてきた。どちらの望みにもむろん応えるつもりだ。

応えるとは客の望み通りの品を揃えることではない。望みに添いながら、望んだ以上の品を差し出すことだ。

だからこそ、信三に任せてみたい。

「ありがとうございます」

信三が引き締まった表情のまま、頭を下げた。些かの力みは感じられたが、動揺も戸惑いもない。

「精一杯、務めます。お客さまに『さすが、遠野屋だ』と、必ず満足していただける品を商ってみせます」

きっぱりした物言いからは、決意さえ伝わってくる。

「なるほど、やはりな」

清之介は軽く頷いていた。信三が瞬《まばた》きする。

「は？　旦那さま、やはりとは？」

「いや、何となく感じてはいたのだ。おまえ、佐久間さまや石渡さまとのやりとりの間中、ずっとうずうずしていただろう」

信三は顎《あご》を引き、瞬きを繰り返した。

「あれこれ考えていたのではないか？　おれなら、あの職人にあの品を注文する。あの職人にはこれを頼むと、な」

信三は商用帳を包んだ風呂敷を持ち直し、息を吐き出した。

「旦那さまは後ろに目が付いておられるだけでなく、人の心の内まで読み取れるのですか」

「まさか。おまえが、わかり易いだけだ」

「わかり易いって……、それは、商人としては如何《いかが》なものでしょうか」

歩きながら、信三が問うてくる。一ッ目之橋《ひとつめのはし》が見えてきた。

「何を考えているかわからぬと思われれば、信用は得られない。わかり易いのは美点にこそなれ、欠点とはなるまい」

「しかし、心の内が全て顔に出るようでは……」

「全てではない。怒りや悲しみ、落胆、焦燥。そういった負の情をおまえは決して見せない。見せるのは喜怒哀楽の喜と楽だ。嬉《うれ》しげに楽しげに接してもらえれば、嫌な心持ちになる者はおるまい。おまえのわかり易さは、商人としての力だとおれは信じている」

信三は主の言葉を染み込ませるように、深く、息を吸った。

橋を渡り終える。弁天社を左手に見ながら、右手に御船蔵《おふなぐら》の並ぶ河岸《かし》沿いの通りを行けば、森下町は間もなくだ。

「まあ、商いに関わる限りではだがな。普段は泣き言を口にしては、おみつにしょっちゅう気合を入れられているものな。そうそう、昨日は鴉《からす》にからかわれたと本気で腹を立てて、おくみたちに笑われていなかったか」

「いや、そっ、そんなことはございません。あれは、質《たち》の悪い鴉がわたしの饅頭《まんじゅう》を奪い取ったからです。大女将《おおおかみ》さんにいただいて、ほんの寸の間、縁側に置いておいたらばさばさと降りてきて盗んでいったのです。枝に止まって、こちらの様子を窺《うかが》っていたに違いありません。もう、腹が立って、腹が立って追いかけ回していたら」

「足がもつれて転んだんだな。おくみが珍しく大笑いしていたぞ。よくよく考えれば、今朝のおみつと大差ないようだが」

「あ、確かに。思い出し笑いなどできる立場ではありませんでした」

信三はおどけた仕草で首を竦めた。

温かな風が吹く。小さな光が清之介の目の前を過《よぎ》った。とっさに摑む。

「桜か」

桜の花弁《はなびら》が手のひらに一枚、貼り付いていた。陽《ひ》を浴びて、薄紅に輝いて見える。

御船蔵を過ぎて北之橋《きたのはし》に向かう道には蔵番人の住まいや小体《こてい》な武家屋敷が並んでいる。どこかの庭から風が運んできたのだろう。

北之橋の架かる六間堀《ろつけんぼり》にも花弁は散って、水面に紋様を描いていた。

「旦那さま。ありがとうございます」

橋の中ほどで信三が不意に言った。言おうか言うまいか迷っていた風だ。

「何の礼だ」

「わたしを信じてくださいました」

短い一息を吐き出し、続ける。

「信じて、商いを任せてくださいました。ありがたいと思っております」

「おまえは遠野屋の番頭だ。これくらいの商いを任せるのは当たり前だ。むろん、おれも遠野屋の主人として品の確かめは怠《おこた》らないつもりだが」

信三が核となって大口の商売を回してくれれば、清之介は新たな商いに専念する刻が持てる。表座敷の催しだけでなく、紅に関わる一歩進んだ商いだ。遠野屋に戻ってすぐにでも、おうのと相談しなければならない。

〝暈し紅〟とやらを実用に向けて詳しく吟味したい。

「それで、旦那さま、手代《てだい》の弥吉《やきち》のことですが、今回、わたしの助手《すけて》として働かせてもよろしいでしょうか」

「ああ、構わないが。おまえは弥吉を買っているのか」

遠野屋の手代の中で弥吉は、そう目立つ男ではなかった。目端《めはし》が利くわけではなく、品定めの力量もまだまだだと清之介は見ていた。ただ、陰日向《かげひなた》なく、地道に務めてはいる。

「わたしではなく、田《た》の子屋《こや》さんが気に入っております」

「ほう、あの田の子屋さんが？　知らなかったな」

清之介が知る限り、田の子屋は江戸随一の蒔絵師《まきえ》だった。その手が作り出す品々の見事さに、何度も何度も息を呑んだものだ。遠野屋を支えているのは、紅だけではない。一流の腕を持つ職人たちが作り出す品々もまた、太い支柱となっている。田の子屋は職人の中の職人だ。ただ、気性の偏《へん》屈《くつ》さ、荒さも別格だった。ほんの些細《ささい》なことでいきり立ち、怒鳴り、暴れる。納期を過ぎ、やっとできあがった品をやはり気に食わないと目の前で真っ二つに割られたことも、殴りかかられたこともある。天賦《てんぷ》の才と狂気を共々、身の内に潜ませたような男だった。

「弥吉が一晩中、田の子屋さんの話し相手になっていたんだそうです。いや、話し相手といっても、しゃべるのは田の子屋さんばかりで、弥吉はずっと聞き役だったようなのですが。いい加減ではなく、本気でずっと聞いていたらしくて。『遠野屋さんは奉公人に恵まれているな』と、田の子屋さんが褒《ほ》めていたとか。これは、お内儀《かみ》さんからうかがいました。『うちの人があんなに機嫌がいいなんて、びっくりですよ』と喜んでおられましたよ。まあ、わたしとしては、田の子屋さんにお内儀さんがいるって方がびっくりですが」

「そうか。弥吉の美点を見抜けなかったな。では、田の子屋さんの受け持ちになれば、おまえを助けてくれるな」

「ええ、それはもう。田の子屋さんはうちには欠かせない方ですからね」

森下町の木戸を潜《くぐ》る。

桜の花弁はいつの間にか、手の中から消えていた。

心の内に熱い昂りを覚える。

これが商いだ。人を育み動かし、人と交わり、品を生み出す。品々はこの命が尽きても残り、江戸の職人の技を、仕事を後世に伝えていくだろう。

商いの豊かさが人の世の豊かさに繋がっていく。遠野屋の名は消えても、遠野屋が関わったからこそ生まれた品々は在り続ける。

何という巡り合わせだろう。嵯波の地で人を斬るしか知らなかった者が江戸で百年、千年先にも残る仕事に携《たずさ》われるのだ。

昂りは喜悦に変わり、身の内さえも熱くする。そして、聞くのだ。

清《せい》さん。

女房おりんの呼び掛けてくる声だ。聞こえるたびに、耳を澄ます。「清さん」と呼びかけたその後に、おりんは何を告げてくるのか。けれど、聞こえない。夫婦になったころのおりんが少し躊躇《ためら》いがちに口にした呼び掛けだけが響いて、やがて消えていく。それでも、心身は熱いままだった。

おりん、おまえから受け取ったこの巡り合わせを、おれは遠野屋と共に生き切ってみせる。見ていてくれるな。

また一枚、桜が風に舞う。地に落ちたそれを道行く人の草鞋《わらじ》が踏みしだく。

おりんと初めて出逢ったのも桜の散るころだった。橋の上だった。黒髪に白い花弁が一枚、付いていた。なぜ、そうしたかわからない。つっと手を伸ばし、花弁を摘《つ》まんでいた。おりんは目を見張り、けれど動かぬまま花弁を摘まんだ男を見上げてきた。潤《うる》んだ目の横に黒子《ほくろ》があった。

たまらなく逢いたくなる。

もう一度、もう一度だけ逢いたい。声だけでなく、眼差《まなざ》しや吐息に触れたい。この腕の中に抱き寄せたい。全て叶《かな》わぬことなのか。叶わぬことだ。どう足掻《あが》いても、願っても叶わぬことだ。

「田の子屋さんは自分が納得しないと仕事を引き受けてくれません。ですから、弥吉と二人で丁寧に説得するつもりですが、それには、こちらからある程度の注文を出した方がいいと思うのです。もちろん、田の子屋さんが従うとは……。おや？　旦那さま」

信三が一瞬口を閉じ、首を伸ばした。

「あれは、尾上町の親分さんじゃありませんか」

その視線の先、数間《けん》前に伊佐治がいた。腕を組み、俯き加減で近づいてくる。

知らず知らず、清之介は別の男を眼で探していた。

いない。いつもなら、伊佐治の前を気怠《けだる》げに歩く男の姿はなかった。伊佐治は一人で、物思いに耽《ふけ》っているようだ。すぐ間近に来ても、清之介たちに気が付かない。

「親分さん」

声を掛けると、顔を上げ大きく目を開いた。が、すぐにいつもの穏やかな表情に戻る。驚愕も喜色も悲嘆も、長く面上に留《とど》めておかないのは、岡っ引として生きるうちにそれが習い性となってしまったからだ。いつだったたか、伊佐治自身が語っていた。

「これは遠野屋さん。おや、番頭さんもご一緒ですかい」

「ええ、ちょっとした商談があったものですから。それより親分さん、もしやうちにご用事があったのではありませんか」

森下町の通りを伊佐治は、遠野屋の方向から歩いてきた。伊佐治はともかく、その主である木暮信次郎が約定なしにふらりと立ち寄り、座敷に上がり込むのはそう珍しくない。気儘《きまま》で身勝手だ腹に据えかねると、信次郎嫌いのおみつは嫌気を隠そうともしない。

「何なんですかね、あのお役人は。好き勝手し放題じゃないですか。遠野屋は自身番《じしんばん》じゃありませんからね。用もないのに寄らないで欲しいもんだわ」と。

信三もときに頷いたりする。信三の場合、信次郎が嫌なのではなく怖いのだ。

「木暮さまと目を合わせますと、ただそれだけで何もかも見抜かれるような心地がして落ち着きません。いえ、見抜かれても疚《やま》しいところはないのですが……。それでも、己でも気づかぬ疚しさがあるのではと、そんな気になってしまうのです」

信三から告げられたとき、ああなるほどなと相槌《あいづち》を打ちそうになった。

己さえ気づかぬ、あるいは目を背けている疚しさを信次郎の眼差しは、射貫《いぬ》く。射貫かれたと疚しさを抱えた者は感じる。心の奥底に埋め、隠してきたはずのものを引きずり出されるのだ。怖《お》じて当然だ。まるで浄玻璃《じようはり》の鏡の前に立たされたような怖気《おぞけ》を清之介もまた、存分に味わってきた。しかし、覚えるのは怖気だけではない。浄玻璃の鏡は己が弱さをも暴き出すのだ。

おれは、こんなにも弱く危なげな者だったのか。

信次郎の前で心が乱れ、その乱れを気取《けど》られまいと息を潜める。そんな一時を一瞬を幾度、潜ってきたか。たびに、己も知らなかった己を引きずり出される。それは我が身の皮が破れ、臓物《ぞうもつ》が露《あら》わになり、骨が剝《む》き出しになる生々しい手応えだった。ひどく恐ろしいのに、甘美だった。一切を剝《は》ぎ取られた身は軽く、心地よい。

江戸で信次郎に逢い、そういう快楽を知った。

出逢わなかったら知り得なかった恐れと快楽。どちらが強いのか、知ったことが吉なのか凶なのか。清之介にはまだ窺えない。

「いえ、今日は遠野屋さんへの用事じゃねえんで」

伊佐治が頭を横に振った。それから、苦笑を浮かべる。

「まあ、いつもいつも、お邪魔ばかりしてやすからね。ほんとに、申し訳ねえこって」

でまかせでもお愛想でもない。伊佐治は本心から恐縮している。主の放埒《ほうらつ》を詫《わ》びている。この名うての岡っ引が時折見せる為人《ひととなり》が、清之介は好きだ。伊佐治といると、人は信じるに足るのだと確かめられる。まっとうに、細やかに生きる者の強靭《きょうじん》さに励まされる。伊佐治は職人だ。自分の生き方を自分で創り上げていく。見事な紅や玻璃の簪や蒔絵を手にしたときと同じ昂りを、伊佐治の佇《たたず》まいに感じもするのだ。

おりんも信次郎も伊佐治も、江戸で結び付いた者たちはみな鮮やかで、美しい。毒を持つが故の鮮やかさも、刃《やいば》を潜ませた美しさもあるけれど。

「相生町一丁目でちょいとした事件がありやしてね。その関わりでこっちを調べてるんでやすよ。なので、遠野屋さんとはまったく関わりありやせんからご安心くだせえ」

伊佐治が手を左右に動かす。今度は、清之介が苦笑してしまった。

「親分さん、失礼ですが、少し心得違いをされておられませんか」

「へ、あっしがですか?」

「ええ、わたしは親分さんがお出《い》でになるのを邪魔や心配に感じたことは、一度もありません。むしろ、お顔を見るとどうしてだか安堵《あんど》しますし、気持ちが浮き立ちもします。他の者がどうかまでは聞いておりませんが」

「あ、親分さんだけなら、わたしも同じです。いつでもお出でくだされば」

口を挟んでおきながら、信三は慌てて言葉を呑み込んだ。

「……あ、いえいえ。別にわたしは、木暮さまが嫌だと申しているわけでは……」

「嫌でござんしょうね。うちの旦那を喜んで迎え入れるのは閻魔《えんま》大王ぐれえでしょうから」

「なるほど。親分さん、さすがに上手《うま》いことを仰る」

　信三が軽い笑い声をたてた。いつもより、気持ちがやや昂っているらしい。眼差しで、戒める。

信三は目を伏せ、半歩、退《ひ》いた。

「けど、まさか往来でばったり遠野屋さんと出逢うたぁ思っておりやせんでした。つい、今しがた、遠野屋の前を過ぎてきたところでやすがね」

「お仕事の真っ最中というわけですか」

「ええ、まあ。旦那から指図がたんと出ておりますので。あっしも手下《てか》もどたばた走り回っているとこでやすよ」

　伊佐治が目の下を擦る。確かに疲れているようだった。さしたる手掛りが得られなかったらしい。それでも表情の底からは光が差している。行灯《あんどん》のように薄ぼんやりと闇を照らすものではなく、今降り注いでいる陽光に似て強く眩《まぶ》しい。信次郎の指図に従い動き、疲れ果てることさえ楽しんでいるようだ。

「木暮さまがお指図を出すというのなら、かなり、おもしろい事件なのですね」

　伊佐治の眉が顰《ひそ》められた。

「遠野屋さん。おもしろいなんて言っちゃあなりやせんよ。殺しでやすからね」

「相生町一丁目で人が殺されたのですか」

しかも、尋常ではない殺され方をした。でなければ、信次郎が伊佐治をここまで動かすわけがない。

「へえ、殺されやした。表向きは『佐賀屋』って口入屋《くちいれや》でやすが、裏ではけっこう阿漕な金貸しをやっていた夫婦でやす。今朝、二人そろってばっさり、やられていたのを通いの女中が見つけやした。今朝の今朝なんで、まだ巷《ちまた》に広まっちゃあいやせんが、そのうち、尾鰭《おひれ》背鰭《せひれ》がたっぷりついて読売《よみうり》で騒がれるでしょうよ」

清之介の後ろで、信三が「えっ」と叫んだ。吐息と紛《まが》うほどの小さな叫びだったが、清之介も伊佐治も聞き逃さなかった。

主と岡っ引に同時に見据えられ、信三の頬が紅く染まる。

「信三、『佐賀屋』という口入屋を知っているのか」

まず、清之介が尋ねる。

「いえ、直《じか》には知りません。ただ、あの……あの、親分さん」

「へい」

「もしかしたらですが、今の屋さんを調べに森下町にお出でになったんですか」

とたん、伊佐治の顔付が一変した。眼つきも頬の線も口元も、瞬時に引き締まり険《けわ》しくなる。老いた猫が不意に猛々《たけだけ》しい狼《おおかみ》に変わったようだ。

信三が僅かばかり後退《あとずさ》りした。

「番頭さん、当たりでやすよ。確かに、あっしは今の屋さんに出向いてやした。けど、どうして、それがおわかりになったんで？　あっしの顔に今の屋さんの暖簾紋《のれんもん》が付いていたわけじゃねえでしょうしね」

伊佐治が笑みながら首を傾《かし》げる。作り笑いだ。

「番頭さんは、あっしが『佐賀屋』の話をしたとたん、今の屋さんのことを言い出した。二つの店の繋がりをご存じだったわけでやすね。それは、どういうことでやす？」

信三が縋《すが》るような眼で、清之介を見上げてきた。合点する。

「知っていることがあるなら、全てお話ししなさい」

隠しても無駄だ。すぐに暴かれてしまう。それに、伊佐治から隠さねばならない何かが、信三にあるとは考えられない。

「はい。いえ、知っているというほどのことではなくて……店の者から聞いたのをふっと思い出しまして……。えっと、はい、あのつまり、今の屋さんのご主人がこの前、亡くなったそうなんですが、その葬儀が一昨日あって……。あ、こんなことは、とっくにご存じですよね」

「へえ、今の屋榮三郎さんでやすね。心の臓の病でぽっくり亡くなったとか」

「そうなんですか。病死だとは聞いておりましたが。その葬儀の折に、『佐賀屋』の主人だという男が借金のことをあれこれ言い募《つの》り、お内儀さんたちを責め立ててちょっとした騒動になったそうです。あんまり非道な話で、呆《あき》れかえりました」

「その葬儀での騒ぎ、誰に聞きやした」

信三が僅かの間、言い淀《よど》む。清之介はもう一度、頷いて見せた。

「……店の者にです。今の屋さんの裏に芳之助店《よしのすけだな》って長屋があります。そこに住んでいる者で、今の屋さんには何かとお世話になっていたとかで、葬儀の手伝いに出向いていたそうです」

芳之助店？　とすれば……。

「弥吉か」

「はい。弥吉は佐賀屋という高利貸しにたいそう腹を立てておりました。話を聞いて、わたしもおみつさんも、怒るのは当たり前だと言い合ったものです」

「おみつも、その場にいたのか」

「はい。台所の板場で八つを頂きながらでしたので、おくみもおちやさんも、おうのさんもおりましたよ。おこまちゃんも一緒でした。いつもは弥吉は奥には来ないのですが、よほど腹に据えかねていたのでしょう。ぜひ、話を聞いてくれと言いまして」

「なるほど。腹に溜《た》めておけねえ、誰かにしゃべらなきゃあ収まらねえほどの怒りだったってわけでやすね」

信三が言葉を詰まらせた。息が乱れる。

「あ、いえ、親分さん、ち、違いますよ。そりゃあ、弥吉は怒ってはおりましたが、それだけのことなんです。しゃべりたいだけしゃべって、それで、わたしやおみつさんが口々に『人非人だ』だの『人の皮を被った獣だ』だのと同じように腹を立てたりしたので、えっと、ですから、胸が晴れたと申しまして、その後は、いつもの穏やかな、何ということはない世間話になりました。あの、ですから、弥吉は」

「わかってやす。わかってやす」

伊佐治は励ますかのように、信三の腕を叩《たた》いた。

「あっしだって、その弥吉さんとやらが怒りに任せて徳重たちを、殺されたのは徳重とお月って夫婦なんでやすが、葬儀で悶着《もんちやく》を起こしたのは徳重でやすね。そいつをめった刺しにしたなんて、さすがに思っちゃおりませんよ。ただ、悶着の場にいたのならちょいと話を聞かせてもらえねえでしょうかね」

「今の屋さんでは、十分な話は聞けなかったのですか」

問うてみる。伊佐治の聞き上手、探り上手は折り紙付きだ。あの信次郎が一目置くほどなのだから。

「聞き込みやしたよ。けど、どうも足りねえ気がするんでやす」

「足らない?」

「へえ。『今の屋』の家人や奉公人にはあらかた話を聞きやした。みんな、よくしゃべっちゃあくれやした。徳重を悪《あ》しざまに言う者もおりやした。それこそ、人非人だ、人でなしだとね。端《はな》から『今の屋』の身代を狙っていたのだと言い張る者さえおりやした。で、肝心の葬儀の話には食い違いもなくて、話はぴたりと重なるんでやすよ。つまり、榮三郎が頓死《とんし》して、その葬儀の場で徳重が今月晦日《みそか》までに、借金全て払ってもらうと言い出した。前々からそういう約束で、証文もあるんだそうで。これは、お内儀のお町《まち》も息子の仁太郎《じんたろう》も認めやした」

「『今の屋』の身代は、借金のかたになっているのですね」

「さいでやす。けど、葬儀の場で揉《も》め事は止《や》めてくれと、お町や仁太郎が必死に説得して、何とか収まった。これがだいたいの経緯でやす」

「けれど、親分さんには足らないのですね」

「うちの旦那に足らねえんですよ」

伊佐治がひょいと肩を窄めた。髷の白髪が鈍く光を弾《はじ》く。

「旦那に言わせりゃあ、事件を解くってのは嵌《は》め絵みてえなもんだそうです。いろいろな形の欠片《かけら》を合わせて一幅《いっぷく》の絵に仕上げる。その絵が、事の実相《じっそう》ってものらしいんで」

「ええ、それは、わたしも木暮さまから教えていただきました。直に伝えられたわけではありませんが、近くで謎が解かれていく様を何度も目にいたしましたので。嵌め絵の出来上がっていく道筋はわかりかねますが、仕上がった絵を見ると、この欠片はここ、あの欠片はこちらだったのかと、ただ驚くばかりです」

まるでちぐはぐとしか、無縁としか思えない欠片がぴたりと合わさり、伊佐治の言う〝事の実相〟が炙《あぶ》り出される。それを目の当たりにする一時、心が揺さぶられる。謎が一つ解けた。それだけのことではない。嵌め絵の中に、人の本性が、人が人を殺すわけが、人が生きる意味が浮き上がってくる。

そうか、こういうことだったのか。

あの驚き、あの揺れ、あの情動を信次郎から幾度となく与えられた。他の誰も与えてくれない、与えることなどできないものだ。

「そうでやすねえ。遠野屋さんとも長《なげ》え付き合いでやすからねえ」

伊佐治が口元を綻《ほころ》ばせた。けれど、口調は少しも湿っていない。来し方を振り返り、しみじみ語るときではないのだ。

「でね、同じ形の欠片ばかり集めても役に立たねえそうなんで。形が違うから割れ口が合わさるんだと言われたことがありやしたね。ずっと昔でやすが」

「なるほど。では、先ほど親分さんが浮かない顔をしておられたのは、同じ形のものしか手に入らなかったから、ですか」

「その通りでやす。いえね、どういう形をしてるかなんてのは、とどのつまり旦那じゃねえとわからねえんで。あっしには綺麗《きれい》な丸としか見えなくとも、旦那はちゃんとちっぽけな出っ張りや穴があると見抜いちまいやすからね。だからといって、同じような証言葉《あかしことば》ばかりってのも能がねえと思案していたところだったんで。そこに、信三さんの話を聞いたものだから、ついつい、前のめりになっちまった。けど、遠野屋さん」

「ええ、よろしいですとも」

伊佐治が鼻の先をひくりと動かした。

「このままご一緒いたしましょう。弥吉は店におりますから、ゆっくり話を聞いてみてください。ただ、その場にはわたしも同席させていただきますよ」

伊佐治が笑い出す。作り物ではない、本物の笑いだ。濁《にご》っていないだけによく通る。

「余計なことを言わねえでも察してもらえたってわけだ。遠野屋さん、ほんとに長え付き合いになりやしたね」

「ええ、初めてお逢いしてから、もう何年になりますか」

空を見上げる。薄い雲が流れていた。

伊佐治と信次郎に初めて出逢った日、空はどんな色をしていたか。どんな風が吹いていたか。思い出せない。ただ、おりんが横たわっていた。息をしていなかった。動きもしなかった。底なしに冷えていたのは川から上げられたからではなく、死人であったからだ。温かく柔らかい女房の身体しか知らなかった。どうすれば温かくなるのだと、必死に考えた。羽織を脱いで掛けてやった。他に何も思いつかなかった。

そのとき察したのだ。見られていると。顔を上げる。眼と、こちらをまじまじと見詰めながら、一片の情も窺えない眼とぶつかった。あの刹那《せつな》、おりんを忘れていた。底なしの眼に搦《から》めとられ、おりんが横たわっていることを忘れていた。

あれから何年が経ったのだ。

伊佐治が踵《きびす》を返す。並び、遠野屋へと歩き出す。

「今日は、木暮さまはお奉行所ですか」

「いや、墓参りに行くと言ってやしたぜ」

「墓参り？　木暮さまが」

「へえ。しかも、母上さまのです。今日がご命日だとかで。ふふっ、遠野屋さん、今、けっこう戸惑ってねえですかい。うちの旦那にも母親がいたってことに驚《おどれ》えたでしょう」

「まさに、その通りです。考えれば当たり前のことですが、木暮さまに母上がおられたとは……何とも奇妙な心持ちになります」

「あっしもですよ。旦那も人の子なんでやすかねえ。半分は妖怪かなんかの血が流れてるって言われた方が、ずっと納得しやすがねえ」

遠野屋が見えてきた。店先におみつが出てきて、小僧に何か言い付けている。小僧は嬉《うれ》しげに目を細め、店の中に入っていった。遅めの昼餉《ひるげ》でも食べてこいと言われたのだろう。

「あら、旦那さま、お帰りなさいまし。あらまっ、親分さんも」

伊佐治を敏《さと》く見つけ、おみつはさらにその後ろに目をやった。

「おみつさん、うちの旦那は今日はおりやせんよ。ご安心くだせえ」

「やですよ、親分さん。安心だなんて、ほほほ。でも、ほんと安心しました。あ、丁度よかった。あたし、蒸し饅頭を拵えたんですよ。ぜひ、召し上がってくださいな」

信次郎がいなかったせいなのか、おみつの機嫌はすこぶる良い。

「おみつ、いつもの座敷に弥吉を呼んでくれ。すぐにだ」

背を向けようとしたおみつを呼び止める。

「え、弥吉ですか。おりませんよ。先刻、帰りました」

「帰った?」

清之介と伊佐治の声が重なる。

「ええ、何でも気になることがあって、どうにも落ち着かないので、ちょっとだけ家に帰ってきてもいいかと言ってきたんです。長くても一刻ばかりで店に戻るとのことでしたので、あたしの一存で許しましたけど……。あの、弥吉がどうかしたんですか?」

伊佐治と顔を見合わせる。足元に纏わりついてくる風は湿り気を帯びていた。

第三章　枯れ薄《すすき》

風が背を押すように吹いてくる。

濡《ぬ》れた手で肌をまさぐられたような不快を覚えた。

湿っている。

その風にも桜の花弁《はなびら》が数枚、交ざっていた。湿り気のせいなのか重たげに地に落ちて土に汚れる。踏《ふ》み躙《にじ》るつもりはなかったが、わざわざ避《よ》ける気にもならなかった。白い小さな花弁を踏み、宝来《ほうらい》寺《じ》の境内《けいだい》に入る。さして広い寺ではない。本堂を横目に裏手に回れば、雑木林を背負う形で墓地が現れる。もともとは雑木林こそがこのあたりの主《ぬし》だったらしく、無理やり切り拓《ひら》いて造った観のある墓地には、枯れた切り株があちこちに残っていた。

雑木を揺する風音だけが響いている。苔《こけ》が強く匂った。

中、下士の墓が並ぶ一帯に人気《ひとけ》はなく、それでも、ところどころから線香の煙が薄く立ち上っていた。その薄煙も風にさらわれて何処《いずこ》かに消えていく。

瑞穂の墓は小さな五輪塔になっている。地輪も水輪も火輪もくすんで古びてはいるが、周りの墓のように苔むしてはいない。それは隣に並ぶ父、右衛門の墓も同じで、むしろ、よく手入れされていた。おしばが、月命日毎《ごと》にでも参っているのだろうか。

信次郎は桶《おけ》の水を柄杓《ひしゃく》でばさばさと墓にかけた。かけるというより、浴びせている方に近いかもしれない。水は墓塔を勢いよく流れ、地面に染み込んでいく。すると、目を見張るほど鮮やかな緑が地面に浮き上がってきた。水を含んだだけで苔は、ここまで際立つものらしい。そういえばと、信次郎は鮮やかな緑を見詰めた。

おふくろは苔が好きだったんじゃないか。

好きだったと言い切れない。母は二十年も前に没《ぼっ》した。幻に等しい。記憶は曖昧で、線香の煙より容易《たやす》く風にさらわれてしまう。それでも、手のひらに載っていた苔を思い出せる。手のひらが透けるように白かったのも、「ごらん。こんなにも美しいですよ」との囁《ささや》きも思い出せる。どこか恍《こう》惚《こつ》とした声音だった。爛漫《らんまん》の花でなく、色付いた葉でもなく、青苔を美しいと囁いた。あれは、この寺で耳にした母の声だった。そんな気がする。

人の足音が聞こえた。急がず、緩《ゆる》まず、一定の調子で近づいてくる。

「これはこれは、珍しい。さすがに命日は忘れておられなんだかな」

張りと深みのある声が耳朶《じだ》に触れる。笑いを含んでいた。信次郎はわざと緩慢《かんまん》な仕草で振り向き、口元を緩めた。

「ご住持《じゅうじ》、ご無沙汰いたしております」

「ほんに、大層なご無沙汰でございましたな。拙僧、親御《おやご》の墓の在処《ありか》を忘れられたかと案じておりましたぞ」

宝来寺住持、慶達《けいたつ》はそう言ってからからと笑った。齢《とし》は確か五十を幾つも超えているはずだが、丸く柔和な顔からも上背のある痩身からも老いとは無縁の生き生きとした気配が伝わってくる。

「ご住持は少しも変わっておられませんな。驚きました。不老の妙薬でもお持ちなのでは」

「ははは。暫《しばら》く会わぬ間にずい分と口達者になられたな。では」

慶達は墓の前に立つと経を読み始めた。

良い声だ。伸びやかで柔らかく心地よい。慶達の読経《どきよう》を祝《ことほ》ぐように雑木の枝が揺れた。どれも小さな若芽を付けて、青々とした香りを放っている。

短い諷誦《ふじゆ》を終え、慶達はさてと信次郎の方に向き直った。

「茶など進ぜるによって、一服していかれませぬか」

信次郎はさらに口元を緩めた。さも嬉《うれ》しげな顔つきになっているはずだ。

「それはありがたい。ちょうど喉が渇いておりました。それに、ご住持にお尋ねしたいことが一つ、二つございます」

「拙僧に？　ほう、それは」

慶達の黒目が動き、瑞穂の墓を寸の間見やる。

「母上についてのお尋ねかの」

「諸々《もろもろ》、ございます」

曖昧に答え、作り笑いを広げる。慶達は真顔で軽く点頭《てんとう》した。

「故人を偲《しの》び、生前の姿を語らうのも供養でありますからな、よろしかろう。さして美味《うま》い茶もございませぬが、ささ、こちらに」

墨染の衣の裾《すそ》を翻《ひるがえ》し、慶達が足早に歩き出す。空になった桶を手に信次郎は数歩遅れて、後を追った。

通された小間は庫裡《くり》の隣にあった。慶達の居室になるらしい部屋は古びた火鉢と簞笥《たんす》が一竿《ひとさお》あるきりの、いたって質素なものだった。いかにも僧侶の室といった趣ではある。ただ、ここでも苔だった。

開け放した障子の外は狭い、おそらく三畳に足らないほどの庭になっていた。そこが苔に覆われている。地面も、何かに見立ててあるのか二つ並んだ大石にもびっしりと苔が生え、深緑一色の風景になっていた。白い花も紅《あか》い実もない。

「苔庭とは風流でございますな」

「はは、何の手立てもしておりませぬ。知らぬ間にこのような有り様になってしもうて」

忍びやかな足音がして、僧が茶を運んできた。まだ、十五、六に見える。頰のあたりに柔らかな線が残っていた。徒弟僧と思《おぼ》しき若者は一言も口を利かぬまま、出て行く。決められた日数、声を出さず経だけを唱《とな》える。そんな修行でもあるのだろうか。

「覚えがございます」

茶をすすり、告げる。確かにあまり美味くない。むしろ不味《まず》い。茶葉ではなく淹《い》れ方に難があるようだ。やたら熱く、やたら渋い。おしばが淹れた方がまだましだと言い切れる。

「覚えとは？」

「この庭を見た覚えです。幼いころにこのような苔に覆われた庭を見たと、思い出しました。傍《そば》に母もいた気がいたします」

「ふむ。母上が生きておられたころから既《すで》に、苔だらけであったからな。見ていても不思議ではありますまいな」

「ということは、それがしはこの座敷に上げていただいたわけですか」

「そうよなあ……。拙僧の記憶もはなはだ心許《こころもと》なくはありますが、そういうこともあったやもしれませぬぞ。気が向けば、今日のように参拝の方々に茶を出すことはまま、ございますからなあ。おそらく、母上と一緒に、ここを眺めたのではありますまいか」

「わざわざ、居室に呼んでもてなしてくださったのですか」

「はは、このような古寺、客をもてなす部屋などさしてございませんからな。それに狭く奥まっておる分、落ち着く風もあってか、ゆるりと話をするには都合のよい室ではあります。そうそう、このように風致《ふうち》に乏しいのがかえって気を緩めるとか、言われたこともございましたぞ。ははは」

「何を話したのでござろうか」

信次郎は湯吞《ゆのみ》を置き、息を吐いた。慶達も同じ仕草をする。

「何をとは？」

「ここに招かれて、母は何の話をいたしました」

「いや、それは……とんと覚えておりませぬな。なにぶん、あまりに昔のことゆえ記憶も定かではございませんし。それでなくても、このところ物忘れが多くなってつくづく老いを感じておる次第で。ただ、まあ、何の変哲もないよもやま話の類《たぐい》であったのではないかと存じますがのう」

「よもやま話、母がでございますか」

芝居ではなく、怪訝《けげん》な顔つきになったはずだ。慶達が顎《あご》を引く。

母、瑞穂のことはほとんど覚えていない。ただ、人は死ねば物になると息子に伝える女が、よもやま話のために住持の部屋に上がり込むだろうか。

「母上のことで何かありましたかな」

今度は、慶達が問うてくる。

「亡くなられて二十年の上、年月は経《た》ちましょう。今となって、気になることでも出来《しゅったい》されましたか。いや、よもやとは思いますが」

「死の間際、何を見たのであろうか」

呟《つぶや》く。慶達の眉間に皺《しわ》が寄った。その表情のまま、やや前のめりになる。

「は？　今、何と申された」

「今日、ふとしたきっかけで不意に母の言葉を思い出しました。思い出しはしたものの、それがどういう意味なのかどうにも解《げ》せませせぬ」

慶達の真顔を見ながら、もう一度、呟いてみる。「死の間際、何を見たのであろうか」と。今度は聞き取れたらしく、慶達は心持ち眉を顰《ひそ》めた。

「それは、瑞穂どののお言葉か」

「おそらく。他には考えられませぬ」

小さく唸《うな》り、慶達が首を傾《かし》げる。戸惑いが薄く表情に貼り付いていた。信次郎は寸余、膝《ひざ》を進め、僧侶の戸惑う顔を覗《のぞ》き込む。

「それがしには意味が摑《つか》めぬ一言でござる。ご住持には心当たりがござりませぬか」

暫く考え、慶達はかぶりを振った。

「まったく、何も浮かびませぬな。瑞穂どのとは木暮家に嫁《とつ》いで来られたときからの付き合いで、そう……亡くなられるまで十年あまりのご縁でございましたが、生前、瑞穂どのからそのような謎《なぞ》掛《か》けに似た台詞《せりふ》は聞いた覚えは、ありませぬぞ」

そこで、慶達は身体《からだ》を起こし、もぞりと口元を動かした。

「信次郎どの」

「はっ」

「このようなこと申し上げて、ご気分を害されると困るのだが……」

もぞりもぞり、やや厚めの唇が動く。

「母のことで、何か？　いや、ご住持、どうぞ気兼ねなくお話しくだされ。それがしも齢《とし》のせいか、このところ母のことを思い出すことが多くなり申して」

ここでも、曖昧に笑う。照れたようにも淋《さび》し気にも気弱にも、他人の眼《め》には映《うつ》るだろう。

「まったくね、旦那が笑うと碌《ろく》なこたぁありやせんよ。どんな笑みでも心の内とは裏腹なんでやすからね。むっつり黙ってるときの方が、まだ、安心できるってもんでやす」

とは、伊佐治の弁だ。あの岡っ引は誤魔化《ごまか》せないが、たいていの者なら引っ掛かる。

久方ぶりに出逢った僧侶は、さて、どうだろうか。

慶達は二度、深く頷《うなず》いた。

「さもありなん。人とはそういったものでござります。母を懐《なつ》かしみ、父に想《おも》いを馳《は》せる。人として子として当然の有り様ではありませぬかのう」

「なるほど、お話を伺うだけで心内が晴れるようでございますな。が、幼少のころ死別したせいか母の思い出は色薄く、とぎれとぎれ、それも朧《おぼろ》にしか浮かんでこぬのです。ご住持から話を聞けるのは、この上ない幸甚《こうじん》と存じますが。あ、いやいや」

右手を左右に振る。笑みは浮かべたままだ。

「母を飾り、良い話ばかりを聞かせてもらいたいわけではござりませぬ。それは聞いても虚《むな》しいだけでございましょうから。ありのまま、ご住持の知っている母を語っていただけたら何よりかと思うております」

もう一度、慶達は点頭した。口元が緩み、息が漏《も》れる。

「もっともな言い分でございますな。しかし、拙僧も語れるほど深く瑞穂どのを知っているわけではござりませんでな。飽《あ》くまで寺の僧と檀家《だんか》の付き合い。年に数回、顔を合わせる程度の付き合いでございましたからのう」

「しかし、ご住持は先ほど、何かを言いかけられた。母に纏《まつ》わる何か……。聞き善いものでなくともかまいませぬ。悪口《あっこう》であってもよろしいのです。ぜひ、お聞かせ願いたい」

慶達を説得しながら、信次郎は内心で己《おのれ》に舌打ちしていた。

ぜひ、お聞かせ願いたいだと。おれは、本気でこの坊主の話を聞きたがっているのか。だとしたら、なぜだ。

なぜ今さら、母親の話など聞きたがる。とうの昔に忘れ、滅多《めった》に想いもしない者をなぜ、執拗《しつよう》に追いかけている。なぜだ。

明らかな答えが見つからない。だから、舌打ちしてしまう。己の内にあやふやな、筋道の通らないものがある。それが、許せない。苛立《いらだ》つ。反面、おもしろくもあった。あやふやなものは明らかにすればいい。筋道はどこか通るべき場所を探せばいい。

それを為《な》す己の力に、信次郎は一毛の疑いも抱いていなかった。

「悪口などとんでもない。衆生《しゅじょう》はことごとく御仏《みほとけ》に済度《さいど》されるもの。死してなお業《ごう》を背負う者はおりませぬ。それに、瑞穂どのは他人に誹《そし》られるどのような行いもしてはおられなんだ。むしろ慎《つつ》ましやかで物静かな、武家の女の鑑《かがみ》ともなるお方でありましたぞ」

「されど、ご住持は先ほど口ごもられた。言い難《にく》い何かがあったのではござらぬか」

「うむ、それはその……」

空咳《からせき》を二度続けて、慶達は茶を飲み干した。

「何と申しますか、瑞穂どのはそう……一風変わったところがおありでしたな」

「一風変わったと、申されますと」

慶達がしばし黙り込む。何をどう語ればいいか思案しているようだった。こういう思案なら、いつまでも待てる。信次郎も不味い茶を口に含んだ。

「何と言えばよいか、何を考えておられるのかよくわからないと申しますか……、こちらの慮外《りよがい》の素振りや物言いをなさることがありましたな。たまに、ではありましたが」

「どういう風にでございます」

「それは、ですから、瑞穂どのと拙僧とでは同じものを、例えば夕暮れの境内であるとか、昼下がりの雑木林であるとか、人々が行き交う広小路であるとか同じ光景を見ているようで実は、まるで違うものを見ているのではないかと、そのように感じることがございましたかな。いや、光景が違うのではなく、それを見る眼が違ったのでございましょうか」

「それはなぜに？　なぜそのように感じられました」

「なぜに……。うーむ、それは」

息を吐き出し、慶達は空の湯呑を手の中で回した。語るべきか黙るべきか迷っている風だ。それなら、少しばかり語り易《やす》くしてやろう。

「実は、書物棚の奥から母の留記《るき》が出て参りました」

これは騙《かた》りではない。昨年の暮れ、喜助が納戸の棚を直していた際に見つけた。ただ、それは日付と空模様、日々の出納が記されているだけで、記した者の思念や世の出来事には一切、触れられていなかった。

「瑞穂どのの？　そのような物がございましたか」

「はい。ざっと目を通したところ至って簡素なもので母の心内を知るに役立つ記載はございませんでした。むろん、いずれは仔細《しさい》に調べてみるつもりではありますが、今のところ忙《せわ》しさにかまけて、放っております」

「なるほど、瑞穂どのらしくはありますな。どのような形にしろ、己の心内やあやふやな事柄を残したりはされますまい。心より頭、情より知を重んじるお方であったように思われますからな」

「ご住持がそう思うような出来事がありましたかな」

それとなく、先を促す。住持の唇がもぞもぞと動いた。

「瑞穂どのの留記には何も書かれてなかったのですな」

信次郎は曖昧な頷き方をする。

「これと言ってはなかった気がいたしますが。まだ、仔細に確かめたわけではございませんので何とも言い難くはあります。それより、ご住持から直截《ちょくせつ》に伺いとう存じます」

「さようか。そこまでお望みなら話しもしますが、何分心許ない頭ゆえ、思い違いはご容赦くだされよ」

慶達は数珠《じゅず》を握った手を膝に置き、視線を天井に向けた。

「あれは、いつのことだったか。寺の金子《きんす》が盗まれたことがありましてな。本堂の傷みを直すのと回り縁を新しくするために檀家衆から寄進していただいたもので、確か百二十両ございましたかなあ。百両箱に仕舞っていたそれが失《う》せてしもうたのです」

「失せた？　百両箱が盗み出されたと」

いやいやと慶達が首を横に振る。本人は気付いていないのだろうが話を途切らせ、相手が焦《じ》れるのを楽しんでいる風だった。

好都合だ。こういう手合いは、望んだ餌をばらまけば幾らでもしゃべってくれる。

「盗まれたのではないのですか。しかし、失せたというのは……うーむ、それがしには話の先が読めませぬが。ご住持、どういうことでござる」

眉を寄せて、急《せ》いた口調で促《うなが》す。

「そう、大抵の者には読めぬものです。つまり」

ここで慶達は声を低めた。やはり、信次郎の焦れを楽しんでいる。

「百両箱はそのままありました。だが、中の金子が失せておったのです」

「金子だけが？　つまり、箱の中から百二十両が消えていたと」

「さよう、さよう。あのときは驚きましたな。鍵を開けてみたら、確かに入れたはずの金子がない。仰天《ぎょうてん》して尻もちをつきそうになった、いや、本当に後ろに倒れ込んでしまいました。うんうん、話していると思い出すものですな。拙僧などは、ただただ事の大きさに狼狽《うろた》えるばかりでしたが、寺の勘定《かんじょう》方を務めていた僧は顔の色をなくして動くに動けなくなっておりましたな」

どんな昔であっても過ぎてしまえば懐かしいのか、慶達は懐古の情を浮かべ目を細めた。

「それはそうでありましょうな。金が消えたとなると理由はどうあれ、勘定方の落ち度。いや、金に手を付けたと、いの一番に疑われる立場でしょうから。実際、百両箱の鍵は誰でも容易く触れられるものではなかったのでしょうし」

「仰《おつしや》る通りでございます。百両箱は庫裡の納戸に仕舞い、常に誰かが見張りをしておりましたし、鍵は勘定方が肌身離さず持っていて、誰にも渡さなかったと断言いたしました」

「ふむ、そこまで言い切るとはずい分と正直でござりますな」

「仏に仕える身。嘘《うそ》はつけませぬよ。むろん盗みも強く戒《いまし》められております」

「では盗人は寺の者ではなく、外から忍び込んだということになったと?」

そこで初めて、慶達は口元を歪《ゆが》め渋面となった。

「そうであるとは信じておりました。しかし、どう考えても外の者が金に手を付けられるわけがございませんでなあ。百両箱がどこにあるか知っておるのは寺の内の者だけ。しかも、鍵は勘定方より他に触った者はいない。となるとどうなるのか、もはや我らの思案が及びませぬ。そして、その夕、勘定方の僧が毒を飲みました」

当時の騒ぎを思い起こしたのか、慶達は長い息を吐き出した。

正直で生真面目に生きてきた者が責めを負って自裁《じさい》する。わかり易い筋書だ。そういう死に方をした者を何人も見てきた。武士なら腹を切り、町人なら首を括《くく》るか川に飛び込むかだ。僧侶は毒を選んだらしい。

「幸いと申しますか、すぐに吐き出させて命だけは取り留めましたが、まるで……何と申しますか赤子のようになってしまい、暫《しばら》くは生死の境を彷徨《さまよ》い、昏々《こんこん》と眠るだけの有り様で、ようやく気が付いたと喜んだのも束《つか》の間、己の名すらわからず歩くことも叶《かな》わず、結句、実家に引き取られて二年後に病没したと報《しら》せが参りました」

「気の毒な身の上でございますな」

「まことに。拙僧より二つ年上で、なにくれとなく面倒をみてくれた兄のような方だっただけに、死去の報せには何とも言えぬ心持ちがいたしましたなあ」

「お察しいたします。しかし、住持、その件に母がどう携《たずさ》わっておりますのか」

一歩、踏み込んだ。少し飽《あ》きてきたのだ。消えた金子のからくりは見えた。母との関わりもおよそだが読める。そのおよそを確かなものにしたい。先刻の疑念、生前の母の言動にここまでなぜ拘《こだわ》るのかという疑念に、まだ答えていない。

「それですが、檀家のみなさまにともかく事を隠すことなく伝えねばならず、さりとて、この失態をどう伝えればいいのか皆で相談していた折、先ほど申しました勘定方が本堂裏で服毒いたしました。殺鼠《さっそ》用の毒を飲んだらしく、それはまた大層な騒ぎになりましてのう。が、それを一番に見つけられたのが瑞穂さまであったのです」

「母が?」

「法要の件で、その日お越しいただくように寺側が約束していたらしいのですが、当時の住持をはじめそれどころではなく、みな失念しておったのです。瑞穂さまは異様な物音に気付かれ、裏手に回られたとか。で、並の女人《にょにん》ならそこで怖気《おじけ》るなり、逃げ出すなりされてもおかしくはございませんでしょう。何しろ僧侶が一人、口から血の泡を吹いて苦しみもがいておるわけですから。されど、瑞穂さまはそのような振る舞いはなさらなんだ。我らが駆け付けた折には、苦しむ僧侶の腹を抱えて胃の腑《ふ》のものを全て吐き出させようとしておられた。病弱でか細い方であったのに、驚くほど要領よく動かれて……。そうそう、少しの間ではありますが、唖然《あぜん》としていた我らは瑞穂さまに怒鳴られました。『早く、お医者を呼びなさい』と。瑞穂さまのお手当てがあったからこそ、あの僧は一命を取り留められたのです。それは医者も認めておりました。しかし、瑞穂さまはさらに」

ここでも慶達は声を潜める。本来、芝居がかった物言いが好きな性質《たち》らしい。

「驚くべき働きをなさいました。つまり、消えた金子のからくりを見破られたのです。それも我らの話を聞いたのみでです。ええ、修羅場《しゅらば》を見られた以上、隠し通すことはできませぬし、遅かれ早かれ檀家衆には報せねばならない事柄ではございましたから、瑞穂さまにはその場で事の次第を全てお話ししたのです。その話を聞いて、二つ三つお尋ねになりましてな、金子が届けられたときの様子であるとか、本堂修繕の捗《はかど》り具合であるとか、正直申しまして騒動とは無縁にも思える問いでございましたよ。いや、そのとき拙僧がそう感じたというだけで、後になってたいそう意味があるとはわかったのですが」

そこで口を閉じ、慶達は仔細ありげに笑んだ。

うんざりする。底の割れた話に倦《う》んで、欠伸《あくび》を漏らしそうになった。

「それで、からくりとはどのようなものでございました。盗人は、寺内の御坊《ごぼう》たちではなく外の者、外の者でありながら怪しまれず寺院内を行き来できた者であったという結末でござりましたかな」

慶達の眉がおかしいほど高く吊《つ》り上がった。

「おや、図星でございましたか」

「なぜ、なぜにおわかりになりました」

「住持がすらすらとお話しになりましたので。遥《はる》か昔のこととはいえ、御坊の中に盗みに手を染め、同輩を自裁にまで追い詰めた咎人《とがにん》がいたとすれば、そうまで滑々《すべすべ》とは舌が回りますまい。寺にとって、蒸し返すのは法度《はっと》でございましょうから」

くぐもった音が住持の喉から漏れた。その口元が不意に綻《ほころ》び、軽やかな笑声が響いた。

「ははは、これは参りましたな。さすがに、瑞穂どののお子なだけはある。たいした眼力ではございませんか」

「おそれいりまする。出過ぎた物言いをいたしました。ご寛恕《かんじょ》ください」

素直に頭を下げる。慶達の話はくどく飽きてはいたが、その底からおぼろげに母の姿が浮かんではくるようだ。

「いやいや、まさにお見立ての通りでございますよ。我らの話を聞き終え、問い掛けをした後、瑞穂さまは仰ったのですよ。『百両箱は予《あらかじ》め二つ、拵《こしら》えられていたのではありませぬか』と。とっさには何のことか解《げ》せませなんだ。拙僧だけでなく、ほとんどの僧がぽかんとしておりましたな。百両箱は近くの箱屋に作らせたもので、宝来寺の焼き印が入っておりました。〝宝〟の一文字です」

その焼き印に目を眩《くら》まされた。まさか、同じ箱がもう一つあったとは思いもしなかったと慶達は続けた。

「何者かが箱をすり替えたのです。百二十両入りのものと空箱を。それに誰も気が付かぬままでした。日に三度、勘定方が確かめてはおりましたが、それは箱があるかないかだけ、中の金子までは調べはいたしませなんだ。箱があるなら金子もあると思い込んでおったのです。まあ、勘定方を責めるのは酷《こく》というもの、誰しもそう思うでしょうからな。いえ、瑞穂さまのようなお方もおられますが……」

焼き印入りの同じ箱を作れるとすれば、箱屋より他はあるまい。しかし、箱屋は箱を納めただけで、以来一度も寺院内には立ち入っていない。真夜中、誰かが忍び込んだ形跡もない。百両箱はおそらく白昼に堂々とすり替えられたのだ。

当時、寺の内の者ではないが、怪しまれも咎められもせず庫裡に出入りできた者、僧侶たちの目がなくなった一時に百両箱を替える、その機会を持ち得た者。

母の推察の跡を辿《たど》れば、容易く罪人に行きつく。

箱屋と大工か。

本堂の修繕に関わっていた大工なら、好きに出入りはできる。百両箱を道具のように見せかけて運ぶこともそう難《かた》くはないだろう。

「瑞穂さまに言われて調べてみますと、空箱は底に薄く重石《おもし》が入っておりました。百二十両の金子と同じ重さの物です。万が一にも不審に思われぬための細工でしょう」

「なるほど細こうございますな。しかし、そういう真似《まね》ができるのは箱屋ならばこそ。墓穴を一つ、掘ったようなものではありませぬか」

「まさにまさに。我らは瑞穂さまのご指示に従い、すぐに大工と箱屋に人をやりました。ええ、どちらの店も変わらず営んでおりましたから。で、箱屋の親方も大工の棟梁《とうりょう》も仰天いたしましてな。まったく身に覚えのないことだと言い張りました」

親方や棟梁が盗人ならとっくに逐電《ちくでん》していたはずだ。仮にも一家を構えている店の主が、折半すれば五、六十両に過ぎない金のために盗みに手を染めるとは考え難い。ならば。

「これも瑞穂さまのご指示であったのですが、このところ店を辞《や》めた職人はいないかと尋ねてみたところ、おりました。どちらにも、数日前にときを同じくして辞めた者が一人ずつおりましてな。名を……うーん、名を思い出せませぬが箱屋の方は、まさにあの百両箱を作った職人、大工は修繕にずっと通っていた中の一人でした。後でわかったことですが二人とも賭場《とば》に入《い》り浸《びた》っていて、そこで知り合った仲だったようです」

「なるほど、賭場の借金で首が回らなくなった小悪党が手を組んだのですな。この寺に関わる仕事をそれぞれの雇い主がたまたま請け負っていたとわかり、凝《こ》った筋書を考え付いた。箱屋か大工か、どちらかわかりませぬが、そこそこ頭の切れる男だったのでしょうか。で、まんまと事が上手《うま》くいき、金を懐《ふところ》に逃げ出したというわけですか」

「さようです。これには後日談がございましてな。箱屋の職人は金を使い果たして江戸に舞い戻ってきたところを捕《つか》まり打ち首になりました」

「ほう。大工の方は」

「いまだ行方《ゆくえ》知れずです。が、寺の金を奪った不逞《ふてい》の輩《やから》、碌な死に方はしておらぬはず」

「生きておるやもしれませんん」

「ふむ?」

「その不逞の輩、死んだとは限りますまい。まだ生きて、それなりに暮らしておるとも考えられましょう」

　慶達は数珠をまさぐり、じゃらりと鳴らした。

「確かに人の生き死になどわかるわけもございませんな。それに、阿弥陀仏《あみだぶつ》の本願は悪人を救うことに尽きますする。仏に仕える身で前言はあまりに不遜《ふそん》でございました。どうかお忘れください。いや、拙僧もまだまだ修行が足りませぬ。生半可な坊主でございますよ。ただ、瑞穂さまは拙僧とは違い、本物でございましたな。聡明《そうめい》とか賢明とか、そんな生易しいものではない、もっと……何と言いましょうか……恐ろしいような才知《さいち》をお持ちだった。ゆえに我ら凡庸《ぼんよう》な者には見えぬ何かが見えておられたのではありませぬかな。若くして亡くなられたのは、その才知に命が付いて行かれなんだのではと、今でも思うことがございます。あ、いや、これはご子息に申し上げる筋合いのものではありませんでしたな。口が過ぎました。お許しを」

「では、それがしが覚えております母の言葉も、見えぬ何かを見た者の台詞とお考えか」

「わかりませせぬ。何度も申し上げますが、瑞穂どのの思案だけは見当がつきませせぬ。畏怖《いふ》の念さえ抱いておりますよ。命日に経を唱えさせていただくのも、その念があればこそ。ふと、足が墓前に向いてしまうのです」

　じゃらりじゃらり、数珠が鳴る。

　ここまでか。

　信次郎は一礼すると、立ち上がった。

　庭に目をやる。傾きかけた日の光を吸い込み、苔は鈍《にぶ》く輝いていた。

芳之助店は江戸のどこにでもある裏店の一つだった。だが、造作がまだ新しく、日当たりもそこそこに良い。そのおかげなのか、じめついた暗い気配はなかった。陽光に映《は》える腰高障子の色も明るく白く、清々《すがすが》しい。

弥吉は木戸から二戸めの家に住んでいた。琉球《りゅうきゅう》畳が敷いてあり、狭いながら納戸も付いている。裏店暮らしとしては恵まれた住まいだろう。

「そんなに縮《ちぢ》こまらなくてもようござんすよ」

伊佐治は苦笑しながら目の前の男に話しかけた。遠野屋の手代《てだい》弥吉は大柄な男だった。身の丈は五尺五寸といったところだが、肩幅が広く腕も太い。堂々と言って差し支えない体軀《たいく》だった。しかし、その身体の上に載っているのは、ちまちまと纏《まと》まった目鼻と下がり気味の眉、気弱としか言いようのない面相だ。

身体と顔がここまで釣り合わねえ御仁《ごじん》も珍しいな。

笑い出してしまいそうな口元を引き締め、伊佐治は「弥吉さん」と男を呼んだ。弥吉が律儀に「はい」と答える。

「あっしはおまえさんを取って食おうなんて思っちゃいやせんよ。ちょいと話を聞かせてもらいてえだけなんでさあ。ほら、もうちょっと楽にして……と、あっしが言うのも変でやすねえ。ここは弥吉さんの家ですものねえ」

「はあ」

弥吉は首を竦《すく》め、俯《うつむ》いた。伊佐治の冗談にもほとんど応じない。口の端を上げることさえしなかった。

「弥吉」

遠野屋が横合いから声を掛ける。弾《はじ》かれたように、弥吉の顔が上がった。

「親分さんの仰る通りだ。おまえは咎《とが》を犯したわけじゃない。そんなに硬くならなくていいのだよ。ただ知っていることをそのまま、親分さんにお話しなさい」

「は、はい。なにしろ、その、岡っ引の親分さんに尋ねられるなんて、初めてでして。さっきから心《しん》の臓《ぞう》がばくばくして苦しくて。な、慣れていないものですみません」

「ははは、いいじゃないか。それだけ真面目に生きてきたって証《あかし》だ。ねえ、親分さん」

「まったくで。岡っ引なんぞと縁がないに越したこたぁありやせんよ」

弥吉が息を吐き出した。身体の力が抜けたのが見て取れる。口元もかなり緩んだようだ。

遠野屋さんが一緒に来てくれて助かったぜ。

伊佐治は胸の内で呟いた。「うちの手代のことですので、気になりますから」と、遠野屋は同行してくれた。同行してもらってよかった。遠野屋がしゃべるたびに、笑うたびに弥吉の心身が解《ほぐ》れていく。解れれば頭も舌も回り易くなるのだ。何かを思い出すのも、思い出した何かを言葉にするのも強張《こわば》っていては覚束《おぼつか》ない。

「旦那さま、あの、申し訳ありませんでした」

「うむ？　何の詫《わ》びだ」

「か、勝手に店を抜け出してしまいまして……」

「勝手ではないだろう。おみつにちゃんと断りを入れて、許しを得たんだろう」

「はい、それはそうなのですが、やはり旦那さまに直々《じきじき》にお許しをいただくべきでした」

「おみつが良しとしたなら、それでいい。おまえに落ち度はないと思うが。まあ、あまり公言できることじゃないが、おみつの裁量に異を唱えられる者なんて、うちの店には大女将《おおおかみ》より他にいやしないよ」

「はあ、わたしも頭が上がらない口でして」

「同じだよ。わたしもたいていのことは黙って従うようにしている。それでうまく収まっているのだから、男連中は諦《あきら》めておみつの下に就《つ》くしかないな」

遠野屋がくすりと笑う。弥吉も歯を見せて笑みを作った。主人とのやりとりでさらに気持ちが和《なご》んだようだ。

こういうとき、遠野屋に深く感心する。物言い、仕草、眼つき、表情、声音。それらが絶妙に合わさって大らかな気配を生む。張り詰めた心を解き、和らげてくれる。

この人なら信じられる。信じるに値する。

そう思う。思わされる。その気質が遠野屋生来のものなのか、商人として身につけたものなのか、伊佐治には測りかねた。ただ、感心するだけだ。

「感心しながら、身構えているんじゃやねえのか、親分」

遠野屋の気質を褒《ほ》めたことがあった。『梅屋《うめや》』で、信次郎と差し向かいで飲んでいたときだ。酔いのままに、日ごろ胸底にうずくまっていた思念の一つを口にしたのだ。信次郎は薄く笑いながら、返してきた。酒を口にしていたが、酔ってはいなかった。

「身構えている？　あっしが遠野屋さんに、でやすか」

「他人を容易く信じさせてしまう相手にだよ。誰かを本気で信じるなんざ、蜘蛛《くも》の糸に引っ掛かった羽虫になるのと同じだ。ぐるぐる巻きに絡《から》まれて身動きできなくなる」

「旦那、何を仰ってんです。遠野屋さんは蜘蛛なんかじゃありやせんよ」

「そうかい。けど親分は用心してんだろう。他人を易く信じることも、易く信じさせちまう相手にもな。度量の広い、善の質と見做《みな》される商人の皮を一枚引き剝《は》がしたらどんな顔が現れるか、身構えてんじゃねえのか」

へへ、と信次郎がさらに笑う。その笑みが不快で、伊佐治は横を向いた。このお人こそ蜘蛛だと思った。人を追い詰め、身動きできなくしてしまう。

あのときの酒の苦味が不意に口の中によみがえって、伊佐治は軽く咳《せ》き込んだ。

「あ、こりゃあ失礼しやした。じゃあ、ちょいと聞かせてやってくだせえ。弥吉さんは、今の屋さんの葬儀に参列していなすったんですね」

「はい。参列というか葬儀の手伝いをしておりました。今の屋さんとは日ごろから、付き合いがありましたもので。とはいっても、お町さん、あ、今の屋さんのお内儀《かみ》さんでして、お町さんから葬儀は内輪だけでやると言われてましまして、湯灌《ゆかん》もお町さんと息子の仁太郎さんで済ましたようでした。えっと、ですから通夜も葬儀もほとんど手伝うことがなくて、大半の者は帰ってしまいまして、わたしも早々に引き揚げようと考えていた矢先、あの騒動が起こったのです」

伊佐治は二度ばかり首肯した。弥吉の物言いはもたもたしてはいるが、散漫《さんまん》ではなかった。

「騒動というのは、徳重の借金の取り立てのことでやすね」

「はい。あれは確か読経が終わって間もなく、佐賀屋さんがお町さんを廊下に呼び出して、そこで借金の話を始めたんです。わたしは台所におりましたから筒抜《つつぬ》けで、それで、今の屋さんが大層な額のお金を借りていてそれを返せずに亡くなったこと、返す期限が月末に迫っていること、返せなければ『今の屋』が潰《つぶ》れてしまうこと、そういう諸々が耳に入ってきました。佐賀屋さんはだんだん口汚《くちぎたな》く、お町さんを責めるようになって、そこに仁太郎さんも加わってちょっとした騒ぎになりました。わたしも、佐賀屋さんの言い振りがあんまりなので……ええ、ほんとに酷《ひど》かったのです。聞くに堪《た》えないような罵詈雑言《ばりぞうごん》で、それで、我慢できず止めに入りました。他人事《ひとごと》ではありますが、腹が立って腹が立って、もう少し度胸があれば、あの強欲爺《ごうよくじじい》を殴っていたと思いますよ」

口にするのも憚《はばか》られるという風に弥吉は唇を真一文字に結んだ。当時の怒りが戻ってきたように、頬が赤く染まる。徳重は〝佐賀屋さん〟から〝強欲爺〟に変わった。

ここまでは、さして耳新しい報せはない。お町や仁太郎から聞き取ったものとほぼ重なる。違うのは、今の屋の家族はみな憔悴《しょうすい》していたが、弥吉には怒るだけの力が残っていたというところだ。

「殴らなくてよござんしたよ。それで、徳重に怪我《けが》でも負わせていたら面倒なことになってたかもしれやせん」

「あ、はい。仰る通りで。あのとき殴ったりしていたら、遠野屋の手代が年寄りに手荒い真似をしたなんて噂《うわさ》になったかもしれません。それを考えれば我慢してよかったとは思うのですが……。でも、葬儀の場で、周りがあんなに悲しんでいるところで、金を返せ、返さないと店は貰《もら》い受けるなんて、あまりにも薄情な言いようじゃありませんか。人の心があるならあんな非道な真似、できるわけがない」

弥吉の大きな身体が震えた。本気の憤《いきどお》りが伝わってくる。

「後で仁太郎さんから伺いましたが佐賀屋が騒ぎ出すのが心配で内々の葬儀にしたそうです。恥をさらしたくなかったとか。報せなければ報せないで、怒鳴りこんでくるのは目に見えていたし、静かに父親を見送ることもできないのが情けないと、涙ぐんでおられました。佐賀屋は誰かを殺したわけでも、何かを盗んだわけでもないでしょうが、あれは悪行です。死んだら地獄に落ちるでしょうよ」

伊佐治は身を乗り出し、声を低くして告げた。

「弥吉さん、佐賀屋徳重は死にやしたよ」

弥吉が固まった。目を見開き、瞬《まばた》きさえ忘れて動かなくなる。喉仏だけがこくこくと上下した。

暫くの後、唾《つば》を呑み込み、弥吉は「死んだ」と呟いた。

「死んだというのは……病に罹《かか》ったとかですか」

「殺されたんでやすよ。今朝、通いの女中が死体を見つけやした。夫婦揃《そろ》って血だらけで倒れていたんでやす。昨夜遅くというより、今日の明け方の前に殺《や》られたみてえでね」

「殺し……」

「へえ、殺しでやす。しかもめった刺しにされてね。で、もうちょい突っ込んでお尋ねしやすが、弥吉さん、あんた、昨夜から今朝にかけては何をしてやした」

「はぁ？」

堂々たる体軀の男から妙に間の抜けた声が漏れた。

「あの……え？　えっ、えっ、お、親分さん、まさかまさか、わたしをお疑いなのですか。わ、わたしが佐賀屋、さ、佐賀屋さんを殺したと」

「弥吉、落ち着け。親分さんはそんなこと一言も仰っていないだろう」

「旦那さま」

弥吉が遠野屋に縋《すが》るような視線を向ける。遠野屋はゆっくりと大様《おおよう》に点頭した。それだけのことで弥吉の頰に血の気が戻る。もう一度、さっきよりゆっくりと唾を吞み込み、弥吉は居住まいを正した。

「昨夜は、今の屋さんのところに行っておりました」

「真夜中にでやすか」

「宵《よい》の口にお町さんから呼ばれたんです。相談したいことがあるから来てくれと」

「ふむ。その相談とは」

「猫のことでした。お町さんが可愛《かわい》がっていた白い雌《めす》猫を、引き取ってはもらえないかと頼まれました。よく鼠《ねずみ》を獲《と》るから役に立つとも言われて。猫は嫌いじゃありません。けど、どうして急にそんなことをと、面食らってしまって」

弥吉はすっかり落ち着きを取り戻し、そう閊《つか》えもせず語り続けた。

「そしたら、お町さんから、もう今の屋もお終《しま》いだ。ここを引き払って、親子二人でひっそり暮らすつもりだと告げられてしまいました。驚きはしましたが、葬儀のときのごたごたを知っているので、いたしかたないのかとも思いました。わたしはお町さんたちが気の毒で、でも、何をできるわけもなくて……猫を引き取るぐらいお安い御用だと答えたんです。そしたら、お町さん、たいそう喜んでくれて、葬儀のときは世話になったのにろくにお礼もできなかったから、今日は御馳走《ごちそう》させてくれと膳を用意してくれました。仁太郎さんも加わって、仏壇の前で粂三郎さんの思い出話をしたり、亡くなったときの様子を、急に倒れて、そのまま目を覚まさなかったからさほど苦しまなかったはずだとか、そんな話を聞いたりしながら、夜を明かしましたよ。途中でうとうとして、ふっと目を覚ましたら隣に仁太郎さんが眠っていて、お町さんは仏壇に手を合わせて……泣いていたようでした。声を掛けるのも気が引けて、寝ている振りをしてたら、またうとうと眠ってしまいました」

「長屋に帰ったのはいつでやす」

「夜が明けて間もなくでした。朝餉《あさげ》用にと握り飯と漬物まで持たせてくれましたよ」

伊佐治は顎を引き、束の間、目を閉じた。

聞いていなかった。葬儀での揉《も》め事についてはかなり突っ込んで問うたつもりだったが、その後《のち》にまでさほど気が回らなかった。お町はともかく、仁太郎の動きはもう少し調べねばならなかった。さっきの弥吉への推問のように、きっちり確かめるべきだった。唇を噛む。

いかにも気弱そうな仁太郎の見た目に油断したのかもしれない。ただ、今の屋母子《おやこ》は窶《やつ》れてはいたが、落ち着いてもいた。人二人を殺して、あの落ち着きはないだろう。昨夜から今朝まで家にいたと、ことさら言い募る風もなかった。弥吉の名も出さなかった。

むろん、自分の手落ちは手落ちだが、さしたる害にはなるまい。それはつまり、事件を解く手掛かりにもならないということだ。大穴を見逃していたなら奮い立ちもするが、見逃して差支えない穴ぼこ一つ、気にすることもないだろう。

「弥吉、わたしからも一つ、尋ねたいのだが」

遠野屋が伊佐治をちらりと見やる。

よろしいですか、親分さん。

もちろんでやすよ、遠野屋さん。

視線だけで意思を伝え合う。そういうやりとりができるまでの仲になっていた。いつの間にか、だ。

「なあ、弥吉」と、遠野屋はいつもの口調で手代に話しかけた。

「おまえが店を抜けたのは、なぜだ」

「あ、それは……」

「昨夜の酒が残って辛《つら》かったわけじゃないだろう。それならそうと、おみつに伝えただろうし、今朝の様子からもそんな風には見えなかったからな」

弥吉が肩を窄《すぼ》め、「はい」と小さく答えた。

「わたしは酒にはわりに強い質《たち》ですので……。酔いが残るようなら、深酒はいたしません。仕事に障《さわ》りますから慎《つつし》みます」

宿酔《ふつかよい》のまま店に出たりはしない。弥吉のささやかな、しかし、確とした矜持《きょうじ》が窺《うかが》える。奉公人一人一人にこの矜持が宿っている。そこが、遠野屋の商いの強さだ。改めて思いはするが、今は商いの堅脆《けんぜい》などどうでもいい。

「酒のせいじゃないとしたら、どんな理由があったんで」

伊佐治は身を乗り出して、大男の顔を見詰めた。

「おみつさんには、気になることがあって落ち着かないと告げたそうでやすね。その気になることってのを話しちゃくれやせんかね」

「それは……その、ちょっと、いや、あの、今の屋さんの一件とは何の関わりもない話で」

「ええ、関わりはねえでしょうね。わかってやす。けど、聞いて差し支えねえ話は聞いておきてえんで。それも、あっしの役目の内なんでやすよ。弥吉さんが遠野屋さんの仕事に本気なように、あっしもあっしの仕事を為さなきゃならねえんでねえ。いや、もちろん、無理にとは言いやせん。ほんとに差し支えなければで構わねえんです」

やんわりと促す。嘘ではなく弥吉に無理強《むりじ》いする気はなかった。しかし、しゃべれないならしゃべれない理由を探り出さねばならない。遠野屋の手代の身辺を嗅《か》ぎ回るのは、正直、気が重い。手間もかかる。できるなら、すんなり語って欲しかった。

「弥吉、迷うことはない。親分さんに本当のことをお話しなさい」

遠野屋がやや口調を引き締め、言った。

「おまえはきちんと、おみつに許しを得て店を抜けたのだ。それも一刻《とき》あまりのことだろう。それをとやかく責めるほど、わたしは狭量《きょうりょう》ではないつもりだが」

伊佐治の胸裏《きょうり》を察したかのように、遠野屋も手代を強く促した。

「そんな、旦那さまに責められるなどと毛頭、思ってはおりません。ただ、その、あまりに自分勝手な都合だったもので少し躊躇《ためら》ってしまいまして。はい、あの握り飯なんです」

「握り飯ってえと、今の屋さんが帰り際に持たしてくれたってやつですかい」

「はい。大振りのものが二つ、ありました。それで、あの、それを二軒先のお高《たか》さんにあげようかと思って、その、も、持って行ったんです。お高さんは女手一つで子どもを育てていて、いろいろ苦労してるものですから。そうしたら……」

「そしたら、どうしやした」

「お高さん、夜具に包《くる》まってがたがた震えていて、怖い怖いって譫言《うわごと》みたいに繰り返してました。わたしが声を掛けたら、泣きだして……。でも、何を聞いても答えなくて泣くだけなんです。仕事もありますし、ひとまず、お菊《きく》に握り飯を渡しておいたのですが。あ、お菊はお高さんの子で、今年三つになった娘っ子です。お腹《なか》が空《す》いていたとみえて、握り飯にかぶりついてましたよ。かわいそうでした」

話が見えてきた。

「なるほど、そのお高さんが気になって、様子見に戻ったわけでやすね」

「はい。あまりに怯《おび》えていたものですから、お高さんのこともお菊のことも気になって」

「どんな風でやした」

「お高さんですか。ええ、起き上がって縫物《ぬいもの》をしてました。握り飯の礼を言われて、怖い夢を見て取り乱してしまったとも言われて、わたしとしては、ほっとしたわけです。ほんとに、ただそれだけのことで、あの、お騒がせしてしまってすみません」

弥吉が低頭する。伊佐治は慌てて手を振った。

「お騒がせしたのはこっちじゃねえですか。何もかもしゃべらせちまって、申し訳ござんせん。よくわかりやしたから、これで失礼しやすよ」

腰を上げながら、心内でため息を吐《つ》いていた。

意気込んだわりには、たいした獲物はなかった。落胆の味が苦い。

弥吉はそのお高という女を憎からず想っているのだろう。幼い子どもを抱え生きている女を支えてやりたいと望んでいる。その心根は称されはしても咎められるものではない。弥吉のような男に想われるのは、お高にとっても悪くはないはずだ。情のあるいい話を聞いた。けれど、これでは欠片《かけら》になり得ない。相生町の一件とは、何の繫《つな》がりもないのだ。

芳之助店から表通りに出る。優しい陽気だ。冬の厳寒も夏の苛烈もない。光も風も人の姿も芳《かんば》しい。ただ、伊佐治としては、陽気を楽しむ気分とは縁遠かった。

「親分さん、うちで少し休んでいかれませんか」

遠野屋が何気なく誘ってくれた。

「朝からずっと働き通しなのでしょう。お疲れではありませんか。余計なことですが、昼餉《ひるげ》は何か召し上がりましたか」

昼どころか朝もろくに食べていない。朝方、報せを受けたとき、まさに朝飯の最中だった。口の中の飯を味噌汁で流し込み、飛び出したのだ。それから、湯呑一ぱいの水を口にしたぐらいだ。しかし、腹が減っている覚えはなかった。いつもそうだ。事件を追って江戸市中を走り回っている間は、疲れも空き腹もほとんど感じない。その代わりのように、事が一段落すると全身が怠《だる》く、歩くのも階段を上るのも、返事をするのさえも億劫《おっくう》になる。

いつの間にかそういう身体になってしまった。

「大丈夫でやすよ。旦那のお屋敷に、ちょいと顔を覗ける前に、もう一度『今の屋』に寄って弥吉さんの話を確かめてみやす。けど、お気遣いいただいてありがてえこってす」

「今までのやりとりをお報せに行かれるのですか」

「さいでやす。報せるたって、目新しいものも耳新しいものもねえようで。些《いささ》か面目ねえ気にはなりやすが、こればっかりはしかたねえ。あっしが見聞きしたことをつぶさに話してきやす。旦那がどんな渋い顔をするか、ちょいと気重じゃありやすがね」

「そうでしょうか」

「へ？」

遠野屋が伊佐治に視線を向け、微《かす》かに眉を寄せた。

「わたしは親分さんと弥吉のやりとりしかわかりませんが、何もなかったとは言い切れない。むしろ、何かがあると、そんな気がしてならないのですが」

「遠野屋さん、そりゃあどういうこってす」

遠野屋を見上げる。若い商人の眼に、惑《まど》いの色が過《よぎ》ったようだ。

「あっしにはわからない何かを、遠野屋さんは察しなすったってことでやすか。だとしたら、それは何でやす」

そのつもりはなかったが、つい詰め寄る口調になる。遠野屋が、心持ち眼差しを泳がせた。

「わかりません。ただ、感じただけです。全て辻褄《つじつま》があっているようで、その実、どこかがずれているような、落ち着かなさを感じる。それだけなのです」

「ずれている、でやすか」

伊佐治は足元に視線を落とした。桜の花弁が二枚、無残に土に塗《まみ》れている。目を上げれば、傍《かたわ》らを過ぎた荷車の俵の上にも花弁は散っていた。

「あやふやな物言いで申し訳ありません。ただ感じただけで、それがなぜなのか、どこに感じるのかわからないのです。いや、まるで見当外れのことを言っているような気もして……。我ながら心許なくて歯痒《はがゆ》いのですが」

そこで、遠野屋は一瞬、顔を歪めた。ほんの一瞬、瞬きにも足らないほどの間だったが、苦しげに、あるいは悲しげに歪めたのだ。

「木暮さまなら、おわかりでしょう」

ひらり。風に乗って花弁が流れてくる。地に落ちて、やはり土に塗れてしまう。

「木暮さまなら、こんな曖昧なことは仰らないはず。わたしが漠としか感じられないものをきっちり言葉にしてくださると思います」

伊佐治は頷き、「わかりやした」と答えた。

「旦那に事細かく全てを報せて参りやす。そして、旦那の言ったことを取り零《こぼ》さず、今度は遠野屋さんにお伝えしやすよ」

遠野屋が目を伏せ、低頭した。

「お手間を取らせます。わたしが口を挟む立場でないとは、重々わかっておるのですが」

珍しく歯切れが悪い。どことなく、躊躇いさえ伝わってくる。

「すっきりしやすからね」

長身の商人を仰視したまま、伊佐治は胸のあたりを押さえた。

「このあたりに溜《た》まっていたもやもやを説き明かしてもらえば、何て言いやすか、淀《よど》みがすっと流れたような、息が楽になるような心持ちがするもんです。ありゃあ厄介なもんで、ちょいと癖になりやすね」

「まさに仰る通りです。厄介で心地よくて……。そうですか、親分さんも同じですか」

「旦那との付き合いは遠野屋さんより長《なげ》ぇですからねえ。酒毒《しゅどく》みてえなもんでさ。身体に悪いってわかってはいるのに、どうしても欲しくなる。あっしなんかもう、害毒に塗れちまって治りようがねえって諦めてやすよ」

「なるほど。木暮さまとのお付き合い、親分さんほど長くない身とすれば、抜けるなら今のうちということでしょうか」

「抜けられるなら早いに越したことはありやせんがね」

「抜けられるなら」

呟き、遠野屋は視線を上に動かした。伊佐治も釣られて空を仰いだ。

雲が丸い。綿花に似た白い雲が江戸の空を過っていく。

「では、あっしはこれで。今日は同行してもらって助かりやしたよ。近いうちに、一度、寄らせていただきやすんで」

「お待ちしております」

遠野屋は軽く頭を下げ、道行く人々に交ざり去っていった。その後ろ姿を見送りながら、胸の高鳴りを嚙み締める。

遠野屋さんが何かを感じたなら、その何かってのがあるわけだ。

だとしたら、空手ではなく獲物を摑んでいる。

伊佐治は光に右手をかざしてみた。陽光の中でゆっくりと指を握り込む。仄《ほの》かな温《ぬく》みを捉《とら》えた気がした。

伊佐治と別れ、清之介は裏手から遠野屋に戻った。

隣の敷地には、抱え職人のための住まいを兼ねた仕事場が並んでいる。家々はまだ新しく、木の香りがした。

店のざわめき、人の動く気配、店で焚《た》いている香《こう》の香り。立っているだけで、遠野屋の音や匂いや色に包まれていく。

自分の生きる場を踏みしめている。その安堵《あんど》が胸を浸す。ここに、余計なものを引っぱり込んではならない。この安堵を崩してはならない。

己に言い聞かす。言い聞かしながら、口の中の苦味を呑み下した。

口惜《くや》しい。こんなにも確かな足場を得ながら、余計なものに心惹《ひ》かれる自分が口惜しく、情けなく、腹立たしかった。

それでも知りたい。見たい。聞きたい。弥吉の話に耳を傾けながら、胸に萌《きざ》した違和の正体を明かしてもらいたい。それを目の当たりにした一時の、〝淀みがすっと流れる〟快楽を味わいたい。商人には無用の快楽とわかっていながら、求めてしまう。

くそっ。

清之介は我知らずこぶしを握っていた。それで、傍らに生えている梅の幹を叩《たた》く。細い幹が揺れ、枝が揺れた。桜より一足も二足も早く花を咲かせ散らせる木は、緑の葉を茂らせて、花ではなく実の青い匂いを漂わせた。

気息を整える。指を開く。遠野屋の主人の顔になる。商いと向き合う商人の顔だ。それを待っていたかのように、呼ばれた。

「遠野屋さん」

廊下の端におうのが立っていた。口元に笑みを浮かべている。

「お戻りになったばかりで申し訳ないのですが、見ていただきたいものがあるんですよ」

おうのの笑みが広がる。初々《ういうい》しい娘を思わせる表情だ。

「どうしました？　何事ですか、おうのさん」

「ふふ。見てのお楽しみですよ。さ、こちらへ」

おうのの後について表座敷に入る。敷居を跨《また》いだ足が止まった。

「え、これは」

座敷の真ん中に女が三人、座っていた。

義母《はは》のおしの、おみつ、そしておくみだ。年も姿形もまるで違う女三人には、それぞれに化粧《けわい》が施《ほどこ》されていた。濃くはない。晴《はれ》ではなく褻《け》の化粧の類《たぐい》だ。にもかかわらず、三人が三人、それぞれに美しかった。

「驚いた。年からいって、おくみが化粧映えするのはわかるが……」

「旦那さま、それ、どういう意味でしょうか」

おみつが軽く睨《にら》んでくる。その眼つきがいつものおみつだったので、清之介は何となく安心できた。おしのが手鏡を覗き込み、「ほんとにねえ」とため息を漏らす。

「久しぶりにきちんと化粧してもらったよ。何だか、背筋がしゃっきりするもんだね」

「おっかさん、間違いなく五つ、いや六つは若返ってますよ」

「おや、五つ六つかい。あたしは十はいくと思ってたんだけどね」

おしのが鬢《びん》の毛を撫《な》でながら、肩を竦《すく》める。仕草まで若々しい。

「あたしも十は若返りましたよ。おやまあ、とすれば二十歳《はたち》とちょっとですか。まだ嫁入り先があるかもしれませんねえ。どうしようかしら」

「おみつ、鯖《さば》をよむのもたいがいにおし。おまえ、年の数を十引いたって二十歳とちょっとにはならないだろ。幾らなんでも無理が過ぎるよ」

「まっ、大女将さん。せっかくのいい気持ちが台無しじゃないですか。こういうのはご愛嬌《あいきょう》で相槌《あいづち》の一つも打ってくださいな。ああ、でもほんとに気持ちがしゃんとしますね」

「そうだね。化粧することで、こんなに気持ちに張りが出るもんなんだねえ。何て言ったらいいのか、うきうきしちまいますよ。ね、おうのさん」

「はい。それも化粧の力かと思います」

おうのが膝をつき、手際よくおしのの髷《まげ》を整えた。おしのは手鏡の中の自分に笑いかけている。そうかと清之介は気が付いた。義母は若返ったのではない。生き生きしているのだ。今このときを楽しんでいる。今の己に満足している。

それが美しい。

「あの……あたしは生まれて初めて、化粧ってものをしていただいたのですが、やっぱり、その身にそぐわないというか、恥ずかしいです」

おしのの横で、おくみがもぞもぞと身体を動かす。途方に暮れた顔つきになっていた。

「いや、おくみ、恥ずかしがることはない。おまえがこんな佳人《かじん》だったとはな、驚きだ」

嘘ではなかった。おくみはいつものお仕着せではなく、古手ながらこざっぱりした小紋に着替えている。髷にも朱塗りの櫛《くし》が挿《さ》してあった。頬には紅が叩かれ、唇も薄紅色に艶《つや》めいていた。若さの艶を紅が引き出したように思える。

「これは見事な化粧術だ。たいしたものですよ、おうのさん」

「ふふ、あたし一人の手柄じゃないですよ。たいそう腕の立つ助手《すけて》を見つけたんです」

「え、助手？」

おうのが振り返り、手招きする。

「おちやさん、そんな隅《すみ》に縮こまっていないで、こちらにお出《い》でな」

「いいえ、別に縮こまっているわけではないのですが」

おちやが膝を滑らせて、前に出てきた。こちらはまったく化粧気はない。襷《たすき》でお仕着せの袖《そで》を絞り、前掛けを付けている。奉公人の形《なり》だ。

「助手というのは、おちやのことですか」

「そうです。驚かれましたでしょ。おちやさん、色の組み合わせがとても上手でねえ、何度も舌を巻きました。遠野屋さん、お三人の頬の紅、色合いが違っているのはおわかりでしょうか」

「ええ、わかります。光の塩梅《あんばい》でまるで違っても見える。これが、おうのさんの言っていた暈《ぼか》し紅ですか」

「まだ、そこまではいきません。でも、その元にはなるはずです。おちやさん、暈し方がそりゃあもう見事なんですよ。おちやさんと二人でもう少し、あれこれやってみますね。白粉《おしろい》や目紅《めべに》の使い方も工夫すればもっと女人が映える気がします。いえ、必ず映えますよ。化粧で女がどんどん変わっていくんです。もちろん小間物、着物、帯、履物《はきもの》まで思案に入れての化粧。化粧によって着付けが変わり、身に着ける品で化粧が変わる。それを試してみたいのです。ねえ、おちやさん」

「えっ？　い、いいんですか。あたしに、そんなたいそうな仕事ができるでしょうか」

「できるさ。おまえにその気さえあれば、才は有り余るほど持ってるんだからさ」

おしのが振り向き、告げる。大きくはないが凜《りん》とした張りのある声だ。

「おうのさんが太鼓判を押してくれたんだ。やれることに励《はげ》みな。それが遠野屋のためになるんだから旦那さまは許してくれるよ。と、どうだい、清さん」

「ええ、むろん異存はありません。おっかさんの言う通りですよ。しかし、おちやの才を見抜けなかったのはわたしの落ち度だな」

「大女将さん、旦那さま。あ、ありがとうございます。あたし、頑張ります」

立ち上がろうとして勢いがあまり、おちやがつんのめる。手に持っていた化粧刷毛《はけ》や白粉椀が転がり、畳を汚す。

「きゃっ、ど、どうしよう。また粗相《そそう》しちゃった」

「おちやさん、慌《あわ》てちゃ駄目。白粉踏んでしまうから。雑巾《ぞうきん》、雑巾を」

「あ、はい。ごめんなさい。おくみさん、雑巾、どこ、どこにあるの」

おしのが声を上げて笑う。おみつはため息を吐いて、渋面を作った。

「色合わせの才云々《うんぬん》という前に、この粗忽《そこつ》を直さなきゃあね。これも一仕事だわ」

「いいじゃないか。おちやがいると笑うことが多くて、おもしろいよ。ははは」

義母の笑声を聞きながら、清之介は廊下に出た。こちらに歩いてくる信三の姿が見えた。信三も主《あるじ》に気付き、小走りに近寄ってきた。

「旦那さま。お戻りなさいませ。弥吉はどんな様子で」

「信三」

「は、はい」

「吹野屋さんと三郷屋さんに人をやって、急な相談があるのだが、今夜、集まれないかと尋ねてみてくれ。必ず返事をもらってくるようにな」

「承知いたしました。すぐに手配いたします」

何も聞かず信三は身体の向きを変え、走り去った。

無理に若返るのではなく、若く見せるのでもない。美しさを作り上げるのでもない。今、このとき、誰の内にもある生き生きとした艶を引き出す。それが装《よそお》う意味ではないか。

〝遠野紅〟ならその意味に応えられる。いや、紅だけではない。三郷屋の帯なら、吹野屋の履物なら、遠野屋の小間物なら人に力を与えることができる。組み合わせることで、自在に使い分けることで、さらに応えていける。

この世には枠がある。身分という枠、家という枠、男である枠、女である枠。枠は堅牢《けんろう》で押しても引いても揺すってもぶつかっても、びくともしない。生き方は生まれによって決められ、年齢によって決められ、揺らぐことはない。けれど、義母はどうだ。おくみはどうだ。老齢の枯れるだけだと決めつけられる女が、貧農の出の、美しさとは縁がないと決めつけられる娘が、ああも照り映えているではないか。

人の世の枠に対するささやかな抗《あらが》いだ。

枠の中に閉じ込められている女たちに、この抗いを示してみたい。諦めることはない。決めつけられることはない。ささやかに抗い続ければいい。遠野屋は支える。

おうのが背後に立った。微かに梅の香りがしたようだ。

「おうのさん、三郷屋さんたちとの相談の場に顔を出してもらえますか」

「はい、喜んで」

「今度の催しのとき、雛形《ひながた》になる者たち何人かに化粧を施してもらいたいのです。年齢も着ている物も体軀もまちまちな女人たちに、です」

「何人というのは、どれくらいの数になります」

「ざっと十人と、わたしは考えています。三郷屋さん、吹野屋さんがどう言うか、それによって変わりもしますが」

「十人。かなりの人数ですね。でも、無理じゃありません。ええ、大丈夫です。やれますよ。おちやさん、助手にお願いしてもよろしいですよね」

「むろん」

「〝遠野紅〟、使わせていただけますか」

「好きなように。ただ、〝遠野紅〟を謳《うた》う場ではない。そのことを忘れないでください」

「かしこまりました。帯や着物の着付けは三郷屋さんたちとご相談します。ふふ、何だか心が弾んできましたよ。こんな浮き立つ気持ち、いつ以来でしょう。初めてかもしれません。商いって、おもしろいですね、遠野屋さん」

清之介は息を吸い込んだ。おもしろい。おもしろくて堪《たま》らない。商人だけが味わえるおもしろさだ。

ずるっ。胸の底で黒い塊が蠢《うごめ》く。蛇のように鎌首をもたげ、こちらを見てくる。弥吉の話の最中に覚えた違和だ。商いとは何の関わりもない。剣呑《けんのん》さを秘めた塊。

おしのが笑っている。おみつもおくみもおちやも笑っている。商いの気配と笑いが交差するこの場は、清之介が作り上げ、守り続けたものだった。

ここがあれば十分なのだ。なのになぜ、おれはあの男の言葉なぞ、聞きたがる？　見境なく求めてしまう。

「さて、ここまで綺麗《きれい》にしてもらったんだ。みんなで芝居見物にでも繰り出そうかね」「わっ、本当ですか、大女将さん」「馬鹿だね。冗談だよ。今は見たい演目なんてないだろう」「なんだ、がっかりですよ」「あたしはもう着替えていいですか。台所仕事が残ってるんです」「あら、おくみさん、ごめんなさいね。化粧を落とす？」「あ、それはもう少し、このままにしときます」「どうしましょ。雑巾が白粉だらけだわ」。女たちのやりとりは、賑《にぎ》やかで軽やかだ。おみつが笑い、その声に驚いた雀《すずめ》が枝から飛び立った。

屋根瓦の向こうに消えた鳥を清之介は目で追う。

日は傾き、空が僅《わず》かに赤みを帯び始めた。

第四章　釣忍《つりしのぶ》

親父《おやじ》は死にました。

と、男は告げた。

信次郎とさほど違わぬ年端《としは》の、いかにも大工らしい屈強な体軀《たいく》の男だった。松之助《まつのすけ》と名乗り、松之助というのは『角松《かくまつ》』の棟梁《とうりよう》として、十人ほどの大工を束ねる者が代々受け継いできた名前なのだと付け加えた。

男は五代目の松之助にあたるのだとか。

「そうかい。由緒正しい家柄ってわけだな」

信次郎は軽く息を吸い込んだ。削られたばかりの材木が立て掛けられ、清々《せいせい》とした匂いを放っている。棚には内丸《うちまる》、外丸《そとまる》、平《ひら》、反《そり》など多くの鉋《かんな》が並び、壁には幾本《いくほん》もの手斧《ちような》が下がっていた。赤銅色《しやくどういろ》の肌をした大工たちが、ちらりと視線を向けて店の奥に入っていく。あるいは奥から通りに出て行く。

『角松』は、そこそこ繁盛しているようだ。気配が緩《ゆる》んでいない。

「そういう話じゃねえです。ただ、続いているってだけで」

松之助は肩を窄《すぼ》め、ちらりと信次郎を見やった。眼《め》つきに用心が溢《あふ》れている。宝来寺からの帰りなので羽織は身に着けていない。むろん、十手《じって》も携《たずさ》えていなかった。それでも小銀杏髷《こいちょうまげ》から同心と悟ったのか、五代目松之助の口は重く、丁寧だった。座敷に上がれとまでは言わなかったが、上がり框《がまち》に腰を下ろした信次郎に茶を淹《い》れてくれた。宝来寺のものより幾分ましな味がした。

「それで、お役人さま。あっしにどんな御用がおありなんで」

用心深い眼つきのまま、松之助が問うてくる。大工たちが豆絞りの手拭いを肩に出て行くのは粋を気取っているだけではなく、一風呂浴びて汗を流すためだろう。松之助もそうしたいと暗に告げているのは、わかっていた。

気にはしない。相手の都合を気にしていては、同心は務まらない。もっとも、これが同心としての仕事だと言い切るのは、やや無理があるだろうが。

「先代が亡くなったのは、いつのこったい」

「親父ですか。もう、かれこれ三年と半年になりやすかね」

「亡くなったのは病を患《わずら》ったのか。それとも、命取りになるような怪我《けが》でも？」

松之助が顎《あご》を引く。眉間《みけん》にくっきりと皺《しわ》が刻まれた。

「病って言えるんでしょうかね。徐々に衰えて、結局、一年ほど寝付いて亡くなりました。前の年におふくろが亡くなっちまって、それでがっくりきたみてえでした。急に老け込んじまって、店のことは全部、おまえに任せる。棟梁を続ける気力がわかねえなんて弱音を吐いてましたねえ」

「そりゃあ難儀だったな。けど、立派な五代目が控えてたんだ。そうそう憂いもなく、お内儀《かみ》さんのいる世に旅立てたんじゃねえのかい」

「畏《おそ》れ入ります。けど、親父の亡くなり方に何かあるんで？」

「ないな。おれが尋ねてえのは、ちょいと昔のことだ。二十年以上は昔になる」

「え？」

「二十年以上昔に、この店の大工が盗人騒ぎを起こした。宝来寺って寺の金をくすねて、逐電《ちくでん》したんだ。その事件のことを訊《き》きたかったのよ」

「宝来寺の事件……」

「覚えてるかい」

目を細めて、若い棟梁を見詰める。そのころ、この男はまだ五つ、六つの子どもだっただろう。五つ、六つ。普段とは違う出来事を記憶に留《とど》めるには、十分な年齢だ。

「……覚えてます。親父とおふくろがひどく狼狽《うろた》えて、おふくろなんか泣いてましたから。子ども心にも何かとんでもないことが持ち上がったって、思いましたね。ええ、覚えてます。というか、思い出しました。ずっと忘れてたのに……」

松之助が瞬《まばた》きを繰り返す。視線がふいっと虚空《こくう》に向けられた。

時が、日々が、年月が手繰《たぐ》り寄せられる。二十年以上を遡《さかのぼ》り、まだ四つ身を着ていたころに戻る。そこで、何を見たか。何を聞いたか。何を知ったか。素直に語ってくれるか。ありのままの話を聞かせてくれるか。

「確か、佐吉《さきち》という名前の男だったはずです。元は渡り職人だったとかで、腕のいいのを見込んで親父が住み込みの職人にしたんです。大工の仕事は『穴掘り三年、鋸《のこ》五年、墨かけ八年、研《と》ぎ一生』とよく言われますが、佐吉はうちに来たとき既《すで》に墨で罫引《けびき》（線入れ）ができたってことですから、親父としても掘り出し物だと思ったんでしょうね」

「それが、とんでもねえ紛《まが》い物だったわけか」

「ですかねえ。よくは覚えてねえです。でも、佐吉が持ち逃げした金子《きんす》は親父が尻拭いしたんじゃねえのかなあ。箱屋の、えっと……ああ『竹乃屋《たけのや》』だ。『竹乃屋』の親方と折半して償《つぐな》ったはずですよ。そのせいじゃないでしょうが、『竹乃屋』は暫《しばら》くして店を畳んじまいましたからね。今は紺屋になってまさあ。親父は身体《からだ》が弱って、寝付くようになってから、あっしに『どんなに手が足らなくても、渡り職人だけは雇うんじゃねえぞ』って事あるごとに言ってました。あれは年寄りの繰り言じゃなくて、昔のあの一件を思い出して親父なりに忠言してくれてたんですかね」

「かもしれねえな。けどよ、いい跡取りがいたおかげで『角松』は、紺屋にもならず、こうして店を続けていられる。だから、おれは話が聞けるってありがてえ寸法さ。で、棟梁、その佐吉って男、おまえさんから見てどんなやつだった」

「え、どんなと言われても、あっしはまだガキでやしたから」

「そのガキが見た男を知りてえんだよ。大人だと、どうしても余計な思案がくっついちまう。世話になった棟梁を裏切って盗みに手を染めた悪人、ってな。けど、子どもの眼ってのはそういう思案とは無縁でいられる。見たまま、感じたまま、それが全てさ。だから、時と場合によっちゃあ、大人より子どもの言い分の方が真実に近《ちけ》えってこともあるんだよ」

嘘《うそ》ではなかった。出まかせでもない。大人は先入主や情を通して他人を見てしまう。そういう見方をする。けれど、子どもは面紗《めんしや》を掛けず、己《おのれ》の感じたままに見る。当てにはできないが、おもしろくはある。思いがけない手掛かりを渡してくれたりもする。滅多《めつた》にないことではあるが。

「へえ、そういうもんなんで」

松之助の口元が固く結ばれる。全身の気配が強張《こわば》った。何かを探すかのように、黒目がうろつく。さっきのような柔らかさはない。

「どうした？」

顎の張った、いかつい横顔を見据える。幻の釣り糸がひくりと動いた。指先にその動きが伝わる。この先に獲物が引っ掛かっているのかどうか。信次郎は静かに息を吸う。

「いえ、何か思い出しそうで……でも、何だろうな。よくわからねえや」

松之助の呟《つぶや》きは、ほとんど独り言だった。耳をそばだてても、聞き取れない。

「わからねえか。まっ、何かの拍子に思い当たったら、また教えてくんな」

何気ない調子で言う。人と魚では釣り方が違う。人の場合、待たねばならない。一日、二日、一《ひと》月《つき》、三月《みつき》、長ければ一年近く待たねば獲物が上がってこない。これはと当てにしたものがただの屑《くず》であったり、古過ぎて使い物にならなかったりもする。大半がそれだ。しかし、稀《まれ》に活《い》きのいい、望み通りの獲物が手に入ることもある。

先刻、この指に伝わった引きがどうなるのか。暫く待つしかないようだ。

「ああ、でも、佐吉のことなら一つ、思い出しました」

思い出せない何かを振り払うように松之助は顔を上げ、横に振った。

「泣いてたのを見たことがあったんです」

「泣いてた？　声を上げてか」

「いいえ、声は何にも聞こえませんでした。場所はどこかよくわかりませんが、薄暗かった気がするから路地の突き当たりか、背戸あたりだったんでしょうかね。そこにこう座って」

松之助は床の上で両膝を立て、背中を丸めた。ひどく叱責《しっせき》された童《わらべ》の恰好《かっこう》だ。

「ぽろぽろ泣いてましたよ。俯《うつむ》いて、背中が震えてたな。何だか苦しそうだった。苦しくて泣いているみたいな風でした。ああいう泣き方を初めて見たんですよ。その、ほら、大人の泣き方っていうんですかね。隠し通さなきゃいけない泣き方って気がしたんですよ。そしたら、何だか、その、見ちゃいけねえものを見てしまったって気分になって、そっとその場を離れましたね」

「それは、いつぐれえのことだ。佐吉が金を持ってずらかった、どれくれえ前になる」

うーんと松之助が唸《うな》った。

「ちょっと、わかんねえな。もうずい分と昔のこってすからねえ」

「宝来寺の本堂の修繕を請け負う、前か後かはわからねえか」

「へえ。多分、前だったような……ええ、前でしたね。親父について一、二度、寺にいったことがありました。そのとき、佐吉が普通に働いているのを見て、このおじさんはどうして泣いていたんだろうかと考えた覚えがあります。けど、やっぱり昔のことなんで、はっきりしたこたぁ言えませんが」

松之助がもぞもぞと身体を動かす。日はかなり傾いた。

「棟梁、邪魔したな」

信次郎は徐《おもむろ》に腰を上げた。やれやれと安堵《あんど》の顔付になるかと思ったが、大工は生真面目な表情のまま見上げてくる。

「お役人さま、何のために二十年の上も昔のことを今さら、蒸し返すんで？　あの事件が関わるような何かがあったんですか？」

「いや、ねえな。おれのちょいとした気紛《きまぐ》れさ。気紛れに付き合わせて勘弁だぜ」

そうだ。ちょっとした気紛れだ。宝来寺の一件は今の何とも繋《つな》がってはいない。

気紛れ？　おれがか？

それはない。その時々の気分で目処《めど》もなく動く。そういう愚行はしない。一歩踏み出すのも、一指動かすのも自分の意思だ。

気紛れではない。では何だ。なぜ、わざわざ墓参りの帰りに『角松』を訪れたりした。かなりの回り道になるというのに。

死の間際、何を見たのであろうか。

あの台詞《せりふ》だ。瑞穂の遺《のこ》した呟きが頭から離れない。

ここでも〝なぜ〟だ。なぜ、離れない。なぜ、こんなにも囚《とら》われている。なぜ、こうまで拘《こだわ》ってしまう。なぜ、とうの昔に罷《まか》り去った者の一言が付き纏《まと》う。付き纏われている。

母だからではない。情は一切、関わりない。

『角松』を出て、通りを歩く。春が長《た》けて、夏に変わろうとする境の季節は風まで青い匂いに満ちている。暮れ泥《なず》む空の下で人は伸びやかに歩いている。と、目には映った。むろん、映るだけだ。花が咲いても、青葉が美しくても人の憂さや悩みは減じてくれない。

気配を感じた。追ってくる人の気配だ。足を止め、振り返る。

「お役人さま。お待ちを」

松之助が駆け寄ってきた。足元から土埃《つちぼこり》が立つほどの急ぎ足だ。

「す、すいやせん。でも思い出しました」

汗が二筋、赤銅色の肌を滑っていく。

「思い出しやしたよ。さっきのあれ、思い出しやした」

獲物は思いの外早く、釣り上がって来たらしい。大物なのか雑魚《ざこ》なのか見極めるのは、これからになるが。

「同じことを訊かれたんです」

首に掛けた手拭いで汗を拭き、松之助が告げた。

「昔、お役人さまとそっくり同じことを言われたんですよ」

「同じこと?」

唾《つば》を呑《の》み込み、松之助が首を前に倒す。

「へえ、大人より子どもの言い分の方が真実に近いって、やつです。あれ、言われました。すげえ昔に言われたんです。だから、思ったまま見たままを聞かせてくれないかって。思い出しました。こう」

自分の喉を軽く撫《な》で上げ、息を吐き出し、続ける。

「痞《つか》えてたものがすっと上がってきたって感じです」

痞えが取れた。正体のわからないもやもやが不意に晴れた。それは、ある意味、心地よくはあるだろう。が、心地よさなどどうでもいい。

「誰に言われた？　覚えているか」

「覚えてます。忘れちゃいませんでした。何で忘れてなかったのか自分でもわかりませんがね。でも、ええ……思い出しました。ただ名前とかどういう人なのか、それはわかりません。ほっそりした、綺麗《きれい》な女の人だった気はしますけど」

「女……」

「へえ。どこでいつ話しかけられたのか定かじゃありませんが、やはり佐吉のことを尋ねられたんですよ。ひどく寒い日だったのは覚えてますね。店の前の水溜《みずたま》りがかちかちに凍っていて、それを割って遊んでたんです。子どもって、そういうの好きじゃねえですか」

「だな」

短く受け答える。幻の釣り糸が震える。

「あっしはその、大人の女の人に、しかも、武家の女の人に話しかけられたことも話しかけたこともなかったんで、少し怖気《おじけ》てしまってね。五つ六つのガキなんだから当たり前っちゃあ当たり前なんですが、それだけじゃなくて、何かその人にじっと見詰められると……うーん、何と言うか、怖いってのとはまた違うけれど、身が竦《すく》むような、ええ、そうそう、身が竦むような気がしたんです」

「その女は武家の形《なり》をしていたわけか」

「へえ、髷も身形《みなり》も物言いもお武家の御新造《ごしんぞう》でしたよ。今、考えてみりゃあ地味な、どっちかというと質素な形だった気がします。だから、高位とか大身《たいしん》のご身分じゃなかったはずですが、それでもおふくろとか伯母《おば》さんとか近所のおかみさん連中とか、あっしの知っている女とは違ってました。お武家の女を知らないわけじゃないけど、やっぱり違ってて……どの女とも違いましたよ。ええ、全然違いましたね。見た目とかじゃなくて、そういうのじゃなくて、えっと品があるというか、女でしかも華奢《きやしや》なのにちょっと気圧《けお》されるみてえなとこがあってね、見ているだけで身が縮《ちぢ》む気がしました」

『角松』の棟梁は、自分の言葉をなぞるかのように身体を縮めた。

「その女は、佐吉の何を尋ねた?」

「へえ、ちょっとあやふやじゃあるんですが。たぶん、さっきお役人さまが尋ねたようなことだったはずです。だから、泣いてたこととかも話しちまったんでしょうね。うん、話した、話した。親父から佐吉の話はするなって言われてて、あのおじさんのこたぁしゃべっちゃいけないんだって、子ども心にも思ってました。なのに、その女の人にはしゃべってたんですよ。知ってることをほぼ全部ね。いや、怖いとかじゃねえです。怖くはありませんでした。でも、しゃべらなきゃいけないって気がしちまって。うーん、どうして、そんな気になったのか……。あの人、誰だったんでしょうか。えっと、あの、まさか物の怪《もののけ》なんてこたぁねえですよね。妖《あやか》しとか狐狸妖怪《こりようかい》の類《たぐい》とか」

松之助を見下ろし、薄く笑む。

「人だよ。安心しな」

松之助の肩を軽く叩《たた》く。

「いい話を聞かせてくれた。礼を言うぜ、棟梁」

「いいえ。でも、お役人さま、お役人さまはあの方が誰かご存じなんで」

「まあな。もうこの世にはいねえ、とっくに死んじまった女さ」

「は……」

松之助の口が僅《わず》かに開く。背を向けると、息を吐き出す音が聞こえた。

さて、これはどういうことだ。

歩きながら、独《ひと》り言《ご》つ。

おふくろはなぜ、佐吉のことを探っていた。博打《ばくち》に手を出し、にっちもさっちもいかなくなった挙句《あげく》、盗人に堕《お》ちた男。それだけのことだ。盗み方は些《いささ》か巧妙ではあるが、すぐに底の割れる代物だった。おれがおふくろなら、おれなら頭の隅にも残さなかっただろう。それをわざわざ、仕事先まで出向いて探る？

おふくろは何を見たんだ。

死の間際、何を見たのであろうか。そう呟いた母自身は、何を見たのだ。あるいは何に気が付いたのだ。徳重とお月の死に顔が妙にくっきりと浮かんできた。伊佐治曰《いわ》く「何かにひどく驚いて、驚いたまんま死んじまった」顔だ。

頭の中で小さな火花が幾つも散った。闇を照らすには、心許《こころもと》ない。しかし、火花が合わされば焔《ほのお》が燃え立つ。

まだだ。まだ、そこまではいかない。焔の糧《かて》が足らないのだ。

信次郎は足を止め、空を仰《あお》いだ。薄雲が落日に彩られ、金色《こんじき》に輝いている。「まあ、綺麗《きれい》な空だこと」。すれ違った娘が小さな感嘆の声を上げた。

長い一日がようやっと暮れようとしている。暮れてしまわぬうちに、伊佐治は顔を見せるだろう。老獪《ろうかい》でしぶとい岡っ引は、どんな糧をくわえてくるか。

信次郎は前を向き、組屋敷へと足を速めた。

季節の変わり目は、空も惑《まど》うものらしい。昨日は碧《あお》く輝いていたはずなのに、今日は濃淡、鼠色《ねずみいろ》の雲に覆《おお》われている。風も纏《まつ》わりつく湿り気を帯びていた。

それでも、清之介の胸の内は軽い。昨夜、吉治や謙蔵と膝を突き合わせて話し合った。その余韻が残っている。残って上昇する流れとなり、清之介の心を押し上げるようだ。

「おもしろい試みだ。やってみる値打ちはあるかもしれませんな」

謙蔵が身を乗り出した。おうのが進言した化粧《けわい》についての答えだ。

「女人《にょにん》というのは化粧一つでずい分と変わりますからねえ。化けて粧《めか》すとはよくも名付けたもんだ。言い得て妙ですよ。うん、確かに化ける、化ける」

「あら、吹野屋さん、化けるだなんて女を狐《きつね》みたいに言わないでくださいな。あたしとしては化粧することで、むしろ、そのお方の素が引き立つと思ってるんですから」

おうのが笑みを浮かべて、口を挟んだ。謙蔵の頬がみるみる紅潮する。

「あ、いや、べ、別に狐だなんて、そんなんじゃないんですが。お、おうのさんの仰《おっしゃ》る通りで、まことに結構ですよ。いい試みです。はい、ほんとうにね。まったく、まったく」

珍しくしどろもどろになりながら、謙蔵が額の汗を拭く。夜風は涼しく、汗ばむ暑さとは無縁の座敷であったが。おうのがいると謙蔵はたいてい、こんな風に小さく乱れる。ちらちらとおうのを見やりながら、言葉に詰まり、汗を拭く。

履物問屋の主《あるじ》、吹野屋謙蔵はしたたかで、抜け目なく、やり手の商人だ。その商才も商《あきな》いへの熱も、したたかさも抜け目なさもよくわかっている。情で容易《たやす》く動く男ではないが、金勘定だけが全てと割り切ってもいない。未来《さき》を見据える眼差《まなざ》しを持ち、未来の商いを論じる力がある。新しい商いの仲間としては、この上ない相手だった。その、商人がおうのがいると妙に落ち着かなくなる。幼馴染《おさなな　じ》みでもある三郷屋吉治は「謙蔵のやつ、おうのさんに懸想《けそう》してんですよ。惚《ほ》れちまってるんです」と、あっさり看破《かんぱ》し、断言する。

「こと商いに関しちゃあ妙手も考え付くし、前にも出る。なのに、女となるとからっきしでねえ。

自分は女とは縁がないと決めつけちまってるんです。醜男《ぶおとこ》だからとか女房のいる暮らしに馴染める性分じゃないとか、いろいろ言っちゃあおりますが、要するに袖にされるのが怖いんですよ。それなら黙っている方がましだって、考えるような男なんです。まったく、商いのときの半分、いや、四半分でも豪胆《ごうたん》だったら、とっくに身を固めているはずなんですがね。幼馴染みとすれば、謙蔵が所帯を持つのに不向きとは思えないんですが」

気遣いを顔に浮かべ、そう告げたこともあった。清之介もそう思う。意固地で気難しい面も確かにあるが、女房を蔑《ないがし》ろにしたり、いい加減に扱うような男ではない。信じるに値する者だ。だからといって、おうのとの間を取り持つ気はなかった。謙蔵とは、そして、吉治とも飽《あ》くまで商いで繋がる、新たな商いを模索し挑む同志でいたい。その分を外れたくはなかった。それに、おうの自身、誰であろうと女房になる気は欠片《かけら》も持ってはいまい。遠野屋で働く仕事人としての覚悟や志を強く感じられはしても、男を求める気配は毛筋ほども伝わってこないのだ。

「三郷屋さん」

清之介は、吉治の方に顔を向けた。先刻から黙り込んでいる。次の集まりでの化粧試しについて、良いとも悪いとも発していない。

「この案、いかがでしょうか。思うところがあればお聞きしたいのですが」

「あ、はい」

清之介、謙蔵、おうのの順に視線を泳がし、吉治は口を開いた。

「新しい試みなので、正直、あたしなんかには見当が付きかねます。ただ、新しい試みだから、見当がつかないからやってみればいいと思います。というか、あの催しはそういう場でもありますからね。新しいことを試すという場で……すよね」

「おい、吉治。どうした」

「どうしたって、何がだよ」

「いつものおまえらしくないじゃないか。やけに慎重というか考え考えしゃべってないか」

「は？　何だ、それ？　おれがいつも考えなしで物を言ってるみたいじゃないか」

「みたいじゃなくて、その通りだろうが。頭でじっくり考える前に舌が動いちまうってのが、三郷屋吉治だったじゃないか」

「謙蔵、いいかげんにしろ。ほんとに、無礼なやつだな」

謙蔵の物言いは、いつも通りに戻っている。吉治との掛け合いも普段のままだ。吉治が上目遣いに清之介に視線を向ける。

「あの、遠野屋さん」

「はい」

「実はその、わたしもお見せしたいものが一つ、ありまして。いえ、〝遠野紅〟ほど大層な代物じゃありません。うちは帯屋なんで、えっと、あの」

「じれったいねえ、おまえは。さっさと、その大層じゃない代物を見せてみろよ」

謙蔵が吉治の背中を叩く。吉治は顔を歪《ゆが》めたけれど、何も言い返さなかった。

「だから、あの、これを見て欲しいんです」

傍《かたわ》らの風呂敷包を前に回し、解《ほど》いていく。清之介と謙蔵はその手元を見詰めた。

帯が一条、現れた。表は黒繻子《くろしゅす》、裏は紫縮緬《むらさきちりめん》の昼夜帯《ちゅうやおび》だ。主に、小戸《しょうこ》の娘や奉公人の少女が使う質素な物だった。

「これが、どうかしたかい？　ただの帯じゃないか」

謙蔵が眉を顰《ひそ》める。

「おまえんとこの売り物にしちゃあ、お粗末だな」

「売り物じゃない。おタヨに借りてきたんだ。あ、遠野屋さん、おタヨってのはうちの台所で働いている奉公人なんです。この春から奉公に来た娘です。今、謙蔵は粗末って言いましたけど、これでもおタヨの一張羅《いっちょうら》の帯なんですよ。数年前に亡くなった母親の形見なんだそうで」

「触ってもよろしいですか」

「もちろんです」

吉治が風呂敷包を押し出す。清之介は昼夜帯を手に取った。おうのが覗《のぞ》き込んでくる。

確かに粗末な、ごくありふれた帯だ。珍しくもなく、目を引く美しさもない。

「これを飾ることはできませんでしょうか」

顔を上げる。吉治と目が合った。気弱な、少し臆《おく》したような眼つきだ。

「飾るというのは？」

首を傾《かし》げてしまう。吉治の言わんとすることを解せなかった。

「遠野屋さん」

吉治が膝を進める。眼の奥に小さな光が灯《とも》り、気弱さを呑み込んでいく。

「前に仰いましたよね。わたしたちの、あの催しについて、このままではいずれ行き詰まると。広がりを欠いて萎《しぼ》んでしまうと」

首肯《しゅこう》する。確かにそう言った。本音だ。まだ思案として整う前の漠とした心持ちだったが、清之介が紛いもなく感じたことを二人に告げた。商いの仲間であるからだ。

「客の裾野《すその》を広げねばならないとも仰いました」

「確かに」

「あの催しをお大尽《だいじん》や分限者《ぶげんしゃ》に限るのではなく、形を変えてもっと広く、つまり、さほど裕福でない人たちの所まで広げたいとも」

「はい。申しました」

「ですよね。それでしたら」

「いい加減にしろよ」

謙蔵が割って入る。今度は、吉治の膝を音が響くほど強く叩いた。

「さっきから聞いてりゃ、遠野屋さんへの念押しばっかりで話がちっとも前に進まないじゃないか。苛々《いらいら》するから、さっさと手際よくやってくれ。まったく、おまえはガキのころから要領が悪いやつだったが、いまだに治ってないね」

「おまえのせっかち、短気の病も治ってないよ。すぐに手を出す癖もな」

膝をさすりながら、吉治は唇をもぞもぞと動かした。

「いや、自分でも上手《うま》くしゃべれないとわかっちゃあいるんです。けど、この前、遠野屋さんの話を聞いてから、わたしなりにずっと考えておりましてね。商いというのは儲《もう》けてこそです。少しでも利を上げるために、商人は励んでいるわけですから」

吉治の物言いは、やはりもたもたとしか前に進まない。しかし、謙蔵はもう急《せ》かさなかった。おうのは息さえ潜《ひそ》め、清之介も真剣に耳を傾ける。

「ただ、やっぱり利だけではなく自分たちの商売が人を、わたしたちの売っている品々を買ってくださったお客を、幸せというか、ちょっとした憂さ晴らしでもいいのですが……ええ、幸せな気持ちにさせるとしたら、やっぱり商人冥利に尽きる気がするのです」

さらに深く首肯する。商いがこの世に何を残すか、何を蒔《ま》くか、何を守り、変えられるか。人の幸せとやらにどう携わっていけるのか。清之介自身、思案し続けている。

「それで、おタヨなんです。下働きの女で、まだ十五です。朝から晩までよく働いてくれます。その娘がうちの帯を見て、『綺麗だ、綺麗だ』って感心するんですよ。こんな綺麗な物見たことないって。まあ、巣鴨村《すがもむら》の下作人の娘ですからちょっと洒落《しゃれ》た帯や着物なんて縁がなかったんでしょうが。けど、装いたい気持ちってのはあるんですよ。いつもじゃない、年に一度か二度、晴《はれ》の日に褻とは違う装いをして、自分を飾ってみたいと。けど、高直《こうじき》な、豪華な品には手が出ませんよね。あの、ですから、おタヨみたいな娘が自分の給金の中で洒落てみせられる、そういう手立てってないもんでしょうか。えっと、その、おくみさんですか。遠野屋さんの女中さんが化粧して見違えたってお話だったでしょ。それを化粧だけじゃなくて、ちょっとした工夫で……えっと、ですから」

吉治が口の中の唾を呑み下した。清之介は、古い質素な昼夜帯を行灯《あんどん》の明かりにかざしてみる。黒繻子が濃く艶《つや》めいた。

「なるほど。つまり、手持ちの品に僅かに手を加えて洒落た装いを作る。それができるかどうかというお話ですね」

「そうです。そうです。まさに、それです。さすが遠野屋さん、わたしの言いたいことをずばりと言い表してくれました」

吉治が嬉《うれ》しそうに手を打ち鳴らした。

「おまえがまだるっこし過ぎるんだよ。まあ、吉治の言うこともわかるさ。自分を飾るってのは、何も財持ちだけに許されたことじゃない。下働きの女でもそれなりに洒落られる手立てってのはなかなかだと思うぜ」

「おっ、謙蔵、わかってくれるか。珍しく気が合ったな」

「おまえと気が合うことなんざ、この先百年はないよ。なかなかではあるが、思い付きの域は出てない。つまり商いとして成り立たんだろう。あまりに薄利過ぎるからな。ほとんど儲けにならないんじゃないか。それに、こと帯に関しちゃ、結び方でけっこう派手にも地味にもなるだろうし。手を加えるって余地はないんじゃないか」

「そうですね。吹野屋さんの仰る通りかもしれませんね」

謙蔵の言葉をおうのが受ける。謙蔵は少し慌てて、おうのから視線を逸《そ》らした。

「お文庫《ぶんこ》、小龍《しょうりゅう》、千鳥《ちどり》、引締《ひきし》め、吉弥《きちや》、おたか、文庫くずし、だらり、路考《ろこう》、密夫《まおとこ》、立矢《たてや》……ほんとにたくさんの結び方があります。廃《すた》れたものもあるけれどこれから新しい形も出てくるんじゃないでしょうか。でも、帯の結び方云々《うんぬん》では商売には繋がりませんものね」

「繋げるためにはどうしたらいいと思います」

問うた清之介を、おうのは束《つか》の間見据え、「小間物かしら」と呟いた。

「たとえばですけど」

髷から堆朱《ついしゅ》の簪《かんざし》を抜き取ると、それを帯に挿し込む。

「この簪は小さいのでさほど目立ちませんけれど、もう少し大きな平打ちなどならちょっとした飾りになるかもしれません。髷と帯に同じ簪を挿す。そういうのもおもしろいかもしれませんねえ」

「半襟《はんえり》はどうです」

謙蔵が顎を突き出す恰好で、割って入る。真っすぐに清之介を見ていた。

「遠野屋さんは、いい半襟職人を抱えていますよね。半襟と帯、それに下駄や草履の鼻緒を揃えるってのは、どうです。同じ布を使う。あるいは色や模様を合わせるとか」

「おい、ちょっと待てよ。おれは古い、どうってことのない帯を活かす工夫はないかって、相談してるんだぞ。半襟だの鼻緒だのに話を持っていくな」

吉治が両手を上下に振る。謙蔵は鼻を鳴らした。

「馬鹿だね、おまえは。だからじゃないか。古い物にちょっとばかり新しい工夫を加える。それで、古物が活きてくる。そういう話をしてんだよ」

「あ、そ、そうか。なるほどな」

「そうだ、そうだ。遠野屋さん、古手屋から帯なり小袖なりを仕入れてきましょうか。実際にやってみるのが一番ですよ。化粧と同じく、古手の帯や着物、もちろん履物《はきもの》も生まれ変わったみたいに洒落てくる。そういう雛形《ひながた》を幾つか拵《こしら》えてみるんです」

「それも手ではありますね。しかし、三郷屋さんにしろ吹野屋さんにしろ新しい品を売らなくては利には結びつかないでしょう」

「そこですよ。古手と新しい物をどう上手く組み合わせていくか。下手《へた》をすれば、どちらも活きてこなくなる。そこを考えねばなりませんな。遠野屋さんは小間物だから、幾らでも使い道は作れるでしょうが」

謙蔵の眉間に皺が寄った。しかし、渋面には見えない。楽し気な明るさが表情を照らして、満足げでさえある。

「古い帯と新しい半襟や下駄。古手の小袖に新しい帯と化粧。手ごろな値で購《あがな》えるけれど、納得できる品。お客が買ってよかったと納得できる品。やはり、そういうところに行きつきますね」

清之介の言葉に謙蔵は頷《うなず》き、小さく唸った。吉治が手を上下に振る。

「いや、だから待てったら。おれを置いて勝手に話を進めるなって」

「勝手になんぞ進めちゃいないよ。おまえが乗っかってこないだけじゃないか。さっさと追いかけてこい」

「何だよ、それ。子どもが追いかけっこしてるのと違うだろうが。そういやあ、謙蔵はガキのころから駆けっこが苦手だったな。鬼ごっこなんて、からきし駄目で」

「吉治、今は商いの話をしてんだ。わかってるのか」

「まっ、おかしい」

謙蔵と吉治のやりとりに、おうのが笑う。清之介も笑みながら、頭の中で思案を巡らせる。吉治の言葉、謙蔵の考え、おうのの意見。それぞれを吟味する。遠野屋の表座敷で催される華やかな集まりと年に何度かの廉売《れんばい》、諸々の商いの姿を思い描く。

一人ではない。商売仲間がいて、遠野屋の面々がいる。なにより、品を求めてくれる客がいる。支え、支えられどう商いを育てていくか。守るもの、攻めるもの、終えること、始めること……。


昨夜、木戸の閉まろうかという刻《とき》まで話し合った。夜具に入ったのは、子《ね》の刻《こく》を過ぎていただろう。それでも今朝は目覚めが心地よい。疲れを引きずった重さはなかった。

庭に降り、空を見上げる。

雲がやや濃さを増したようだ。昼前あたりには雨になるかもしれない。

雲のせいなのか、庭の片隅にまだ薄く闇が残っている。その暗さにふっと心が引かれる。

ぞくり。背筋に悪寒《おかん》が走った。指を握り込むとひやりと冷たい。

あの残り闇よりずっと濃い暗闇に潜んで、殺せと命じられた相手を待っていた。草陰から、あるときは虫の音が、あるときは蛙《かわず》の古声《ふるごえ》が響いていた。月明かりの下、柄《つか》の先に蜉蝣《かげろう》が止まったこともある。

気は昂《たかぶ》りはせず、心は波立ちもしなかった。

ただ、張り詰めていく。

近づいて来る贄《にえ》の気配を捉《とら》え、心身が研ぎ澄まされていく。自分自身が一振りの刀身となり、月明かりに蒼《あお》く光るのを感じた。

闇の向こうに、淡く提灯《ちょうちん》が浮かびあがり、ゆらゆらと揺れる。

近づいて来る。近づいて来る。近づいて来る。

「旦那さま」

我に返る。闇はどこにもなかった。薄闇さえさらに色を失い、もう闇とは呼べない。曇り空ながら陽光は地を明るくし、朝の風景を照らし出す。清之介は何も帯びない商人の姿で、飛石の上に立っていた。

「どうかなさいましたか」

おこまを抱いたおみつが近寄ってくる。「ととさま」。おこまが身を捩《よじ》った。おみつの太い腕が幼女をしっかりと抱きかかえる。

「おこまちゃん、危ないでしょ。落っことしてしまうじゃないの」

「ととさま、ととさま」

おこまは足をばたつかせ、両の手を清之介に向けて伸ばしてきた。清之介も両腕を差し出し、小さな身体を受け止める。確かな熱と重さにどうしてだか、少し狼狽えていた。

おれは何を見ていたのだ。

遠野屋の庭に立ちながら、昔の何を見ていたのだ。

くっくっくっ。また、あの嗤笑《ししょう》を聞く。生国での夜々、闇の中、自分の背後にあの男はいたのではないか。一部始終を見ていたのではないか。おそらく、薄《うっす》らと笑みながら。

「ととさま、怖い」

細い腕が縋《すが》ってきた。おこまは少し涙声になっている。

「怖い？　どうしたんだ。何が怖い？」

「夢……見た」

「怖い夢を見たのか？」

答える代わりに、おこまは腕に力を込めた。背中が微《かす》かに震えている。

「泣きながら起きて来てねえ。『ととさま。ととさま』ってずっと旦那さまを探すんですよ。あたしや大女将《おおおかみ》さんがどうあやしても、駄目で。こんなこと、今までなかったんですけど」

おみつが眉を寄せる。

「おこま、ほら、もう大丈夫だ。怖くないだろう。朝が来たから怖い夢は、どこかに行ってしまったぞ。おとっつぁんと一緒に朝餉《あさげ》を食べようか」

「ととさまがいなくなった」

「え？」

「手を繋いで歩いてたの。ととさま、おこまだけ置いて……どんどん、一人でどこかに行っちゃった。おこま、待ってって言ったのに待ってくれなかった」

おもわずおみつと顔を見合わせる。おみつが瞬きを繰り返した。

「どんどん行っちゃうの。追いかけたのに、どんどん行っちゃうの。それで、それで……」

「うん、それでどうした」

「わかんない。消えちゃった。真っ暗などこかに消えちゃった。怖かった。ととさまがいなくなって、怖かった」

「まあ」とおみつが息を呑む。清之介は震える背中を軽く叩いた。

「おこま、それは夢だ。ただの夢だ。おとっつぁんは、どこにも行ってないだろう」

おこまが顔を上げる。黒目がちの眼がまっすぐに向けられる。おりんに似ていると思った。そんなはずはないのに、おりんと同じ眸《ひとみ》だと感じる。

おこまの手が清之介の頬を触った。

「ほんとだ。ととさま、ちゃんといるね」

「いるとも。おこまを置いて消えたりするものか」

「消えない？　ほんとに？　ととさま、ずっとおこまの傍《そば》にいる？」

「当たり前だ。おこま、おとっつぁんはな、おこまの傍より他に行くところはないんだぞ」

ここより他に生きる場所はない。

「おこまちゃん、よかったね。これで、〝怖い怖い〟のなくなったでしょ」

おみつがひょいとおこまを抱きとる。温《ぬく》もりが腕の中から遠ざかる。

「さ、じゃあ、美味《おい》しいご飯をいただきましょうかね。お祖母《ばあ》ちゃんが蜆《しじみ》のおつけを作ってくれてますよ。おこまちゃんの好物だよね」

「うん。おこま、蜆のおつけ大好き」

おみつが相好を崩す。この幼い少女が可愛《かわい》くてたまらない。そう告げている顔付だ。その顔のまま、おみつは奥に去って行った。

清之介はもう一度、庭に視線を巡らせる。闇はなく、闇に潜む自分の姿もない。しかし、低く耳《じ》朶《だ》を打つ嗤《わら》い声だけは残り、響いていた。

頭を振る。今、この耳で聞くのは冷えた嗤い声ではない。遠野屋が発する商いの音だ。

昨夜、吉治は三郷屋でも古い帯を扱いたいのだと告げた。

「とはいえ、古い物を古いままで売るつもりはありません。それじゃ、古手屋と同じになりますからね。そうじゃなくて、前とはちょっとばかり違う、少し洒落た品に変えて商ってみたいんですよ。もちろん、新品よりはずっと手ごろな値でね。遠野屋さん、謙蔵、どうだろうか。力を貸してもらえないですか。あの催しの形を変えて、広げていくにしても別の催しを試みるにしても、そこに三郷屋の古帯ってのを入れてもらえないですか」

おもしろいと清之介は思った。古手の品に細工することで、あるいは何かを付け加えることで、新品同様に、いや事によっては新品とは違う味わいを添えてよみがえらせる。ここでも一つ、枠が外れはしまいか。存分に金を使った豪奢《ごうしゃ》な美とは無縁の、しかし、商人の矜持《きようじ》が底光りするささやかな美がある。それは美しさの枠を外す、あるいは押し広げるものではないか。

実におもしろい。この話を信三に伝え、意見を聞いてみたい。

さっき、おこまが触れた頰に指先をやる。

間違いなく、商家の主の面容になっている。商いのおもしろさも恐ろしさも呑み込んだ、江戸の商人の面構《つらがま》えだ。息を整え、店へと足を向ける。

きぃ。小さな音がした。裏木戸が開く音だ。表の戸は小僧が開け閉めするが、裏手の戸を閉めるのも開けるのもおくみの仕事だった。たいてい、明六つには閂《かんぬき》を外している。とはいえ、この刻に裏木戸を出入りするのは物売りぐらいだろう。物売りなら台所の裏口に回るはずだ。しかし、足音は清之介のいる中庭に向かって来る。忍びやかだが、迷いのない足運びだ。

これは……。

中庭の奥には、小さな庭蔵《にわぐら》がある。商いの品々や帳面を仕舞う内蔵《うちぐら》とも、金蔵《かねぐら》とも別の雑蔵《ぞうぐら》だ。日々の暮らしに入り用ながら、季節によっては不用な道具が入れられている。この前までは蚊帳《かや》とか簾障子《すだれしょうじ》とかだったが、今は火鉢や炬燵《こたつ》が仕舞い込まれていた。その雑蔵の陰から、足音の主が現れる。

「親分さん」

察してはいたから驚きはしなかった。が、訝《いぶか》しくはある。

「こんな刻にどうされました」

「遠野屋さん、何とも不躾《ぶしつけ》なこって申し訳ねえ」

伊佐治が真顔で頭を下げる。

「いや、不躾などとは思いもしませんが、表の戸も開いておりましょう。そちらからお出《い》でになればよろしかったのに」

確かに他家をおとなう刻限ではない。不躾とも無分別とも咎《とが》められても仕方ない。が、伊佐治は他の者とは違う。早朝であろうと深夜であろうと、動かねばならないときは動く。その一刻を無駄にすれば取り返しのつかない羽目に陥りかねないのだ。目の前の老人の役目がどういうものであるか、解しているつもりだ。だから、刻限云々よりも訪れた方向が気に掛かる。なぜ、裏木戸からなのか。表では拙《まず》い理由があるからなのか。

「遠野屋さん。ちょいとお伺いしてえことがありやす」

「はい。なんなりと」

庭に降りようとした清之介を手で制し、伊佐治は踏石の上に足をかけた。

「弥吉さん、おられやすかね」

「弥吉ですか。ええ、そろそろ店に出てくるころですが、弥吉に何か?」

「すいやせん。お店にいるかどうか、調べちゃあもらえませんかね」

疲れているのか、伊佐治の声音はいつもより掠《かす》れていた。しかし、眼差しは鋭い。向き合った者を射貫《いぬ》くような力があった。

「わかりました。見て参ります。もし、いるようならこちらに呼べばよろしいですか」

「へえ、お手数かけやすがお願いしやす」

ひとまず座敷に上がってくれと勧めたけれど、伊佐治は廊下に腰かけ、ここで十分だとかぶりを振った。

弥吉に用があるとは何事なのか。問いたい思いはむろんあったが、強いて抑えつける。伊佐治のことだ、伝えていい話なら後で詳しく教えてくれるだろう。弥吉に危害を加えるわけもない。何より、この早朝のおとないが信次郎の意を受けての動きなのは、明らかだ。とすれば、佐賀屋夫婦の一件に関わっていると容易に推察できる。

何事だ。弥吉が何をした？

手代の身が案じられる。弥吉が殺しに関わっている見込みなど万に一つもない。しかし、わざわざ裏口に回って現れたのは、他の奉公人の前で弥吉を問い質《ただ》したくないという、伊佐治なりの気遣いなのだろう。つまり、昨日から後、新たに問わねばならない何かが出来《しゅったい》したことになる。

店では奉公人たちが忙《せわ》し気に働いていた。店先は既に掃き清められて、小僧が水を撒《ま》いている。木箱を抱えた手代たちが足早に動き回り、職人が品を納めにやってくる。遠野屋の朝の、いつもと変わらぬ光景だ。

弥吉の姿は見えない。

「旦那さま、おはようございます」

帳場から信三が立ち上がった。手代や小僧たちも一斉に頭を下げる。普段なら挨拶を返すところだが、今朝は先に問うことがあった。

「信三、弥吉はどうした」

「弥吉は、まだ出て来ておりません。実は、わたしも少し気になっていたところです。いつもならとっくに働いている刻ですから」

「何か報《しら》せはなかったか」

「弥吉からですか。いいえ、別段何も。間もなく来るとは思うのですが」

信三の眉が寄る。主人を窺《うかが》い、さらに眉間の皺を深くする。

「旦那さま、弥吉が何か？」

「いや。店に出て来たらすぐに、わたしのところに顔を出すよう言い付けてくれ」

「かしこまりました」

何か言いたそうな信三に背を向ける。

まだ、来ていない。

吸った息が胸に沈んでいく。

弥吉はいつもの刻に、なぜ店に出ていないのだ。いや、騒ぐほどのことではない。寝坊したか、長屋でちょっとした厄介事でも持ち上がったか。

廊下を拭いていたおくみに、茶を運ぶよう言い付けて奥に戻る。

曇り空から降りてくる光を浴びて、伊佐治は一人廊下に腰かけていた。背中を丸め、足元をぼんやりと見詰めている。ひどく老いて、頼りなげにさえ感じられた。

弥吉は店にいないと告げる。とたん、伊佐治の背が伸びた。老いも頼りなさも霧散する。鋭く尖《とが》った眼つきだけが残った。

「弥吉さんが、無断で店を休むってこたぁこれまでありやしたか」

「わたしの知る限り一度もありません。親分さん、小僧を芳之助店まで走らせましょうか」

「いえ、そっちは、あっしがここに来る前に覗いてきやした」

短く息を吐いて、伊佐治は続けた。

「弥吉さん、いませんでしたよ。部屋はもぬけの殻でやした」

「え……」

さすがに気持ちが波立つ。家にもいない。店にも出て来ていない。だとすれば、今、弥吉はどこにいるのだ。

「あ、遠野屋さん。心配はねえと思いやすよ。弥吉さんはおそらく、お高を探してるんだと思いやすからね」

「お高？　ああ、弥吉が気にしている方ですね。女手一つで幼い子を育てているという」

「さようです。そのお高もいなくなっちまったんで。えっと、順序立てて話をしまさあ。けど、遠野屋さん、お忙しい刻ですかね」

「いいえ、構いません。ぜひ、お聞かせください」

居住まいを正す。伊佐治が軽く頷いた。

「昨日の夜、旦那のところに顔を出しやした。一日の報告に行かなきゃなりやせんし、これからの指図も仰がねばなりやせんので」

「そうか」

と、一言呟いたきり、信次郎は暫く黙り込んだ。

おや？　と、思う。自分の話の中に主を沈思させる何かがあっただろうか。

遠野屋さんが感じた〝ずれ〟とやらと、通じるのか。

伊佐治は行灯《あんどん》の明かりに照らされる同心の横顔から、視線を外した。主が黙り込んだのなら待たねばならない。その思案が言葉になり、指図になるまで待つ。待つのは苦にならない。信次郎の沈黙は待った後に必ず、待つに値する実りを示してくれる。

身体の力を抜き、視線を巡らせる。

やけに散らばってるな。

明かりの届かない隅々は暗く、闇が固まっていた。明かりにぼんやりと浮かび上がるあたりに、帳面らしきものが散乱している。調べ物の最中だったらしい。

「じゃあ、今の屋の女房も倅《せがれ》も、その弥吉って手代のことは親分にしゃべらなかったわけか」

「そうでやすね。あっしの尋ね方が拙《まず》かったみてえで、もうちょい踏み込んで問えばよかったと悔いてやす。一応、女房のお町に確かめはしやした。弥吉さんの話に間違いねえようです」

「ふーん、なるほどな」

何がなるほどなのか伊佐治には解せない。信次郎は再び黙し、あたりは静まり返る。

どこかで犬が吠《ほ》えている。長く尾を引いて啼声《ていせい》が消えると、静寂は一際、深まったようだ。

「親分」

「へい」

「明日、もう一度、芳之助店とやらに行ってくんな」

「わかりやした。で、行ってどうすりゃあよろしいんで。弥吉に尋ね零《こぼ》したことがありやしたか」

「弥吉じゃねえ。お高って女だ」

「お高？　あの、夜具に包《くる》まって震えてたって女でやすか」

「そうさ。そいつを森下町の自身番にでも引っ張って来てもらいてえ」

「へ、へえ」

会ったこともない女だ。会う用はないと思っていた。弥吉の話にちらりと出てきただけだし、相生町の殺しと僅かも重なるとは思えない。

「お高を引っ張って来て、どうするんでやす」

「別にどうもしねえさ。ただ、尋ねるだけだ。何がそんなに怖かったんだってな」

「……夢を見たとか言ってたようでやすが」

「大の大人が、しかも自分一人で子を育てている女が、その子に飯も食わせないで震えてる。どれだけ怖い夢だったんだ。気になるじゃねえか」

何で気になるんですと、問おうとして止《や》めた。今はあれこれ問うより従うときだ。命じられるままに動くときだ。

「承知しやした。明日の朝、木戸が開き次第、行ってきやす。旦那は自身番の方にお出でくだせえ」

「ああ、頼む。それと、扇の件はどうなった」

「あぁ、そっちは手下《てか》が調べてきやした。浅草寺《せんそうじ》前の『安芸屋《あきや》』って扇屋が出処《でどころ》でやした。確かにうちの品だと認めやしたよ。ただ、誰に売ったかまでは覚えてねえし、控えもねえそうでやす」

『安芸屋』は、浅草界隈《かいわい》でも名の通った老舗《しにせ》だった。構えはさして大きくはないが、先々代、先代、今の主と手堅い商いを続け、品の質もよく、評判は高かった。手下の集めてきた諸々を伝える。

「なるほど。で、『安芸屋』の主人ってのは幾つぐれえの男なんだ」

「四十を幾つか出たところのようで。女房と、七つと十二の娘、五つの倅がおりやす」

「昨夜はどうしていた」

「浅草寺近くの料亭で仲間内の集まりがあったそうで。主人はその席に出ていたとのこってす。料亭に確かめたところ、嘘じゃありやせんでした。集まりが引けた後もそうとう遅くまで飲んでいたらしくて、帰るときはべろんべろんに酔っていたと、料亭の女将から聞き出しやした」

「なるほど。そのべろんべろんが芝居じゃなければ、相生町で二人殺すのは無理だな」

酔っていなくても人を二人、殺すのは至難だ。並の度胸ではやれない。余程の胆力の持ち主か、気持ちの箍《たが》が外れているかでないと。もっとも、人の箍は思いの外容易《たやす》く、外れてしまうものだが。

「『安芸屋』の主人が徳重たちを殺さなきゃならねえ理由がありやすか。徳重から金を借りてたわけじゃありやせんよね。『安芸屋』の商売は手堅く回ってるようでやすから」

信次郎は軽く、肩を竦《すく》めて見せた。

「その通りだ。いつもながら、調べに抜けがねえな。てえしたもんだぜ、親分」

「おそれいりやす。手下がよく働いてくれやすんでね」

「そういう風に躾《しつ》けてあるんだろう。で、もう一踏ん張り、その手練《てだ》れの手下連中を働かせてもらおうか」

「へい。なんなりと」

「医者を調べてくれ。今の屋榮三郎が倒れたとき呼ばれたって医者だ」

「医者でやすね。わかりやした」

「それと、目端が利く男を何人か『今の屋』に貼り付けときな。二六時中見張っとくんだ」

「『今の屋』をでやすか。え？　旦那、もしかしてお町や仁太郎を疑ってんで」

それはない。榮三郎の女房も息子も徳重を怨《うら》みも憎みもしていただろう。しかし、昨夜、二人は家を一歩も出ていないはずだ。弥吉の話から、そう推察できる。むろん、弥吉が真実を語っていればの話だ。ただ、伊佐治には弥吉が自分たちを欺《あざむ》かなければならない、どんな事由も思いつかなかった。お町たちと共に企んで、口裏を合わせたとも考え難い。短い間しゃべっただけだが、弥吉が遠野屋での奉公に甲斐《かい》と矜持を抱いているのは、見て取れた。見間違いではないだろう。弥吉は己の現《うつつ》に満足している。それを捨ててまで、口裏合わせをしたとしたら余程のことだ。今のところ、弥吉にその〝余程〟があるとはどうしても思えない。それに、お町も仁太郎も自分たちから弥吉のことを告げたわけではなかった。伊佐治が問い質さなければ、しゃべらぬままだったかもしれない。

「弥吉は昨夜一夜、ほとんどをお町たちと過ごしてやす。うとうとしてふっと目が覚めたときも仁太郎もお町もいたと、はっきり言い切ってやすからね。で、夜が明けてから長屋に戻ったんでやすが、そのころには『今の屋』にも裏の長屋にも人の出入りがありやしたし、血の乾き具合からしても、死体の強張り具合からしても徳重たちが殺《や》られたのは明け方より前、まだ暗《くれ》えうちでやしょう。

弥吉が仮寝している間に、森下町を出て相生町で二人を殺し、また戻ってくる。ちょいと無理がありやすよ。町木戸の方は新道を通るなり、番太郎の目を掠《かす》めるなりして通り抜けるのは、そう難しくはねえでしょうが。番太郎の爺さん、夜中はたいてい寝りこけてやすからね。けど、それでもえらい勢いで走り抜けたら気がつきまさぁ。かといって、忍び足で抜けていたら、かなり時がかかりやす。ええ、ちょいとどころでなく、実際に無理でやすよ。弥吉が嘘をついているとも考え難い気がしやすしね」

頭に浮かんだ思案を一息にしゃべる。何も言わず主の命に従うべきときも、己の考えを隠さず吐《と》露《ろ》すべきときもある。使い分けは勘だったが、滅多に外れはしない。

「そうだな、無理がある。弥吉もおそらく嘘をついちゃあいめえ」

伊佐治の思案をなぞるように、信次郎が呟いた。それから、口調がくらりと変わる。

「けどよ、親分。嘘をついてねえからって真実を語ってるとは限らねえだろう」

「へ？」

「というか、真実なんてものは人の見様によって変わっちまうからな」

「いや、そりゃあねえでしょう。この世の本当のことがころころ変わっちゃあ、たまりやせんよ。真実が一つだからこそ、あっしたちはそれを探し出そうと、走り回ってんですぜ。三つも四つもあったら、どうにもなりゃあしませんよ」

「なるほどな。親分らしいご意見だ」

くすくすと信次郎が笑う。行灯の明かりのせいなのか、気の迷いなのか無垢《むく》な笑みと目に映る。

伊佐治は横を向いて、寸の間、目を閉じた。

旦那が無垢に見えるようじゃ、おれもお終《しめ》えだ。先が長くねえのかもしれねえな。

「真実は一つ。けどよ、それを語るのは人だ。語る者によって真実の形が違ってくる。犬を狼《おおかみ》だと信じ込めば、狼が通りを走っていると騒ぎ立てるやつが出てくる。そういうこともあるんじゃねえか、親分」

「旦那」

伊佐治は三寸ほど膝を進めた。取り散らかった帳面が膝の下敷きになる。かさりと乾いた音を立てた。

「毎度のことですけどね。そういう謎掛けみてえな言い方、止めてもらえやせんか。あっしにもわかるように話してもらいてえんで。え？　どういうこってす。人によって真実ってのが違ってくる？　そりゃあ、弥吉のしゃべったことが弥吉にとっては真実でも、他所《よそ》から見りゃあ違ってくるってそういう」

口をつぐむ。

そういうことか？

弥吉は嘘などついていない。自分の知っている真実を確かに語った。しかし、犬を狼だと信じ込めば、犬は犬でなく狼になる。

伊佐治は大きく頭を横に振った。

駄目だ。やっぱり、わからねえ。

「親分、膝をどけてくれ」

「は？　あ、こりゃあ、どうも粗相《そそう》しやした」

慌てて膝をずらす。信次郎は古ぼけた帳面を摘《つ》まみ上げ、文机《ふづくえ》の上に置いた。

「例繰方《れいくりかた》から無理やり借り受けてきた旧記だ。傷めるとぐちぐち文句を言われるからな」

「え、旦那。呉服橋《ごふくばし》に行かれたんで？　母上さまの墓参りじゃなかったんでやすか」

「墓参りの帰りに寄ったのさ。急に、調べてえことが出来ちまったからな」

また、膝が前に出てしまう。

「そりゃあ、相生町の一件に繋がるんで」

「いや、繋がりはねえな」

あまりにあっさり否《いな》まれたものだから、身体の力が抜けた。伊佐治は心持ち目を細め、信次郎を見据える。何の情も読み取れない横顔だ。

旦那は下手人の目星がついてるのか。この一件の正体が見えているのか。だから、半分、興を失くしている？　いや、そりゃあねえだろう。あるわけがねえ。

胸の内でかぶりを振る。

まだ始まったばかりじゃねえか。いくら旦那でも、そう容易く嵌《は》め絵ができるわけがねえ。第一、欠片が足らねえ。おれが集めた欠片だけじゃ、とても足らねえはずだ。それに。

膝の上でこぶしを握る。

それに、弥吉は遠野屋の奉公人だ。遠野屋さんが与ってくる件に旦那がそそられねえなんて、考えられねえ。

「親分」

呼ばれた。あれこれ取り留めのない思案に沈んでいたものだから、返事が遅れた。

「あ、へ、へい。何でやしょう」

「おふくろのことをどれくらい知ってる？」

「はぁ？」

ひどく間の抜けた声が出た。自分のものとは思えないほどだ。

「おふくろって、あの、瑞穂さまのこってすか」

「おれの母親が他にいるのか」

「いねえとは思いやすが……へぇ、瑞穂さまでやすか。うーん、よくわかりやせんねえ。ほとんど何にも知っちゃあおりやせん。あっしが右衛門さまから手札をいただいて間もなく、お亡くなりになりやしたから。お身体はそんなに丈夫じゃなかったみてえで、それでなのか透き通るみてえな、綺麗な白肌のお方でしたねえ。それだけは覚えてやすよ。生まれてから一度もお天道《てんとう》さまに当たったことがねえみてえな肌の色をしておられやした。あっしが知ってるのはそれくれえのもんでやすかねえ。けど、何で急に母上さまのことなんかお尋ねなんで？」

「さあ、どうしてかな。命日だから懐かしくなったのかもしれねえな。おふくろを知っている誰かとじっくり語り合いたいってな。ま、ただの気紛れさ」

そんな戯言《ざれごと》をと言いかけて、何とか呑み下す。閉じた口を伊佐治は一文字に結んだ。

戯言だ。母親であれ、父親であれ、情を交わした女であれ、信次郎が誰かを懐かしがることなど、天地がひっくり返っても起こり得ない。

伊佐治はもう一度、暗い室内を見回した。徳重の帳簿らしい綴《つづ》り、書付、それに旧記と思《おぼ》しき帳面の山。丸められた反古紙《ほごがみ》もあちこちに散らばっている。

何をしてなさるんだ？

「ともかくお高の件、医者の件、取り零しのねえように頼んだぜ」

伊佐治の視線と疑念を断ち切るように、信次郎が話柄《わへい》を変える。

「わかりやした。それじゃあ、明日、森下町の自身番で」

「あ、そのことだがな、ちっと考えが変わった」

腰を浮かしたまま、信次郎と目を合わせる。

「弥吉は遠野屋の手代だったよな」

無垢とは程遠い薄ら笑いを浮かべて、信次郎は伊佐治を見ていた。

「……それがどうかしやしたか」

「いや、よくよくこちらの仕事に絡んでくる男だと思ったまでさ。血の臭《にお》いのするところがよほど好きだとみえるぜ」

「どこに血の臭いがしやす。遠野屋さんの手代がたまたま芳之助店にいて、今の屋さんと親しかったってそれだけじゃねえですか。血の臭いなら旦那やあっしの方が、よっぽど染み込んでまさぁ」

信次郎は伊佐治の返し言葉に眉毛一本、動かさなかった。耳に届いていないかのようだ。

「てことで、お高は自身番じゃなく、遠野屋に連れてきな」

「へ？　旦那、何を仰ってんです。そんなこと、できるわけがありやせんよ。遠野屋さんは商家でやすよ。商売をしてるんです。人を吟味する場所でも、引っ張ってくるとこでもありやせん。朝っぱらから騒ぎを起こしちゃ迷惑じゃねえですか」

信次郎は耳のあたりを搔《か》き、その手をひらりと横に振った。

「ああ、わかったわかった。きゃんきゃん吼《ほ》えるなって。親分の好きなようにしな。けど、もしかしたら、こっちの思惑とは別にそうなるかもしれねえぜ」

「そうなるってのは、どうなるんで」

「遠野屋に役者が揃っちまうってことさ。ただし、一幕目だけのな」

意味がわからない。お高という女が遠野屋に何の用があって、足を向けるのだ。けれど、伊佐治は口を結び、黙って頭を下げた。これ以上突っ込んでもはぐらかされる、あるいは、蠅《はえ》を追うような仕草で追い払われるだけだ。

廊下に出て、振り返ってみる。信次郎は腕組みしたまま、闇の一点を見詰めていた。


「ってのが、昨夜のあらましでやす」

語り終えて、伊佐治が息を吐き出した。それから、「いつごろ咲きやすかね」と顎をしゃくった。

一株の芍薬《しゃくやく》が植えてある。株はさほど大きくないが、紅色の艶やかな花を咲かせてくれる。

「あと一月ばかりでしょうか。牡丹《ぼたん》ほど派手ではありませんが庭を彩《いろど》ってくれますね」

「でやすね。うちの庭なんて猫の額の半分ぐれえしかねえし、日も当たらねえんで、花とも実とも縁がありやせんよ」

おくみが茶を運んでくる。茶請に大根の粕漬《かすづけ》と小さな握り飯が付いていた。おみつの気配りだろう。伊佐治の口元が綻《ほころ》んだ。

「すいやせん。おみつさんにまで、お手間を取らせちまいましたね」

「おみつは、親分さんが好きですからね。もてなしたいのですよ。今度はちゃんとした膳を整えますので、ゆっくりおいでください」

「ありがてえこってす。この一件が片付いたらお邪魔させてくだせえ」

そこで伊佐治はもう一度、吐息を漏らした。

「もっとも、今のところ、あっしにはどう片付くのか見当が付きやせんがね。ええ、まったく付きやせんね。一寸先も見通せねえ闇中《あんちゅう》に放り出された心持ちがしやす」

伊佐治は弱音を吐いているのではなく、ありのままを口にしている。この老練な岡っ引は、弱音や愚痴《ぐち》を滅多に口にしないし、体裁《ていさい》を取り繕うこともない。ただ、事実だけを淡々と語る。その正直さ、真直《まなお》な心根は、いつ接しても快かった。

茶をすすり、伊佐治は「ああ、美味《うめ》えや」と呟いた。

「木暮さまは、闇を見通しておられるのでしょうか」

さり気なく問うてみる。名を口にしただけで、微かな苦味を覚える。

「おそらく、旦那には見えてるんでしょうよ。何もかも全部とまでは言いやせんが、あっしにとって闇夜であっても、旦那には夕暮れ前ぐれえの明るさなんだと思いやすよ」

「弥吉やお高さんがいなくなることも、おわかりになっていたと？」

「ある程度は見越していたんでしょうね。でなきゃ、遠野屋さんに役者が揃うなんて台詞出てこないでしょうから」

「うちに役者が揃う。そう仰ったのですね」

「言いやしたよ、確かにね。意味がわかりやすか、遠野屋さん」

「木暮さま一流の言い回しではありますが、おそらく……」

伊佐治の眉が心持ち吊《つ》り上がった。湯呑《ゆのみ》を置き、清之介に顔を向ける。

「おそらく、何でやす」

清之介が答える前に、伊佐治が立ち上がった。

足音がする。

伊佐治のときと同じ庭蔵の向こうから、伊佐治よりもゆっくりと重く響いて来る。

我知らず、清之介は息を詰めていた。背筋が張る。奥歯を噛《か》み締める。

馬鹿者が。ここで気を張ってどうする。

己を叱る。息を詰め、背筋を強張らせた自分が忌々《いまいま》しい。

「旦那」

伊佐治が数歩、前に出て、形ばかりの辞儀をする。

「ずい分とお早いお出ましでやすね。あっしは、まだ何にもお報せしてねえでしょう」

着流しに巻き羽織。定町廻《じょうまちまわ》り同心の形をした信次郎が右肩をひょいと上げる。

「朝っぱらから機嫌が悪いな、親分。昨夜の酒が残ってるのか」

「あっしは酒を飲んで寝る癖はござんせんよ。機嫌が悪いわけでもありやせん。旦那の動きが読めねえもんで、ちょっと苛ついちゃあいやすがね」

「苛々は身体に毒だぜ。人ってのは年を経るごとに気短になる。困ったもんだな」

今度は、伊佐治が肩を竦めた。

「あっしも気長にのんびりやりてえとは望んでやすよ。けど、旦那にくっついていちゃあどうにも無理なようでしてね。もう半分、諦《あきら》めてやす」

岡っ引の皮肉を聞き流し、信次郎は廊下に上がった。手をつき、頭を下げながら迎える。

「久しぶりだな、遠野屋。元気だったかい」

「おかげさまで、何とかやっております。本当にご無沙汰《ぶさた》でございました。遠野屋の在《あ》り処《どころ》をお忘れかと気を揉《も》んでおりました」

「忘れる？　おれが？　ふふ、そりゃあねえだろう。何があっても忘れたりはしねえよ。死ぬまで覚えておいてやるさ、遠野屋」

信次郎の笑みを含んだ視線を受け止め、顎を上げる。

「それはようございました。お待ちする甲斐もあるというものです」

伊佐治が音をたてて、息を吐いた。

「まったく、遊女屋の駆け引きみてえなやりとり、しねえでもらいてえ。あっしとしちゃあ、お二人とも相手のことなんざさっさと忘れて、〝久しぶり〟も〝ご無沙汰〟もなくしちまう方がいいと思いやすがね」

「だとよ、遠野屋。尾上町の親分のご意見、どう思う」

「正論かと存じます」

正論だ。さっさと忘れて背を向けられるものなら、そうしたい。信次郎と一生関わらぬ道を行けるなら重畳《ちょうじょう》だ。が、しかし、それはあり得ない。互いの生が束《つか》の間交わった、あの朝から既に道は絡まり、深く食い込んでしまった。

だから、見届けるのだ。この男がどう生き、どう死ぬのか。それを己《おの》が眼で見届ける。見届けてみせる。

ふわり。信次郎が欠伸《あくび》を漏《も》らした。

「おれも茶をもらおうか。美味えやつを一杯、馳走《ちそう》してくんな」

「かしこまりました。すぐにご用意いたします。座敷の方にお上がりください」

「すまねえな。ああ、ついでにこれも頼む。どこかに架《か》けておいてくれ」

腰から刃引きの長脇差を引き抜くと、信次郎は投げ出すように渡してきた。とっさに差し出した両手に、刀剣の重さが伝わる。

刀とは、こんなに重い物だったか。

「木暮さま、うちは商家です。刀架《とうか》はございません」

「ああ、そうかい。構わねえよ、そのあたりに立て掛けておいてくれりゃいいぜ」

「旦那。言いたかありやせんが、旦那だってお武家の端くれじゃねえですか。なのに、お腰の物をそんないい加減に扱っていいんですかい」

伊佐治は清之介の手から一振りを捥《も》ぐように奪い取った。

「ようがす。あっしがこうやって、後生大事にお守《もり》をしてあげやすよ」

主を睨《にら》みながら、伊佐治が刀を抱え込む。

「守などいらねえよ。座敷の隅に放り投げておいてくれりゃいい」

苦笑を残し、信次郎は廊下を歩きだす。遠慮も迷いもない足取りだった。

「まったく、侍が刀を放り投げてどうするよ。しかも、わざわざ遠野屋さんに渡すなんざ、料簡《りようけん》違《ちげ》えも甚《はなは》だしいや。何でああも他人を弄《なぶ》りたがるんだ。遠野屋さん、勘弁ですぜ」

伊佐治の文句を聞きながら、清之介はかぶりを振った。

「違いますよ、親分さん」

「え？　違う？」

「ええ、木暮さまはわたしを弄ったわけではありません。お腰の物が本当に鬱陶《うつとう》しかったのではありませんか」

ほら刀を持てと、信次郎は煽《あお》ってきたわけではない。弄ってきたわけでも、むろんない。本気で煽り弄るつもりなら、もっと機を摑《つか》んだ、清之介に最も痛手となる折柄《おりから》を狙う。そういう男だ。

清之介の言わんとすることを解《かい》したのか、伊佐治が唸った。

「確かにね。うちの旦那は一応お武家じゃありやすが、刀を武士の命だなんて思ってもねえでしょうね。放り投げようが、部屋の隅に転がしておこうが拘《こだわ》りはありやせんよ」

では、あの男が拘っているものは、捨てておけないものは何だ？

伊佐治と視線が絡んだ。なぜか伊佐治は横を向き、あらぬ彼方《かなた》に眼差しを投げる。清之介も目を逸らし、黒羽織の後ろ姿を追った。その羽織と同じ色の蝶《ちょう》が一匹、芍薬の蕾《つぼみ》に止まっている。曇天の下でも翅《はね》は美しく、黒く煌《きら》めいた。

刀身も煌めく。

闇に包まれていてさえ蒼白《あおじろ》い光を放つ。おれは、そのことを知っている。

「さ、参りましょう。茶を入れ替えますから」

「あ、握り飯と漬物はいただきやすよ。美味え漬物でやした。今度、漬け方を教わって『梅屋』でも作ってみてえな」

「親分さんのお店で使っていただけるなら、おみつが大喜びしますよ」

伊佐治と笑い合う。しかし、老岡っ引の笑顔はすぐに消え、口元が強く引き締まる。

「遠野屋さん」

「ええ、どうやら……」

信三が急ぎ足に近づいて来る。伊佐治に気付き、一瞬、頬を強張らせた。

「これはこれは、親分さん。おはようございます」

それでもそつなく挨拶をし、信三は清之介の前に膝をついた。

「旦那さま、弥吉が店に出て参りました」

「そうか。すぐに、裏の座敷に来るように伝えてくれ」

「それがその、一人ではないのです。子どもを抱いた女の方と一緒でして」

もう一度、伊佐治と目を合わせる。今度は、伊佐治も逸らそうとはしなかった。

「親分さん、役者が揃ったというわけですか」

「へえ、一幕目のね」

伊佐治が唾を呑み下した。

芍薬の上で、黒い蝶はまだ優雅に舞っている。

第五章　藻屑火《もくずび》

幸薄《さち》そうな女だな。

お高を一目見たとき、伊佐治は胸の内で呟《つぶや》いた。

決して醜《みにく》い女ではない。目鼻立ちは整い、肌も白い。しかし、その整い方、肌の白さがどことなく不幸せを印する。そんな女だった。

痩せて、目元に翳《かげ》があり、ずっと俯《うつむ》いている。

首筋も白い。

遠野屋の座敷に湿った風が吹き通った。そのせいではないけれど、重苦しい気配が漂う。

「何で逃げた」

上座に座った信次郎が切り出す。前置きも、それなりの挨拶もない。唐突過ぎる問い掛けだった。

お高が身を縮《ちぢ》める。寸の間だったが、視線を信次郎に向ける。お高の娘お菊が母親の膝に縋《すが》った。

何か不穏を感じたのだろう、瞬《まばた》きもせず母を見上げる。

「答えな。何で芳之助店からずらかろうとしたんだ」

「お、お役人さま」

傍《かたわ》らに寄り添っていた弥吉が腰を浮かす。

「あ、あのお高さんは逃げたとかそういうのではなくて、急に家移りをしただけなんで。咎《とが》められるようなことはしてないと」

「答えな、お高」

信次郎は弥吉の申し立てに見向きもしなかった。耳にさえ届いていないように振舞う。弥吉が力なく腰を下ろした。

「聞いたところによると、おめえ、朝早く誰にも告げずに長屋を出たらしいな。ほとんど夜逃げ同然によ」

「……はい」

お高がか細い声で答える。

「何でそんな真似《まね》をした。あの長屋から逃げなきゃならねえ、どんな理由《わけ》があったんだ」

「それは、それは……言えません。あたし……」

お高の身体《からだ》が震える。瘧《おこり》のようだ。それほど暑くもないのに、頰に幾筋もの汗が伝う。

「あたし……言えません。言うわけには……」

「お高、おれはな伊達《だて》や酔狂《すいきょう》でここに座ってるんじゃねえんだ。お役目ってのを果たしてるのさ。おめえが誤魔化《ごまか》すなり、黙《だん》まりを決め込むなら、もっと違うやり方で役目を果たさなきゃならなくなるんだぜ」

明らかな脅《おど》しだった。お高の震えが止まらない。

不意にお菊が泣き出した。母に縋りついたまま泣き喚《わめ》く。

「旦那、こんなちっちぇえ子を怖がらせちゃいけやせんよ。お高さんは罪人じゃねえ。もちっと穏やかな、優しい言い方しても罰は当たりやせんよ」

伊佐治は眉を顰《ひそ》め、主《あるじ》を諫《いさ》めた。ただ、わかってはいた。お菊は信次郎の物言いだけに怯《おび》えているわけではない。座敷に淀《よど》む重苦しさを感じ取って、怖気《おじけ》ているのだ。

ちっ。信次郎が舌打ちする。匕首《あいくち》を振り回す不逞《ふてい》の輩《やから》よりも、泣く幼子の方がよほど癇《かん》に障《さわ》る。

そういう舌打ちだった。

「弥吉」

「は、はい」

「このガキを追い出せ。うるさくて敵《かな》わねぇ」

弥吉が答えるより先に、遠野屋が口を開く。

「木暮さま、守役《もり》なら用意しておりますから」

言い終わらない内に軽やかな足音が聞こえた。開け放した障子の陰から、おこまがひょいと顔を覗《のぞ》ける。市松人形を胸に抱えていた。後ろに立つおみつを見上げ、それから遠野屋に駆け寄った。

遠野屋が何かを囁《ささや》く。おこまは人形を抱いたまま、お菊の傍《そば》に屈《かが》み込んだ。

「ねえ、お人形で遊ぶ?」

お菊が小さくしゃくりあげた。その眼《め》が市松人形に注がれる。

「これね、ばばさまが作ってくれたの。もう一つ、あるよ。遊ぶ?」

お菊がこくりと首を前に倒す。「あっち、いこう」。おこまの差し出した手を握り、素直に立ち上がる。慌てたのはお高だった。

「そんな、いけません。遠野屋さんのおじょうさまと遊ぶなんて、あまりに恐れ多いです」

「よろしいではありませんか。子どもは子ども同士が一番です。ここにいてもお菊ちゃんは辛《つら》いばかりでしょう。さ、おこま、妹だと思ってしっかり遊んであげなさい」

遠野屋がおこまの背中を軽く叩《たた》く。

「うん。あたし、お姉ちゃんね。いこう」

二人の幼子は手を繋《つな》いだまま、座敷を飛び出していった。

「おやまあ、元気だこと。ほんと子どもは可愛《かわい》いわ。泣かせる人の気が知れませんよねえ」

皮肉を一つ残して、おみつも去って行く。

伊佐治はお高ににじり寄り、いつもより緩《ゆる》やかに語り掛けた。

「お高さん、あっしたちは寄ってたかって、あんたを問い質《ただ》そうとしてんじゃねえ。ただ、本当の話が聞きてえんだよ。あんたが何で急に芳之助店を出て行ったのか、そこを話しちゃくれねえか。おれの調べたところじゃ隣近所と揉《も》めていた様子も困り事があった風もねえ。実際、あの長屋での暮らしに不平不満があったわけじゃねえんだろう」

お高はちらりと伊佐治を見やり、首肯《しゅこう》した。さっきのお菊とよく似た仕草だ。

「不満なんてありませんでした。むしろ、とても居心地が良くて……。亭主に死に別れてから越してきたんですけど、みなさん、本当によくしてくれました」

女手一つで娘を育てる女。裏長屋の住人はそういう女を放ってはおかない。なにくれとなく世話を焼く。困ったときはお互いさまと言うけれど、それは建前でも綺麗《きれい》事でもなく、生きていくための手立てだった。困窮する者、助勢する者。その線引きは容易《たやす》く崩れ、入れ替わる。他人に手を差し伸べない者は自分も孤立無援を覚悟しなければならない。それが江戸の町に根付く法度《はっと》だった。

「なのに、あんたは周りの誰にも告げず、挨拶一つしないで出て行った。こういうこたぁ言いたくねえが、不人情過ぎねえかい。おかみさん連中も腹に据えかねるって様子だったぜ」

「……不義理は百も承知してます。いろいろお世話になったのに……でも、でも……」

「でも、なんでぇ。不義理を承知で出て行ったのはなんでだ?」

お高の唇が固く結ばれる。そのせいか、目尻が吊《つ》り上がって見えた。血の気の失《う》せた横顔は作り物めいて目に映る。

こりゃあ、ちょいと難物だ。

さっきの信次郎ではないが、舌打ちしたくなる。

どうしやす。

主の表情を窺《うかが》う。信次郎は遠野屋の淹《い》れた茶をすすっていた。

「怖い夢を見たそうだな」

湯呑《ゆのみ》を置き、問う。さっきとは打って変わった穏やかな口調だ。お高の黒目が揺れた。

「今の屋の葬儀の翌日だよ。弥吉が覗いたとき夜具に包《くる》まって震えてたそうじゃねえか。怖い夢を見て取り乱したとかなんとか、後で言い訳したんだろ。けどよ、子どもじゃねえ。一人前のいい大人が怖くて動けなくなる夢ってのは、どんなもんなんだ。後学のためにも、聞かせてくんな」

お高はさらに青白くなる。唇の色さえ褪《あ》せていく。その顔を二度、三度横に振った。

「い、嫌です。ゆ、夢の話なんて……したくありません」

「お高さん」

遠野屋がお高に湯呑を持たせた。白い大振りの湯呑から微《かす》かな湯気が上がる。

「水飴《あめ》を温《ぬる》い湯に溶かしたものです。飲むと落ち着きますよ」

「え？　水飴……。あ、ありがとうございます」

震える指先で湯呑を摑《つか》み、お高はこくこくと中身を飲み干した。

「幽霊を見たのか」

信次郎がやはり穏やかな口調で言った。

「夢じゃなくて現《うつつ》に幽霊を見たんだろう、お高」

白い湯呑が転がる。お高は大きく目を見開き、信次郎を見詰めていた。

「なぜ……なぜ、それを……どうして……」

「図星だったか。ふふ、まぁそうだろうな。あの夜、おめえは幽霊を見た。で、恐ろしくて恐ろしくて夜具をひっかぶって震えてたわけだ。一夜が明けても怖気《おじけ》は収まらず、どうにも耐えられなくて、後先考えず芳之助店を飛び出しちまった。そういう顚末《てんまつ》かよ」

お高はそうだとも違うとも答えなかった。目を見開いたまま、動かない。伊佐治と遠野屋は瞬き一つ分ほどの間、顔を見合わせた。

伊佐治には信次郎の言葉の意味が半分も解《げ》せなかった。

幽霊？　何のこった？

人が怨《うら》みや未練を残してこの世を去ることは、ままある。むしろ、心残りも痼《しこ》りもなく綺麗《きれい》に彼岸に渡れる者の方が少ないだろう。

人には魂がある。それを疑ったことはない。人の怨念がどれほど根深いか厄介かも知り過ぎるほど知っている。

しかし、幽霊はねえだろう。

怨みも未練も悲しみも嘆きも、生きている者だけが抱えるものだ。人は死ねば、みな成仏する。仏になると伊佐治は思っている。物《もの》の怪《け》はいるかもしれない。鬼も天狗《てんぐ》も狐狸妖怪《こりようかい》も、いても不思議はない。子どものころ、夜具の中で父や母が語ってくれた物語には大百足《おおむかで》や人をさらう鬼が出てきた。だからだろうか、人の道に悖《もと》る者は大百足に食われ、鬼に操《あやつ》られると心の隅では信じている。けれど、幽霊は嘘《うそ》だ。人は人として生まれ、人として死ぬ。そして仏になる。人ならぬものとなって、この世を彷徨《さまよ》ったりしない。あれは読本《よみほん》や芝居の中だけのものだ。

伊佐治は信次郎に視線を向ける。

この同心が幽霊話を真に受けるはずがない。人の魂も仏もまるで信じていない男なのだ。そして、こちらの男も。

遠野屋を窺う。口元にあるかなしかの笑みが浮かんでいる。

こちらの男も幽霊など意に介すまい。

「あたしは怖くて……怖くて、どうしようもなかったんです。あのまま、芳之助店にいたら呪われる気がして……と、取り殺されるのが怖くて……」

お高が泣き伏す。背中が波打ち、嗚咽《おえつ》が漏れる。弥吉が遠慮がちにその背中をさすった。

「ふふん、幽霊さまに、他言すれば取り殺してやるとでも言われたのか」

お高の背中がびくりと震えた。

「しゃべんな、お高。しゃべったって、何にも取り憑《つ》きゃしねえよ。ああ、そうだ。いいこと教えてやらあ。遠野屋のご主人はな、霊験《れいげん》あらたかなるお方なんだぜ。そこらへんをうろちょろしてい る悪霊なんざ寄り付きもできねえや。だから、安心して、しゃべるんだ。おめえの見たことを洗いざらいな」

「木暮さま、些《いささ》かお口が過ぎませぬか」

遠野屋がお高の転がした湯吞を片付ける。

「わたしには霊験などございません。ただ、お高さん、ここにいる誰かがあなたの話を外に漏《も》らす心配はありませんよ。どうか我々を信用してください。それに、自分の胸一つに仕舞い込んで、ずっと怯え続けるのは辛いでしょう。いつか、あなたの心が耐えられなくなるのではありませんか」

「まったくだ」

伊佐治は深く頷いて見せた。

「遠野屋さんの仰《おつしや》る通りだぜ。このままじゃいけねえや。どこに家移りしたって、逃げたって怖いって気持ちは軽くはならねえぜ。この先、風の音にも人影にもびくびくしながら生きていかなくちゃならなくなる。それより、吐き出しちまった方が楽じゃねえのか」

お高が顔を上げる。顎《あご》の先から涙が滴《したた》った。

「大丈夫だ。おまえさんを苦しめるようなこたぁさせない。幽霊だろうが人だろうが、な」

「お高さん」

弥吉がお高の腕を摑んだ。

「話してくれよ。その方がいいよ。おれがいるから、お高さんもお菊も守るから……だから、本当のことを話してくれ。何《なん》にも言わないで消えちまうなんて、それはやっぱり、その、やっぱり間違ってるって」

「弥吉さん」

新たな涙がお高の頰を流れていく。おこまとお菊の笑い声が、絡まり合いながら聞こえてきた。それだけで、ふっと気持ちが和《なご》む。

「さ、もう十分だろうが。いいとこ踏ん切り付けて、しゃべっちまいな。こっちも暇じゃねえからな。いつまでも付き合ってるわけにはいかねえんだ」

「お高さん、木暮さまが霊験を以《もつ》て悪霊を退治してくださるそうです。あなたの見た幽霊の正体を日の下に引きずり出してくださいますよ」

遠野屋の一言に、お高は僅《わず》かに口を開いた。細い息が漏れる。

「本当ですか。それは、本当に……」

「遠野屋、口が過ぎるな。おれにも霊験なんざねえよ」

「でも、幽霊を引きずり出すお力はお持ちです。でなければ、お高さんを呼びつけたりはなさいませんでしょう」

「おれは呼びつけたつもりはないぜ。遠野屋の手代《てだい》にくっついて来ただけじゃねえかよ」

「くっついて来ると、木暮さまはわかっておいででした。弥吉がお高さんを探し出してくると承知だったから、遠野屋にお出《い》でになったのでしょう。ふふ、弥吉、おまえの動きなど、木暮さまにはお見通しだったようだ。幽霊などよりずっと恐ろしくはないか」

遠野屋が柔らかく笑んだ。信次郎の目尻がひくりと一度だけ動く。

「あ、てこったから、安心して話しちまいな」

伊佐治は二人から目を逸《そ》らし、お高をさらに促した。

「はい。申し訳ありませんでした。口にするのも怖くて……。でも、ええ、お話しします」

お高は膝の上でこぶしを握り、背筋を伸ばした。頰の熱で涙が乾いていく。

「あの夜、あたしは夜更けまで仕事をしてました。あの、あたしは針仕事を引き受けて口過ぎにしてるんです。あの夜は、急ぎの仕事が溜《た》まってしまって、それで……行灯《あんどん》をつけてずっと針を使ってました。言われた日までに納めないと、次から仕事を回してくれなくなるので必死でした」

伊佐治は何度も点頭《てんとう》する。

「そうかい。女手一つで子を育ててるんだものな。苦労もあらぁな」

適当に合わせるつもりはなかった。並大抵ではなかろう女の苦労を、言葉だけででも労《ねぎら》いたかっただけだ。お高が口元を緩める。初めて見る笑顔だった。

「それで、夜が明ける前にやっとできあがって……。少しうとうとしたのかもしれません。でも、肩も腰も凝りに凝ってしまって眠れなくて、それで外に出たんです。路地で腕を回したりして、それから一寝入りしようかと……そしたら、木戸の向こうにぼわっと明かりが浮いて……」

お高が身震いした。弥吉がその手を握る。

「い、行かなきゃよかったんです。行かなきゃ。でも、気になって……ふらふらと、近づいてしまって……。そしたら、そしたら……」

震えがひどくなる。しかし、お高はしゃべり続けた。掠《かす》れて聞き取りづらくはあったが、話を止《や》めなかった。

「そしたら、明かりの中に今の屋のご主人の……か、顔だけぼんやりと浮いてて……あたし、こ、声も出せなくてその場にしゃがみ込んで……。後はよく覚えていません。『よくも見たな。誰かに漏らせば呪い殺す』みたいなことを、い、言われたような気もするけれど……わ、わかりません。もう恐ろしくて恐ろしくて、何とか逃げ帰って、ずっと夜具の中で震えていました。震えが止まらなくて、朝になっても起き上がれないぐらいでした」

伊佐治は呻《うめ》きそうになった。

雲の多い、湿った夜。明かりに浮かぶ死人の顔。呪いの言葉。

なるほど、ちょっとした怪談だ。

「このまま芳之助店にいたら取り憑かれる、呪い殺されるって思いました。思ったらどうにも逃げることしか思い浮かばなくて……。それしかなくて……」

信次郎が鼻の先で嗤《わら》った。

「なるほどね。気持ちはわかるが不義理はいけねえな。お高、おめえ、長屋に帰りな。帰って、おかみさん連中に謝るんだな。幽霊を見て怖さのあまり、逃げ出してしまった。挨拶の一つもせずに申し訳なかったってな。それが仁義ってもんさ」

「か、帰るのですか……」

「そうさ。帰って元通りに暮らすんだ。わかったな」

「そんな、そんな……無理です。あたし、怖くてとても……できません」

「おめえのできる、できねえを聞いちゃいねえよ。やれって言ってんだ。いいな、お高、幽霊を見た気がする。気だけかもしれないが、どうにも恐ろしくてたまらなかった。一日経《た》って気持ちが落ち着いたら、自分の軽はずみが恥ずかしくなった。こうして戻ってきたので今まで通りよろしく頼む。そう頭を下げるんだ。わかったな」

「はぁ……」

お高の視線がうろつく。信次郎の噛《か》んで含めるような調子にも言葉の中身にも戸惑っているのだ。けれど、一息を吐き出し「わかりました」と短く答えた。

「お役人さまの言う通りにいたします」

「そうかい。いい子だ。しっかり、頼むぜ」

「木暮さま」

遠野屋が身を乗り出した。

「言わずもがなではございますが、お高さんの身が危うくなるような羽目には、なりませんでしょうね」

「おいおい、遠野屋のご主人、おれは定町廻《じょうまちまわ》りだぜ。町方の暮らしがうまく収まるよう働くのが役目じゃねえか。なのに、誰かを危うくするって？　あり得ねえだろう」

十分にあり得やすよ。

声には出さず呟く。声に出せば、お高をさらに怯えさせるだけだ。

遠野屋が心持ち目を細めた。

「弥吉」

「はい」

「お高さんを長屋まで送って差し上げなさい。おまえは今日は休んでいいから、傍にいてあげるのがよかろうな。お高さんもその方が心強いだろう。あ、お菊ちゃんは遊んでいてもらえばいいから。今、帰られると、おこまがむくれるかもしれない」

「そんな、大丈夫です」

お高が首を振る。

「あたし、後先考えずに芳之助店を飛び出したものの、行く当てもなくて……お菊を連れてどうしようかと途方に暮れてたんです。そんなとき、弥吉さんが捜しに来てくれて、正直、ほっとしました。あのときは、怖い気持ちが消えて、本当に安心できたんです」

「いや、闇雲《やみくも》に捜し回ってただけで……見つかってよかった。けど、あの、旦那さま、報《しら》せもせず仕事に遅れてしまいまして申し訳ありません」

弥吉が深々と低頭した。

「そうだな。そこは、おまえの手落ちだ。番頭も気を揉んでいたぞ。どういう事情であれ、報せだけは忘れぬよう今後、心するように」

「は、はい。本当にすみませんでした」

「さて、お高さん。一つ、お尋ねしたいことがあるのですが」

「はい、なんでしょうか」

お高が軽く顎を引いた。怯えと用心がまた、眼の中を過《よぎ》る。

「さっき、針仕事を生業《なりわい》にしておられると仰いましたね」

「あ、はい。そうです。娘のころからずっと針一本で家族を養ってきました」

「お菊ちゃんの着ていた物も、あなたの仕立てですか」

「そうです。でも、あの、新しい着物を仕立ててやることはできないので、古手屋で買った物の仕立て直しなんですけど……」

「ええ、確かに布地は古い物でしたが、仕立てそのものは実にしっかりしていましたね。あれなら、何度水を潜《くぐ》っても形は崩れないでしょう。見事な腕前です」

お高の頬が赤らむ。頬を赤らめながら笑む。遠野屋の主人からの、掛け値なしの称賛だ。嬉《うれ》しくも誇らしくもあるだろう。伊佐治は、さっきまでとは別人のように生き生きとした女を見詰める。これが遠野屋の力だと思う。何気ない一言、衒《てら》いのない称賛、心底からの肯《うけが》い、確かな目利き。人は励まされ、支えられ、身の内に生き生きと血を巡らせる。

弥吉が胸を反らした。

「お高さんの針はすごいんです。打掛だって黒縮緬《くろちりめん》の定紋付《じょうもんつき》だって緞子帯《どんすおび》だって、一糸も乱れず縫い上げられるんですよ」

「まあ、弥吉さん、やめてよ。打掛の仕事なんて滅多《めった》にきやしないのに」

「お高さんは帯も縫えるのですか」

「はい。針を使うなら、大抵の仕事は引き受けられます」

「一度見せてもらえませんか」

「は？」

「あなたの縫った小袖や帯を見せて欲しいのです。実は、帯屋のご主人と、古い帯に小間物を合わせて新しくよみがえらせてみたいと話をしているのですが」

弥吉が身動《みじろ》ぎした。

「旦那さま、帯屋とは三郷屋さんですか」

「そうだ。おもしろい試みだと思う。しかし、そのためには、腕のいい仕立屋や針妙《しんみよう》がどうしても入り用になる。ですから、お高さん、ぜひ一度、あなたの仕事を見せていただきたいのです」

「まあ、ほんとに……」

お高の顔にさらに血が上る。そうすると身の内側から光に照らされているようで、さっきまでの幸薄い女の影が拭い去られる。おそらく今、お高の念頭からは幽霊のことなどきれいに消えているだろう。弥吉の物言いも重苦しさを捨てて、弾《はず》んでいる。

「よかったな、お高さん」

「ええ、何だか夢のようです」

「三郷屋さん、吹野屋さんにも見定めていただかなければなりませんが、近いうちに、仕立てた帯と小袖、見せていただけますね。もしかしたら、見ただけで終わるかもしれませんが」

「はい。遠野屋さんに品定めしていただけるだけで十分です」

お高は両の指を拝むように合わせた。己《おのれ》の指、己の技に対する誇りが眼つき、顔つきに滲《にじ》み出す。いい顔だ。伊佐治はつい綻《ほころ》びそうになる口元を引き締めた。

昂《たかぶ》った気配を残して、お高と弥吉が出て行く。

「『今の屋』とは別に、お高さんの周りにも手下《てか》を張り付けておきやしょうかね。夜っぴいて様子を見るように言い付けておきやす。日が暮れるまでは弥吉さんにお頼みして心配はねえでしょう」

伊佐治は信次郎に顔を向け、そう告げた。自分の役目をきっちり為《な》そうと思う。お高のように誇れる技は持っていないが、仕事を果たしきる矜持《きょうじ》だけは負けない。

「大丈夫だろうよ。なんせ幽霊だからな。明るいうちから、のこのこ出てきたりしねえだろうさ。昼間の幽霊ってのも、いかにも間抜けでおもしろそうじゃあるがな」

信次郎は気怠《けだる》げな口調で答えると、壁にぐたりともたれかかった。

「それにしても、遠野屋。おぬしは何でも商いに結び付けちまうんだな」

「商人ですから」

茶を入れ替えながら遠野屋が短く応じる。

「商人ねえ。頭の中は常に商いのことでいっぱいってことか」

「そのようにありたいと、思っております」

茶の香りが仄《ほの》かに漂う。「ふむ、美味《うま》いな」と信次郎は笑みを浮かべる。好物の菓子を与えられた子どものようだ。屈託ない楽しげな笑顔。遠野屋が心なしか表情を曇らせたように見えた。

「そうだな。いつまでも商いだけを考え続けられれば、いいけどな」

「お言葉の意味を測りかねますが」

「そうかい。よく、わかってると思うがな。世の中ってのは何が起こるかわからねえ。一寸先は全て闇さ。特におぬしのような危殆《きたい》な御仁はな。ふふ、進む道が平らかにどこまでも延びてるとはゆめゆめ思っちゃいねえだろう。そこまで能天気じゃねえよな」

「旦那」

湯呑を持ったまま、伊佐治は主を睨《にら》みつけた。

「旦那が遠野屋さんの行く末を心配するこたぁありやせんよ。ありがた迷惑ってやつにしか、なりやせんぜ。どこがありがたいのかわかりやせんがね」

「いえ、木暮さまの仰る通りかもしれません」

遠野屋は伊佐治に向かって、軽く頭を振って見せた。

「この世に確かに約束されたものなど、ないのでしょう。公方《くぼう》さまとて、天子《てんし》さまとて未来《さき》の道が確かだとは言い切れませぬ。人の行く末とはそういうものかと思いますが」

「誤魔化すなよ、遠野屋。おれは誰とは知らぬ大凡人《おおよそびと》の話をしてんじゃねえ。おぬしの話をしてんだ。下手《へた》な手妻《てづま》じゃあるまいし、すり替えるのは止めな」

「では、木暮さまはいかがなのですか」

遠野屋は居住まいを正し、信次郎に身体を向けた。

「木暮さまは、ご自分の未来をどのように見ておられるのです。平らかに延びているとは、よもやお考えではありますまい」

「そうかい。これでも役人の端くれだからな。贅沢《ぜいたく》言わなきゃ食ってはいける。まぁそれで良しとすれば、なかなかに楽な道じゃねえのか」

「お戯《たわむ》れを。それでは、誤魔化しにもなりませぬよ」

口元だけで笑み、遠野屋は続けた。

「わたしからすれば、木暮さまほど危殆な方はおられませぬ。そういう方が何を良しとされるのか見当がつきかねるのです。人の道も心も一寸先は闇。その闇を、木暮さまは楽しんでおられると、それだけはわかります。何が潜《ひそ》んでいるか見通せないからおもしろいと」

「ふふ、まあ、おもしろいっちゃあ、おもしろいかもな。闇の中にいるものを引きずり出す。その醍醐味《だいごみ》ってのはなかなかだぜ」

「それで、今回は何を引きずり出してくださるのです」

信次郎の眼差《まなざ》しが険しくなる。しかし、物言いは穏やかなままだった。

「てえした獲物じゃねえさ。少なくとも、おぬしほど得体の知れねえ輩《やから》じゃねえな。まあいいさ。大物釣りを残しておけば、後々の楽しみになるってもんだ」

「わたしも獲物だと、そう仰っておられるのですか」

「そうさな。釣り上げていい塩梅《あんばい》に料理してやるさ、いつかな。その日まで、せいぜい泳ぎ回り、逃げ回ればいい。商人面《づら》して商い話に耽《ふけ》るのもよかろうさ」

「逃げ回る？　まさか。木暮さま、先刻、申し上げたはずです」

遠野屋はまだ、笑みを浮かべている。

「お待ちする甲斐《かい》があると。わたしはこれまでもこれからも遠野屋におります。いつでもお出でください。心底からお待ち申し上げておりますから」

「それはそれは、ぞくぞくするほどありがてえお誘いだな」

信次郎が肩を竦《すく》め、薄く笑う。

我慢できなくなって、伊佐治は自分の膝を音高く打った。

「ああ、もう、いいかげんにしてもらいてえ。あっしも先刻、言いましたぜ。遊女屋の駆け引きみてえなやりとりは止めてくだせえってね。旦那が何を釣ろうが、遠野屋さんが誰を待とうが構いやせんけどね、今、やらなきゃならねえのは釣りでも待ちでもありやせん。旦那、これから、どうするんでやす。さっきのお高の話はどういう種明かしになるんでやすか。え？　幽霊ってのは誰なんでやすか。誰が、何のために、今の屋さんの幽霊の振りをしてんです。わかってるなら、さっさと明かしてくだせえ。その上で、どう動くか差配してもらわねえと、動けねえじゃねえですか」

まくし立てる。信次郎はさらに肩を竦め、遠野屋は僅かに後退《あとずさ》りした。

「わかった。わかったから、そんなにきゃんきゃん吼《ほ》えねえでくれ。耳がどうにかなっちまわあ。まったく、年寄りってのは気が短くて困るぜ」

「言っときやすけど、あっしの気の灯心《とうしん》をちょん切ってるのは旦那でやすからね。それに、遠野屋さんもだ。あっしだって怒鳴らず、苛《いら》つかず、仕事がしてえんですよ。それなのに、いつもいつも、お二人がつまんねえやり合いをするから、声を張り上げなくちゃならなくなるんじゃねえんですかい。わかってんですかい」

嘘だ。つまらないなら放っておけばいいのだ。放っておけなかった。止めなければならないと思った。遠野屋はむろん信次郎も丸腰だ。刃《やいば》を交わすわけもなく、どちらかが、あるいはどちらもが血を流す結末になるはずがない。ただの言葉のやりとりに過ぎないのだ。わかっているのに、伊佐治は怖気る。ぞわぞわと背筋が寒くなる。刃が喉を斬りさくようにも、腹を抉《えぐ》るようにも感じてしまう。血の臭《にお》いや血潮の生温かさまで感じる。だから、割って入る。不機嫌な年寄りの振りをして、きゃんきゃん吼える。

疲れる。この二人といると気持ちが磨《す》り減るのがわかる。本当に疲れる。それなのに、高揚する。心の一隅が熱を放ち、弾《はず》む。

止めたくない。放っておけば、どうなるのか。幻でない血が流れ、現の風景を紅に染めるのか。

その風景の中で微笑《ほほえ》んでいるのはどちらなのだ。

伊佐治は生唾《なまつば》を呑み込む。目頭を押さえる。おまえはとんでもない阿呆《あほう》だと、己を叱る。

「誰も今の屋の振りなんかしてねえさ。お高ってのは、ああ見えてなかなかしっかり者のようじゃねえか。遠野屋の旦那が美味《おい》しい話を持ち出したとたん、しゃっきりしたぜ。生きる上での損得勘定がちゃんとできる女だ。それに針仕事を生業にしてんだ。目の方もしっかりしてんだろうよ」

「曲がりなりにも腕一本で子どもと自分の口を養ってんですからね、しっかりもしてるでしょうよ。けど、お高さんがしっかり者だから、どうだっていうんです」

「お高は芳之助店の住人だ。今の屋の顔はよくわかってるだろう。おれは直《じか》に見たこたぁねえが、瘤《こぶ》や痣《あざ》、大きな黒子《ほくろ》があるとかやけに鼻が高いとか、目立つ徴《しるし》はねえ顔なんだろ」

「へえ、あっしは何度か見かけたことがありやすが、そんなものはありやせんでしたね」

「あれば誤魔化せる。偽の黒子でもくっつけときゃあ人の目ん玉ってのは、存外容易く騙《だま》されるからな。しかし、今の屋にはそれがない。しかし、お高には一目見ただけで、今の屋だとわかった。だからこそ、あんなに怖がったんだ」

「だから、それは誰かが上手に化けたんじゃねえんですかい」

「何のために死んだ男に化けなきゃならねえ。化けて、真夜中にうろつかなきゃならねえ。まさか、子持ちの針女を驚かせるためじゃねえだろう」

それはない。

「お高が夜なべ仕事の後、外に出ていたのはたまたまだ。予《あらかじ》め誰にも、お高自身にだってわかりゃしねえことだ。お高はたまたま見ちまった。見た方も仰天したろうが見られた方も慌てただろうよ。まだ夜が明けてもねえのに起きてるやつがいるとは思ってなかったろうからな。それで、とっさの口封じに呪い文句を囁《ささや》いた、ってとこじゃねえのか」

「け、けど、お高は顔がぼうっと浮かんでいたと……」

口をつぐむ。傍らで遠野屋が「なるほど」と呟いた。伊佐治も閃《ひらめ》いた。

なるほど、そういうことか。

「そうさ。黒い衣を着て、提灯《ちょうちん》なり手燭《てしょく》なりを持ってりゃあ闇の中に浮かんで見える。光に目が吸い付けられてりゃあ余計にな。ふふ、幽霊に明かり道具なんざいらねえだろう。闇を照らさなきゃ道を歩けねえのは人、だけさ」

遠野屋が息を吸い込む気配がした。伊佐治も喉の奥に息が痞《つか》え、咳《せ》き込んでしまった。

「ちょっ、ちょっと待ってくだせえ。旦那の話があっしには読めやせん。お高の見たのが幽霊じゃなく人だってなら、やっぱり、今の屋さんに化けた誰かってことになりやすよね。誰かが今の屋さんに化けて夜中に……」

江戸の町を歩き回っていた？　何のために？　何のために、だ。

「誰も化けていなかったとしたら」

遠野屋が微かに息を吐き出した。

「今の屋さん、ご自身ということですか」

伊佐治は目を見開いて、遠野屋を凝視した。唇が乾いていくのが自分でもわかる。

「馬鹿な。そんなこと、あるわけねえでしょうが。葬式まで出てんですよ。墓の下に埋められてんですよ。どうやって生き返るんです」

「どうなのです、木暮さま。どういう絡繰《からく》りなのでしょうか、教えていただけますね」

遠野屋が身を乗り出す。信次郎は空になった湯呑を転がした。

「もう一杯、茶をくんな」

「かしこまりました」

遠野屋が茶筒から新しい茶葉を取り出す。ゆっくりと湯を注ぐ。あいかわらず手際がいい。伊佐治の鼻腔《びこう》を前の物とは違う柔らかな香りがくすぐった。もっとも、今の伊佐治には茶の香りも味もどうでもよかったけれど。

「それにしても、おぬしがそんなに知りたがりだとは思わなかったぜ。かなり長《なげ》え付き合いになるが、まだまだ、わからねえもんだな」

「わたしも自分がこんなにも知りたがりだとはと、驚いております。さらに申し上げれば戸惑ってもおります。しかし、知りたい気持ちはどうしようもありません。木暮さまは、相生町の一件の全貌を摑んでおられるのでしょう。それをぜひ聞かせていただきたいと、うずうずしておるのですから、我ながら始末に負えないと言うしかありません」

「ずい分と正直だな」

「ここで下手に虚勢を張っても、木暮さまにからかわれるだけですので」

「おれが遠野屋のご主人をからかう？　そんな大それた真似するもんかよ」

「どの口が言うのやら、というやつでしょうか」

遠野屋が小さく笑う。湯呑を受け取り、信次郎も笑い声を漏らした。

伊佐治は上目遣いに若い商人と同心を見やる。

何気ないやりとり。重なる笑声。ほわりと立ち上る薄い湯気。気心の知れた者たちの打ち解けた一刻とも思える。

さっきより強く、寒気を覚える。口を挟む気は失せていた。やりあっているのなら留《と》め立《だ》てもできるが、穏やかに笑い合っている者たちを怒鳴りつけるわけにはいかない。その気力も湧いてこなかった。まったく始末に負えない輩だ。

伊佐治は湯呑の中身をすすった。萌黄色《もえぎいろ》の茶は渋みが少なく、円《まろ》やかで優しい。身体が温まり、気持ちが落ち着く。

「美味いな」

信次郎が満足げに息を吐いた。

「何でここの茶はこんなに美味いんだ。茶葉がよほど上等なのか」

「さほどではありません。湯加減と葉の量さえ間違えねば、茶は美味しく淹れられます」

「加減ねえ。宝来寺の坊主に聞かせてやりてえぜ」

「宝来寺？」

「いや、こっちのこった。で、遠野屋の旦那は何を聞きたいって？」

「今の屋さんが幽霊ではなく生身であったとすれば、葬儀は芝居だったということですか。つまり、今の屋さんは生きておるのに死んだと見せかけて、葬式を出したと」

「そういうことだろうな」

ことなげに、信次郎が答える。伊佐治は湯呑を持ったまま腰を浮かせた。

「まさか。まさか、そんなこと信じられやせんよ」

「何でだ。内輪だけの葬儀だったそうじゃねえか。誰にもほとんど知らせずひっそりと片付けたんだろう。人が入れ代わり立ち代わり、悔やみに来たわけじゃねえ。女房と倅《せがれ》と、後は奉公人が……何人だったっけな、親分」

信次郎の声音は低く落ち着いていた。伊佐治はそっと腰を下ろす。束《つか》の間とはいえ、取り乱したことを恥じる。

「三人でやす。三人とも通いで、内一人は台所仕事の女中です。先月までは五、六人は抱えていたようですが、商いが思わしくねえってことで暇を出されたそうで」

気息を整え、伊佐治も声を低くした。

「なるほどね。人減らしができてたわけだ。通夜も葬儀も内々で片付けた。外から手伝いにきてたのは弥吉ぐれえのもんだろう。その弥吉だって仏の顔を拝んだわけじゃねえんだ」

「へえ、ずっと台所にいたって言ってやしたね。でも、旦那。今の屋が倒れたとき医者が呼ばれてるんでやすよ。その医者が心《しん》の臓《ぞう》の病で亡くなったと告げたんですぜ。そこんとこは、どうなるんです」

「医者の名前は調べたかい」

「調べてありやす。今朝、芳之助店に寄ったついでに今の屋の女中に確かめてきやした。六間堀町の松村東周《まつむらとうしゅう》って医者だそうです。あっしもよくはわかりやせんが、名前ぐれえは聞いたことがありやすよ。確か、裏長屋じゃなく表に一軒を構えているはずでやす。評判も悪くはありやせん。とりわけ火傷《やけど》の治療には定評がある医者でやす」

信次郎が二度ばかり頷いた。

「なるほどな。縄張《しま》り内のことは鼠《ねずみ》の巣まで知ってるってな。いつものことながら、見事なもんだ。舌を巻くぜ。そう思わねえか、遠野屋」

「思います。本所深川界隈《かいわい》で親分さんの眼や耳から逃れられる者はおらぬのですね。人並み外れた力ではありませんか」

「怖《こえ》え親仁《おやじ》だろう。人より化物に近《ちけ》えや。そのうち、尻に二尾ぐれえ生えてくるかもな」

伊佐治は鼻から息を吐き出した。異形そのもののような男たちに異形をとやかく言われたくない。

「その東周とやらは、今の屋の掛かり付けか」

「そうでやす。前の掛かり付けの医者がお町の気に入らなくて、先月から東周に替えたそうでやす。東周は京都で医学を学んだ立派なお医者だそうで。いいお医者に巡り合えたと、お町が喜んでいたって、女中から聞き込みやした」

「ふーん。奉公人に暇を出したのと医者を替えたのが、ほぼ同じころか」

「あ……確かに重なりやすが。それは、たまたまじゃねえんですかい」

〝たまたま〞の一言を信次郎が忌んでいるとはわかっている。伊佐治だとて、何でもたまたまで済まそうとする安易な思案は嫌いだ。嫌いだし危ない。この使い勝手のいい言葉で終わらせてしまったら、事件の大半が解き明かされないままになってしまう。しかし、今回だけは、たまたまとしか考えられない。

信次郎は懐《ふところ》から四つ折りにした紙を取り出した。それを伊佐治の膝の上に投げた。開いてみる。名前が幾つか並んでいる。松村東周の四文字が目に飛び込んできた。

「旦那、これは?」

「徳重の貸付帖さ。金を貸した相手の名前と金額がきっちり書き留められていた、あれだ。その中から医者と思《おぼ》しきやつを書き出してみた」

「……東周も徳重に金を借りていたわけでやすか」

「そのようだな。しかも、まだ返していない。証文の類《たぐい》はねえが、それは徳重たちを殺《や》った下手人が持ち去ったんだろうよ。車簞笥《くるまたんす》の中身と一緒にな。それが約束だったかもしれねえな。今の屋を死者にしてやる代わりに証文を渡してもらうという約束だ。因《ちな》みに、東周は借金のかたに、家と屋敷を入れてたぜ」

「今の屋と同じく、借金が返せなければ何もかも取られちまうってことでやすね」

唾を呑み下そうとしたが、うまくいかない。唇どころか口の中までからからに乾いてきた。喉も渇く。湯吞の茶を飲み干すと、鼓動の音が耳に響いてきた。

目の前に何重にも張り巡らされていた帳《とばり》が一枚一枚、剝《は》がされていく。そんな風に感じる。胸が高鳴る。気持ちが昂る。

「たまたまではありませんね」

遠野屋が伊佐治の摑んだ紙を見詰める。

「奉公人を減らし、医者を抱き込み、葬式まであげる。実に周到に用意されてきた企て。そういうわけですか」

「そういうこったな」

「弥吉がわざわざ呼ばれたのは、あの夜の間、お内儀《かみ》さんたちがずっと家にいた、今の屋から一歩も出なかった。その証人《あかしびと》にさせるためですか」

「だろうよ。主人は死んでいる。お内儀も跡取り息子も家にいたとなりゃあ、相生町の殺しとは無縁でいられる。下手人と疑われる心配はなくなるってわけさ。しかも、そのことをことさら吹聴するのではなく、それとなく明るみに出す。いかにも自然のなりゆきって風にな。なかなかに手が込んでるじゃねえか」

「ああああっ」

伊佐治は我を忘れて大声を上げていた。目の前の最後の一枚、厚い帳が落ちた。ばさりと重い音が耳に突き刺さってくる。

「あの顔は、徳重とお月のあの死に顔は……」

「幽霊を見たんだよ。しかも、その幽霊に殺された」

信次郎がにやりと笑った。伊佐治は笑えない。ほんの一時、瞼《まぶた》を閉じる。殺された夫婦の顔が眼裏《まなうら》に浮かぶ。驚くほど鮮やかに、浮かび上がる。

驚愕《きょうがく》が刻み込まれた二つの顔だった。死者が残したものの意味がやっとわかった。

「幽霊に殺された」

遠野屋が呟く。吐息のような呟きが伊佐治の耳朶《じだ》と心を震わせる。

第六章　散り花

女中のお澄《すみ》、手代《てだい》の春助《はるすけ》、そして番頭の矢次郎《やじろう》。それぞれに最後の給金を渡す。かなりの額だ。これまでの給金とは比べ物にならない。春助と矢次郎にはさらに上乗せした。

「三人ともこれまで、今の屋のためによく働いてくれたね。ありがたいと思ってるよ。店を畳むことになってしまって本当に申し訳ないけれど、勘弁しておくれね」

お町が涙声で告げると、お澄が両手で顔を覆《おお》った。切れ切れに嗚咽《おえつ》が漏れる。春助も唇を噛《か》んで、俯《うつむ》いていた。

「お内儀《かみ》さん、わたしたちこそ申し訳なく思っております。今の屋を支えることができませんでした。我が身の力の無さが無念でなりません。どうか、お許しください」

矢次郎が両手をつき、低頭する。春助とお澄もそれに倣《なら》った。それから、三人は重い足取りで座敷から出て行く。出て行く間際、矢次郎が振り返り、暫《しばら》く躊躇《ためら》い、「お内儀さん」と呼んだ。お町は座ったまま、先代からつごう三十年近く今の屋一筋に働いてきた老奉公人を見上げる。もう、何も言わないで欲しい。言わないでもらいたい。胸の内で呪文のように唱《とな》える。

「ほんとにこれで……これで、よかったんでしょうかね」

嗄《しゃが》れ声の呟《つぶや》きだった。お町は強くかぶりを振る。

「いいも悪いもないんだよ。こうするしかなかったんだ。よく、わかってるだろう」

少し険《けん》のある物言いになっていた。矢次郎はさらに何か言いたげに唇を動かしたが、言葉は続けなかった。一礼して、出て行く。

お澄と春助は既《すで》に新しい奉公先を探してある。矢次郎は生まれ在所の下目黒村《しもめぐろむら》に帰り、隠居するつもりらしい。慎《つつ》ましくではあるが余生を過ごせるだけの金は渡してある。

一人になった座敷で、お町は両の指を握り込んだ。

榮三郎の仏壇に顔を向ける。さっき火をつけたばかりの線香が薄い煙を上げていた。

「ね、おまえさん、これでよかったんですよね」

知らぬ間にまた、ため息を吐《つ》いていたのか薄煙がゆらりと揺れた。

「おっかさん」

襖《ふすま》の陰から仁太郎が覗《のぞ》く。忙《せわ》しく瞬《まばた》きをして、あたりを見回す。昔から優しく、よく気の回る性質《たち》だった。その代わりのように小心で肝《きも》が据《す》わらない一面を持つ。このところとみにおどおどと落ち着かずにいる。無理もないと思うのは、母親の甘さだろうか。

「どうしたんだい。店の方は片付いたかい。もう日数がないよ」

榮三郎の初七日を済ませてすぐに川越《かわごえ》に移る手筈《てはず》になっていた。お町は本所で生まれ育った。他の場所で暮らしたことは一日もない。住み慣れた江戸を離れるのは、身体《からだ》のどこかを小さく浅く傷つけられるような気がする。心が疼《うず》く。疼くたびに、仕方ないのだと己《おのれ》に言い聞かせる。

仁太郎はこくこくと首振り人形に似た仕草で頷《うなず》いた。

「あ、うん。わかってるさ。それで、おっかさんにお客さんだけど……」

「お客？　焼香客ならお断りしておくれ。家の中が取り込んでおりますからって」

「いや、そうじゃなくて……芳之助店のお高さんだ。ほら、おっかさんがよく着物の仕立てを頼んでた人だよ」

「ああ、仕立て屋のお高さんね。お高さんが何の用なんだい」

仁太郎が眉を寄せ、口元を歪《ゆが》ませる。血の気がないせいか、髭《ひげ》の剃《そ》り跡が目立つ。お町は、鬢《びん》のほつれ毛を掻《か》き上げた。

「誰であろうと、今は会いたくないね。おまえ、用件だけ聞いておいておくれ」

仁太郎の喉仏がひくっと動いた。

「……親父《おやじ》を見たんだと」

「え？　何だって？」

「お高さん、親父の幽霊を見たって言うんだ」

母と息子は目を合わせ、暫《しば》し黙り込んだ。お町が先に視線を逸《そ》らし、立ち上がる。

「お高さんは、どこに？」

「台所だよ。勝手口から入ってきたんだ」

「他人《ひと》さまを猫の仔《こ》みたいに言うんじゃないよ。おまえは、本当に商人《あきんど》の基ができてないねえ。そんなんじゃ心配で、おとっつぁんが三途《さんず》の川を渡れないじゃないか」

台所に向かいながら、やや声を大きくする。お高に聞かせるためだ。亭主に死なれ、それでもしゃんと生きているしっかり者の女。それを見せつけなければならない。

お高は竈《かまど》の前にひっそりと立っていた。

小さな針で糧《かて》を得て生きている女。その腕は本物だ。お町も小袖や羽織の仕立てを何枚も頼んだが、仕上がりに落胆したことは一度もない。

「あ、お内儀さん、突然にすみません」

お高が頭を下げる。お町はわざと、そっけない口調で答えた。

「いいですけどね、何のご用です?」

「あ、は、はい。若旦那さまにもお話ししたんですが、あたし……あたし、あの……」

「うちの亭主の幽霊を見たとかなんとか、仁太郎は言ってましたけど」

「はい。そ、そうなんです。あたし、はっきり見たんです。今の屋のご主人を……」

「お高さん、あたしたちをからかうつもりなら、許しませんよ」

はたとお高を睨《にら》みつける。

「急にあの人に亡くなられて……あたしがどれほど辛《つら》いか、心細いか……あなたにはわからないでしょうよ。お店も畳んでしまわざるを得なくなったし、ほんとうに辛くて……」

目頭を押さえる。お高が「わかります」と答えた。

「あたしも亭主を亡くしていますから、よくわかります。子どもと二人で遺《のこ》されたときにはどうしたらいいかわからなくて、毎日、泣いてました。ですから……ですから、あの、お伝えしに来たんです」

お高が一歩だけ前に出てくる。瞬きもしないでお町を見据えてくる。

「お内儀さん、だからなんです。あたし、遺された者の辛さや悲しさを少しは知っています。だから、ちゃんと伝えなくちゃと思ってお邪魔したんです」

「伝えるって何をです」

この女から目を逸らしたい。出て行っておくれと叫びたい。

お町は唇を一文字に結び、視線を動かすことも叫ぶこともこらえた。

「あたし、はっきりと今の屋さんを見ました。ご葬儀の夜、いえ、もう翌日の明け方近くでした。あたし、路地に出ていたんです。そしたら、今の屋さんが木戸の向こうにぼうっと立ってて……」

「まさか、そんな……他人の空似ってやつで、誰かを……」

声が喉に絡まってしまう。お町は我知らず胸を強く押さえていた。

「見間違いなんかじゃありません。あれは、確かに今の屋さんでした。お内儀さん、今の屋さんはお内儀さんたちのことが心残りで、どうしようもなかったんじゃないでしょうか。気になって、気になって成仏できなくて幽霊の姿で彷徨《さまよ》っていたんじゃないでしょうか」

お町は黙って仕立て女の言葉を聞いていた。どう応じればいいのか、どう振舞えばいいのか見当がつかない。

「きっと、そうです。あたし、そのことをお内儀さんたちに報《しら》せなくちゃいけないって思ったんです。でも、幽霊を見たなんて言ったら、気味悪がられるかもと躊躇いもあって……あれこれ思案したのですけれど、やって参りました。あの、今の屋さんがちゃんと成仏できるように、お内儀さんから伝えてあげてください」

「うちの人に、こちらは心配しなくていいから成仏してくださいと伝えるって？」

「はい。そうしないと、今の屋さん、いつまでも彷徨ってしまうのではないでしょうか」

お高が目を伏せ、頭を下げる。

「出過ぎた真似《まね》だと重々、わかってはいるのです。でも、放っておけなくて。すみません」

早口で詫《わ》びると、お高は勝手口の戸に手を掛けた。

「あっ、待って。ちょっと、お高さん」

慌てて呼び止める。腰が浮き、お町は前のめりに転びそうになった。お高が振り向き、瞬きする。

「あんた、このことを誰かにしゃべったりしたかい」

「幽霊を見たことは、おかみさんたちに話しました」

お町は眩暈《めまい》を覚えた。世の中がくるくると回り、砕けてしまう。

「でも、今の屋さんのことは話していません。ただ、怖いものを見た気がすると、それだけです」

「長屋のみんなは何と？」

「何を見違えたんだとか幽霊の季節にはまだ間があるとか、笑ってました」

笑っていた？　とすれば、お高の話を真に受けてはいないわけだ。

気持ちが落ち着く。お町は腰を下ろし、胸元に手をやった。財布を取り出す。

「そう、よかった。だったら、この先も誰にも言わないでちょうだいな」

土間に降りると、お高の手に一分金を握らせた。お高が身を捩《よじ》った。

「お内儀さん、これは」

「取っておいてちょうだいな。わたしたちのことを案じてくれた。そのお礼だからさ」

「とんでもない。こんな大金、いただくわけには参りません。それに、あたしはそんなつもりで来たんじゃないんです」

「わかってる。よーくわかってますよ。お高さんの気性だって、ちゃんと呑《の》み込んでるんだからさ。あんたがお金目当てに来たんじゃないって心得てますよ。あたしは心配してくれたお礼がしたいだけなの。あ、それとね」

お高の顔を覗き込む。覗き込まれた方は顎《あご》を引き、僅《わず》かに後退《あとずさ》った。

「お高さん、今の話を誰にもしないでもらいたいんですよ。幽霊の話、ね。今の屋の主人が幽霊になって彷徨っているなんて噂《うわさ》になったら困るんですよ」

そこで、せつなげにため息を吐く。

「実はね、この家、店ごと全部売りに出すつもりなんです。それで、今、買い手を探してもらってるところでねえ。その話が纏《まと》まる寸前なんですよ」

お高は「まあ」と言ったきり、唇を結んだ。何と言っていいか戸惑ったのだろう。

「ですからね、幽霊が出るなんて噂になったら、ほんとに困るんです。それを瑕《きず》にして買い叩《たた》かれるかもしれなくて……」

目を伏せ、お町はもう一度、息を吐いた。

「薄情な女だって思ってるでしょう。女房なのに亭主の幽霊を疎《うと》んじるなんて、酷《ひど》い話をしてるって自分でも思いますからね」

「そんな、お内儀さん」

「いいの。その通りだから仕方ないもの。でもね、お高さん、あたしもあたしの倅《せがれ》も生きていかなきゃならない。この先もずっと生きて、暮らしていかなくちゃならないの。わかるでしょう」

「はい、わかります」と、お高が答えた。囁《ささや》きに近い小声だ。お町は畳みかける。

「そりゃあね、あたしだって本音は亭主に逢《あ》いたいですよ。幽霊だってかまやしません。もう一度逢えるなら、逢いたいに決まってます。でも、でもね」

袖口を目尻に強く押しあてる。

「お内儀さん。すみません。あたし、お内儀さんを悲しませるつもりなんてなかったんです。ただ気になって……それに怖いのもあって、ちゃんとお伝えした方がいいと思っただけです。お内儀さんの気持ち、よくわかりますから」

「じゃあ、黙っといてくれますね」

深く一度だけ首肯《しゅこう》すると、お高は逃げるように出て行った。

全身から力が抜ける。背中が冷たい。嫌な汗にべとりと濡《ぬ》れている。尻を直《じか》に床に着け、お町は何度目かの吐息を漏らした。

「おっかさん」

隠れて聞いていたのか、仁太郎が妙に緩慢《かんまん》な足取りで入ってきた。

「幽霊を見たって……あれ、大丈夫なのか」

「大丈夫って、何がだよ」

返事はわかっていたが、わざとつっけんどんに問うてみる。誰かと何かを話していないと、叫び声を上げそうだった。

「お高さんさ、親父のこと、親父の幽霊を見たってこと、しゃべったりしないかな」

「大丈夫さ。銭も握らせたし、口外しないって約束もしたじゃないか」

「そんなの当てになるのか」

尻座りのまま、お町は息子を睨み上げた。

何をごちゃごちゃ言ってるんだ。本当なら、おまえが相手をして上手《うま》くあしらわなきゃならないんだよ。おまえが頼りにならないから、おっかさんが苦労する羽目になるんだ。

怒鳴りつけたいけれど、そこまでの気力が湧いてこない。額の隅がひくひく震えるのは、青筋が立っているのだろう。

「裏の長屋の女たちって、しょっちゅう立ち話してるじゃないか。四、五人集まってわいわい騒いで、笑って、よくあれだけしゃべることがあるなってぐらい」

「だから何なんだよ。言いたいことがあるなら、さっさとお言い」

手のひらで床を叩く。それが精一杯だった。床はぼこっと間の抜けた音を立てただけだ。

「あ、うん。だ、だから、おかみ連中に詳しく話せとか責付《せっ》かれて、つい親父を見たと言っちまうことも……」

そこでやっと、仁太郎は母親の視線の険《けわ》しさと額の筋に気が付いたようだ。口をつぐむ。

お町は目を閉じる。

芳之助店の女たちが井戸端でしゃべっている。その光景が眼裏《まなうら》に浮かんだ。

ちょっと、あの話、聞いたかい。

話って、どの話？　池に落ちた子どもを犬が助けたってやつ？

え、そんな噂があるのかい。初めて聞いたよ。けどさ、そっちじゃなくてね。ほら、そこのお高さんがさ、見たんだって。

幽霊の話？　その幽霊が今の屋のご主人だったってやつ。

ああ、あれね。聞いた聞いた。でも、本当のことなのかね。

え、何のこと？　あたしは知らないよ。

幻の声が頭の中で響く。わんわんとこだまして、耐えられないほどだ。

背中にまた冷たい汗が噴き出る。目を開けると、今度は眩暈だけでなく吐き気にも襲われた。生きた心地がしない。

お町は袂《たもと》で口を覆い、低く呻《うめ》き続けた。

榮三郎の初七日の前夜、空に月はなかった。雨雲に覆われていたのだ。

夕方まで降り続いた雨は上がっていたが、季節が逆戻りしたような寒さはまだ居座っていた。とっくに花を散らした桜の枝を風が揺らす。その風があまりに冷たくて、つい襟元《えりもと》を掻き合わせていた。

「寒いですか」と今の屋のお内儀、お町が尋ねてくる。

「あ、はい。少し」

お高は正直に答えた。背筋に悪寒を覚えるのは季節外れの寒さのせいだろうか。

「雨戸を閉めますね」

お町は立ち上がり、手際よく雨戸を閉め切った。月明かりが差し込んでいたわけでもないのに、急に座敷が暗くなった気がする。お高は近くにある行灯《あんどん》に目をやった。明かりは柔らかな臙脂《えんじ》色で、あたりを仄《ほの》かに照らし出していた。お高たちとは違って、上等な油を使っているせいで臭みはまったくない。むしろ、油のねっとりと甘い香りが微《かす》かに漂っていた。その香りを吸い込み、お高は風呂敷包を解いた。

「お内儀さん、どうぞ、お確かめください」

お町は鷹揚《おうよう》に頷くと、包みの中身、白装束を手に取った。しげしげと見入る。

「まあ、ほんとに見事だねえ。たった一日でよくここまで仕上げられたこと。さすがだわ。ほんとにすごいよ。お高さんの針は、すごい」

やや大仰《おおぎょう》過ぎる褒《ほ》め言葉をお高は俯いて聞いていた。

昨日、お町が羽二重の反物一反を持ってきた。初七日に着る衣を縫ってくれと言うのだ。あまりに急な申し出に戸惑いはしたが引き受けた。お町はほっとした顔付になり、胸の上を二度、三度撫《な》で下ろした。

「まあ、よかった。葬儀のときに着た物を粗相《そそう》して汚してしまってねえ。醤油の染みを作っちゃったんですよ。しかも前にべったりと。そんな物を着るわけにはいかないし、どうしようかと思案してたんだけど、お高さんなら何とかしてくれるって思ってね。無理を承知で頼みに来たんです。ああよかったこと、ほっとした。お高さん、初七日の前夜までに何とか仕上げてくださいな。お願いします」

と、一反にしては、あまりに多過ぎる仕立賃を置いて帰って行ったのだ。喪衣《もぎぬ》とはいえ着物一枚、根を詰めれば一日で何とかなる。弥吉がお菊の世話を引き受けてくれたから夜なべして縫い上げた。急ぎはしたが手抜きはしていない。どこに出しても恥ずかしくない出来栄えだと胸を張れる。

「では、あたしはこれで失礼いたします」

「あら、まだいいじゃないですか。お茶でも淹《い》れますよ。いただき物だけど、美味《おい》しい羊羹《ようかん》があるんですよ」

「あ、いえ。本当にもう帰ります。お菊を一人にしているんで」

「あらそうですか。残念だこと。じゃあ、お菊ちゃんのお土産《みやげ》に、羊羹を包んであげましょうかね。ちょっと、待っててくださいね」

止める間もなく、お町は廊下へと出て行った。

お高は一人、残される。

白い喪衣は広げたまま、放り出されるように置いてあった。少し悲しくなる。針を持てば、絹物の仕立てだろうが綿物の掛継ぎだろうが差異はない。精魂込めて一針一針を使う。縫い上げた一枚に、直した一枚にお高なりの矜持《きようじ》があった。それを邪険に扱われるのは、悲しいし腹立たしくもある。お茶の心配をする前に、きちんと畳んで欲しかった。

喪衣に手を伸ばし、畳む。指先に羽二重の滑らかさが伝わってくる。縫い手にとっては厄介な布だが身に着ければ心地よく、極上の品位を放つ。もっとも、お高は絹物など身に着けたことは一度もないが。

背後で気配が動く。

行灯の火が揺れた。

振り向いたお高の眼《め》に、鈍く光を弾《はじ》く刃《やいば》が映る。

とたん、足音や悲鳴が入り交じる物音が響き渡った。「あんた、逃げて」。物音を突き破って、お町の叫びがぶつかってくる。明かりの届かない闇の中で幾つもの影が入り乱れて、闇そのものが歪んでいくようだ。

「野郎、おとなしくしやがれ」

「逃げられねえぞ、観念するんだ」

「おい、手燭《てしよく》だ。明かりを持ってこい」

足音、喚《わめ》き声、荒い息遣い、男の体臭、汗の臭い……あらゆるものが混ざり合いうねり合い、お高を包み込む。お高はとっさに白装束を抱き込んだ。誰かに踏みつけられ、汚されでもしたら泣くに泣けない。

雨戸が開けられ、行灯と手燭が運び込まれてきた。風が臭《にお》いを、明かりが闇を払う。

「今の屋の旦那、生き返ってきたのはいいが、ここでお終《しめ》えだぜ」

老いた岡っ引が低い、しかしよく通る声で告げた。

数人の屈強な男に押さえつけられて、今の屋榮三郎が呻いていた。お高の見知った穏やかで鷹揚《おうよう》な商人の面影はどこにもない。傷つき、捕らえられた野犬のように、荒《すさ》んでいる。

「さっ、しょっ引きな」

岡っ引が顎をしゃくった。

その後のことを、お高はよく覚えていない。確かに見ていたはずなのにどうしてもくっきりと思い出せないのだ。靄《もや》がかかり、何もかもぼやけてしまう。ただ、お町が座敷に飛び込んできたこと、「あんた」と叫びながら男たちにぶつかっていったこと、そこは現《うつつ》だったと思う。でも、それから……それから、どうなったのだろう。不意を衝《つ》かれた男が倒れ、榮三郎が跳ね起きた。獣《けもの》じみた吼《ほ》え声を上げながら、転がっていた匕首《あいくち》を摑《つか》み、自分の喉に突き立てて……。いや、それらはみんな幻だろう。

みんな幻だ。だって、あたし、何も聞こえなかったもの。とても静かだったもの。人の声も倒れる音も何一つしなかったもの。

靄のかかった無音の風景が目の前に広がる。

お菊、お菊のところに戻らなくちゃ。弥吉さんとお菊が待っている現に帰らなくちゃ。

お高は立ち上がり、ふらつきながら廊下に出た。

「お高さん」

呼び止められる。お町が風呂敷包を手に近寄ってきた。頰と襟元に血が飛び散っている。

「この喪衣、差し上げますよ」

「え……」

「せっかく縫ってくれたのに着ないままになりそうでね。それじゃあんまりもったいないじゃないですか。布も仕立ても極上品なのにさ」

お町の声ははっきりと耳に届いた。靄のかかった記憶の中で、お町だけが鮮やかだ。

「ね、受け取って」

お高に風呂敷包を押し付け、お町はにっと笑った。

「あたしはね、わかってたんですよ。こうなるって、わかってたんだ。わかってたんだ」

わかっていた。ええ、わかっていた。わかっていた。わかっていた。

頰を亭主の血で汚したまま、お町が繰り返す。眼差《まなざ》しは虚《うつ》ろで、もうお高を見てはいない。座敷から出てきた捕り方がお町の腕を摑み、どこかに連れて行った。

廊下は暗く、寒い。風呂敷包に顔を埋《うず》め、お高は絹の匂いを吸い込んだ。

「まったく、どうにも言い訳できねえしくじりをやっちまいました」

伊佐治が長い息を吐き出す。今日何度目かのため息だ。

「しくじりとは言えませんでしょう。下手人に逃げられたわけではなし」

清之介は老岡っ引のどことなくやつれた顔を覗き込んだ。

「逃げられちまいましたよ。どう足搔《あが》いても、もうお縄にはできねえあっち側にね」

ここで、またため息が漏れる。

「お高さんに囮《おとり》みてえな真似までさせたのに、首尾よく榮三郎を捕らえられなかった。自死させちまった。みんなあっしの手落ちでやすよ。お高さんにも怖い思いをさせちまって、申し訳が立たねえや」

「お高さんを囮にしたのは、木暮さまでしょう」

清之介は日差しに明るく映《は》える庭に目をやった。遠野屋の中庭だ。表の庭ほど広くも整ってもいない。庭蔵があり、裏口に通じ、逍遥《しょうよう》に適しているとはお世辞にも言えなかった。

しかし、清之介はこの庭が好きだった。整えられていない分、愛嬌《あいきょう》がある。おみつの気の向くままに植えられた木々や花は、今の時期より秋から冬にかけてが見ごろだった。それでも、遠慮なく光を弾く青葉や日ごとに深くなる苔《こけ》の緑はこの季節ならではの美しさだ。

「幽霊を捕まえるのには、それなりの手筈ってもんが要る」

あの日、弥吉がお高を連れ戻してきた日、遠野屋の奥座敷で信次郎は言った。

「生きている人間を捕まえるのだって手筈は要りまさあ。けど、わかりやす。幽霊ならこの世にお出まし願わなくちゃならねえ。いや、引きずり出さなきゃならねえって、そういうこってすね」

伊佐治が身を乗り出す。

「まあ、そういうことだろうな」

信次郎の口調はいかにも億劫《おっくう》そうで、熱も勢いもほとんど感じられなかった。

「旦那」

伊佐治の声音に苛立《いらだ》ちがこもる。眼つきが明らかに険しくなった。清之介は僅かに退《ひ》き、茶葉を入れ替えるために茶筒に手を伸ばした。

庭のどこかに目白《めじろ》が来ているらしい。さっきから美しい囀《さえず》りが響いている。

店が開き、商いが回り始める。そういう刻《とき》になっていた。いつもなら、信三や手代頭たちと仕事の段取りや品の相場について話しているころだ。しかし、動けない。誰かに強いられてではなく、清之介に動く気が起こらないのだ。

さて、どうなるのか。

信次郎と伊佐治のやりとりを見詰め、聞く。目の奥にも耳の底にも埋火《うずみび》があって、ちりちりと身を炙《あぶ》るようだ。商いを疎《おろそ》かにしてまで、見たい聞きたいと欲する自分に呆《あき》れる。舌打ちしたくもあるし、戒《いまし》めたくもある。それでもやはり、動けないのだ。

「さあ、ご差配くだせえよ。この先、あっしたちはどうすりゃあいいんですかね。手下をずっと張り付けて、幽霊が出てくるのを待つんでやすか」

「そんな悠長なことやってられるのか、親分」

ふふっと信次郎が笑う。伊佐治の顔は、逆に強く顰《しか》められた。

「やらなくていいなら、それに越したこたぁありやせんがね。待つんじゃなくて引きずり出すために、どんな手立てを打つんでやすか。そこを聞きてえんで。さ、もういいとこ、しゃんしゃん話を進めてくだせえよ」

「うるせえな、まったく。舌を噛みもせず、よくそれだけしゃべれるな」

小指で耳を掻く主《あるじ》を、伊佐治が睨みつける。

「旦那、言わせてもらいやすが、ここは自身番じゃねえ。遠野屋さんの座敷だ。いつまでも尻を落ち着けているわけにはいきやせんよ。だいたい」

「お高を使いな」

「へ？」

伊佐治が腰を浮かした恰好《かっこう》で動きを止めた。

一瞬、静まった座敷に目白の声が届き、広がっていく。その波紋が見えるようだ。

「……お高さんをどう使うんで」

伊佐治が問うた。それから、ゆっくりと腰を下ろす。信次郎の言葉を一言一句、聞き逃さぬように耳をそばだてる。その張り詰めた気配が清之介にも伝わってくる。我知らず息を詰めていた。

聞き終えて、伊佐治は目元、口元をさらに引き締めた。

「けどね、旦那。それじゃお高さんを囮にするってことになりやすぜ。ちっと剣呑《けんのん》じゃありやせんか。お高さんの身になにかあったら大事《おおごと》でやすよ」

「親分がどじを踏まなきゃ大事にはならねえさ。で、親分がどじを踏むたぁ考えられねえ。そうだろ、遠野屋」

信次郎が清之介に視線を投げる。鋭くも険しくもない。柔らかでも穏やかでも、むろんない。この眼が嫌だ。得体が知れない。絡みついてくるのか、斬り掛かってくるのか判じられないのだ。

清之介は急須に湯を注ぎながら、気息を整えた。

水、茶葉の量、湯の加減、そして急須から湯呑《ゆのみ》に注ぐまでの間《ま》。茶の味の良し悪《あ》しはそれで決まる。爽やかな香りと円《まろ》やかな味を持つ上質の茶葉に温《ぬる》めの湯を注ぎ、ゆっくりと湯呑に注ぐ。小振りの湯呑に視線を落としたまま、答える。

「確かに考えられませぬが、だからといって、なぜ、お高さんを囮にしなければならないのか、このところは解《げ》しかねます」

「そうですぜ。今の屋を見張っていれば、お町たちが動きやす。それを追えば榮三郎に辿《たど》り着くんじゃねえですかい。任せてくださりゃあ、居所は必ず突き止めやす」

馥郁《ふくいく》と香り立つ茶を信次郎と伊佐治の前に置いたが、伊佐治は見向きもしなかった。信次郎の方は目を細め、満足げな笑みを浮かべた。

「まったく、おぬしの淹れた茶に勝るものはねえな」

「おそれいります」

「ほれ、親分もそんな仏頂面してねえで、馳走《ちそう》になりな。なかなか味わえねえ美味《うま》さだぜ」

深い色合いの茶をすすり、信次郎は「親分は下手人を捕らえてえんだろ」と言った。

「お町たちを泳がせて榮三郎の隠れ家を突き止める。そう難しくはねえだろうよ。けどな、そこに踏み込んでどうなるよ。借金から逃げるために偽《にせ》の葬式をいたしました。申し訳ありませんと平身低頭されて終わりだぜ。徳重の車簞笥《くるまたんす》に入っていた金子《きんす》は榮三郎が持ち帰ったはずだ。江戸を離れて後の暮らしの足しにするつもりだったんだろうが、それだって小判に名前が刻まれているわけじゃなし、今の屋の有り金を掻き集めたと言われりゃそれまでじゃねえか。つまり、騙《かた》りの罪は問えても佐賀屋殺しの下手人としてしょっ引くこたぁできねえ。何の証《あかし》もねえんだ。証が一つもねえ以上、石を抱かせて白状させるなんて荒業も使えねえ。騙りだけなら、どんなに重くても百日入牢《じゅろう》のうえ重敲《おもたたき》が関の山だ。温情裁きなんてことになったら、叱《しかり》だけで放免てこともあり得る。人二人殺《や》っといて、それじゃあ道理が通らねえだろう」

清之介も伊佐治も身動《みじろ》ぎもせず、信次郎の言葉を聞いていた。聞き終えて、伊佐治が背筋を伸ばす。

「お高さんの口封じに榮三郎が現れたら、それが動かぬ証になる。そういうこってすね」

「まあな。少なくとも、何も知りませんと白を切り通すのは難しくなるだろうさ。てことで、親分、お高に言い含めて役をさせせな」

伊佐治は唸《うな》り、小さく「へい」と言承《ことう》けをした。

雲が薄れたのか、日差しが心持ち明るくなる。

いつの間にか、目白は鳴き止《や》んでいた。

今日は薄雲が僅かに広がるだけの空だ。

光の眩《まぶ》しさも暖かさも夏の兆しさえ含んで、存分に地に届いている。目白の代わりに雀《すずめ》たちが姦《かしま》しく鳴き交わしていた。

「お町がお高さんに仕立てを頼みに来たって聞いたときは、正直、震えやしたよ」

伊佐治が膝の上を軽く叩いた。手の甲に晒《さらし》が巻いてあるのは、榮三郎を取り押さえるさい浅く斬り付けられたからだ。伊佐治曰《いわ》く、榮三郎は「手負いの獣みてえに暴れやした」とか。暴れた後、自ら喉を突いたとも聞いた。

「ほんとに震えたんで。旦那の思案の通りに進んでるって、ぞくぞくしやした」

「ええ。今の屋のお内儀にそれとなく幽霊を見たと告げる。それを餌として獲物を釣り上げればいいと、木暮さまは仰《おっしゃ》いましたね」

「子どもの遊びみてえなもんで、半分寝ていても釣れるとも言ってやした。あのときはまさかと思いやしたが、確かにその通りになったわけでねえ」

「さすがの木暮さまも今の屋さんが自害するとまでは見抜けなかった、ですね」

「へえ……。いや、そこはあっしの手落ちなんで。今の屋にずっと張り付いて、お高さんの後に榮三郎が中に入ったのを確かめて、すぐに雪崩《なだ》れ込んだんでやすが。生きて捕らえることはできやせんでした」

伊佐治の肩が下がる。落胆ではなく無念の色が滲《にじ》む。

二人、殺している。榮三郎の死罪は免れなかった。それでも、処罰までの日々を生かしておかなければならなかったと伊佐治は言う。

「どうせ死罪だからどこで死のうと構わねえって、そんなこたぁねえ。あっしはそう思うんでやすよ。どんな極悪非道なやつだって人でやすからね。自分のやったことを思案する一日でも一刻でも要りまさあ。そりゃあ、みんながみんな、罪を悔いるなんて思やしませんよ。そこまで甘くはねえ。でも、百人の内一人でも二人でも、悪かった、申し訳なかったたって心底から悔やむやつがいればいいじゃねえですか。罪人のまま死んでいくのと、少しでも悔いて詫びて打ち首になるのとじゃ、閻魔《えんま》さまの裁きも違ってくる気がするんでやすがね。やっぱり、あっしは甘《あめ》えですかねえ」

榮三郎にその機会を与えられなかった。己の所業を顧みる一日を一刻を奪ってしまった。それが無念だと唇を嚙むのだ。

「今のお話、木暮さまになさいましたか」

「うちの旦那でやすか。しやせんよ。したって嗤《わら》われるだけでやすからね」

伊佐治の口元が歪む。

そうだろう。あの男なら嗤うだろう。

どれほど悔やもうが、許しを請おうが罪は罪、人殺しは人殺しさ。軽くも重くもなりはしねえ。なかったことにもできねえし、善行で昔の残虐が消えるわけでもねえさ。

嗤笑《ししょう》とともに語られる一言が、はっきりと聞こえる。それを払うように、清之介は岡っ引に問い掛けをした。

「親分さん、これで佐賀屋さんの一件は片付いたわけでしょうか」

「へい。まあ……下手人は榮三郎に間違いないわけで、本人は死んじまったわけでやすからね。この上、穿《ほじく》るこたぁあまりねえんですが……」

「まるっきり、ないわけでもない。そういう口振りですね」

「遠野屋さんも納得していないって口振りでやすよ」

伊佐治がすっと背筋を伸ばす。

「裏木戸のことでやすね」

清之介も居住まいを正し、点頭《てんとう》した。

「ええ、親分さんの話だと戸は抉《こ》じ開けられた跡もなく、内側から開けられたのは確かということでしたね」

「さいです」

「親分さん、榮三郎さんはそのことを知っていたのですね。あの夜、裏の戸の閂《かんぬき》が外されていると知っていた。偽の葬式を出し、弥吉まで証人に使ったのです。そこまで周到に整えられた企《くわだ》てが行き当たりばったりのわけがない」

伊佐治は腕を組み、顎を引いた。

「まったくで。家の内に入らなきゃ何にもできやせんからね。榮三郎は塀を乗り越えられるほど身軽くねえし、乗り越えた跡もありやせんでした。ええ、あの戸は予《あらかじ》め開いていたんですよ。間違いありやせん」

「とすれば、誰が開けたのです。榮三郎さんには仲間はいなかったのでしょう」

「いねえはずです。とことん調べやしたが誰一人、浮かんじゃあきやせんでした。お町や仁太郎は家から外には出てねえ。これは、弥吉さんの話で確かめられやす。医者の東周を疑いもしやしたが、一晩、馴染《なじ》みの女のところに転がり込んで楽しんでいたみてえです。この女に入れあげたうえに博打《ばくち》の深みにはまって、徳重に借金する羽目に陥ったんでやすよ。それに、東周はでっぷり太って、ちょっと走っただけで息が切れるって体《てい》たらくで。跡も残さず塀を乗り越えるなんて芸当、できるわけがありやせん」

「通いの女中はどうです」

伊佐治は腕を解き、今度はかぶりを振った。

「おさいは毎朝、裏木戸から出入りしてやした。お月が開けていたんで。木戸も表戸も外側から開けられるような細工はありやせんでした。おさいが忍び込んで木戸を開け、榮三郎を中に入れたって筋はちっと無理なようで」

「なるほど。では残るのは……」

伊佐治の顔を覗き込む。眉間に皺《しわ》が刻まれていた。

「徳重かお月か、どちらかってことになりやすねえ」

二人の内どちらかが、あるいは二人して榮三郎を招き入れた。そして、殺された。

どういうことだ?

徳重という老人のことを清之介は知らない。しかし、たいそう用心深く、戸締りにもうるさかったと伊佐治から聞いてはいた。そういう人物が容易《たやす》く他人を家内には入れまい。まして、夜だ。では、お月なら……。

「木暮さまは何と仰っているのですか」

伊佐治の皺《くせ》がさらに深くなる。

「……面倒臭え、と」

「は？　面倒臭いとは」

問うてすぐ、ああと呟いていた。

「そういうことですか。木暮さまには全てが見えている。しかし、現の証となるものをまだ手に入れておられない」

「そうでやす。それを探すのが面倒臭いらしいんで。まったく、証を見つけ事件に筋道をつけるのが自分の役目だって、わかってるんでしょうかねえ。面倒だの、怠《だる》いだの文句ばかり唱えたって埒《らち》が明かねえでしょうに」

「下手人の正体が明らかになり、全てが見えてしまえば、つまらない。興は失《う》せ、どこにも面白味などありはしない。耳の奥で木暮さまのお声が聞こえるようです」

伊佐治は寸刻、清之介を見据え、首を左右に振った。

「遠野屋さん、いけやせんよ。旦那の声を間違いなく聞き取れるようになるなんて、それこそ面倒ですぜ。いや、厄介で剣呑かもしれやせん。旦那の言の葉は祟《たた》りやすからね」

冗談めかした口調だけれど、伊佐治の眼は笑っていなかった。

「あ、確かに。つい……」

「遠野屋さんとのつきあいも長くなりやしたからねえ。けど、あんまりね」

踏み込むな。

老岡っ引の口にしなかった戒めを、これも耳の奥で聞いてしまう。

そうだ。踏み込んではならない。祟りものにあえて近づく愚を犯してはならない。

伊佐治が腰を上げる。

「てことで、失礼しやす。昨日の捕物の経緯を伝えるだけのつもりでやしたのに、また、長尻しちまいました。申し訳ねえ」

「顚末《てんまつ》を教えてくれとねだったのは、わたしです。お話を伺いたくて、ついついお引き止めしてしまいました」

「いや、あっしも仕事の前にここで一服させてもらうと頑張りが利くんで、ありがてえんでやすよ。さ、もう一踏ん張りして面倒臭え仕事を片付けまさぁ。旦那に相生町に呼び出されてるんでね」

「相生町ということは、佐賀屋さんですか」

「そうなんで。もう一度、木戸のあたりを調べるつもりなんですかね。まあ、うちの旦那が下手人がわかってから、面倒臭がりながらでも仕事をするなんざ珍しいでやすからね。今の季節に雪が降るほどの珍しさでやすよ」

それは、むろん木戸の謎が解けていないからだろう。

謎の答えはなんなのか。

知りたいと思う。かなり強く、衝迫に似て突き上げてくる。

「この件、全部が片付いたら、また、ゆっくりと寄らせてもらいやす」

伊佐治が笑み顔で頭を下げる。清之介も笑んでいた。愛想笑いでも、作り笑いでもない。苦笑に近く、しかし、もっと柔らかな笑みのはずだ。

「どうやら、親分さんには胸の内を見透かされているようですね。木暮さまが〝木戸が開いていた〟という一片をどこに嵌《は》め込んで、欠けのない一幅を作り上げるのか、わたしが知りたくてうずうずしている。そう、わかっていらっしゃる」

伊佐治が右手を左右に振る。

「うずうずしているのは、あっしなんで。このうずうず、困ったことに癖になりやす。前にも言いやしたが、崇りに遭い、毒に侵され、酒毒と大差ありやせんぜ、お互い何とも危うい行く末ですが」

「へえ、よほど心しとかないと奈落の底でさぁ」

もう一度笑い、伊佐治は廊下から庭に降りた。雀たちが慌てて飛び立つ。枝に止まり、裏手へと遠ざかる背中を追うように、一段と姦《かしま》しく鳴いた。


おさいがしゃがみ込んで、竈の中を掻き出している。竈は二つ並びになっていて、右側の焚口《たきぐち》は既に空になっていた。中身と思われる燃え滓《かす》が、土間の隅に散らかって、黒い染みのように見えた。

信次郎は台所の上がり框《がまち》に腰かけて、おさいの様子を眺めている。ぼんやりとしか言いようのない顔付だった。眼差しがどこにも注がれず、思案が一点に絞られていない。指先が黒く汚れているのは燃え滓を触ったからだろうか。

伊佐治が声を掛ける前に、おさいが身を起こした。

「お役人さま、だいたいこんなところです」

塵取《ちりとり》の上に薪《まき》の滓を載せ、差し出す。伊佐治に気が付き、会釈をする。この前より若返って見えるのは、取り乱していないからだろう。髷《まげ》にもきちんと櫛《くし》を入れているし、着ている物も粗末ではあるが小ざっぱりとしている。暮らしも生き方も荒《すさ》んでいない印だ。

伊佐治は視線をあたりに巡らせてみる。

『佐賀屋』の奥にある一角は、土間とそこそこ広い台所と四畳半ほどの板場でできている。この先に廊下があり、小間、徳重とお月が刺殺された座敷、店と続く。あの騒動から日が経《た》つが、台所も土間から上がり框、板場にかけても、きっちりと掃除されて塵一つ落ちていない。しかし、暗い。暗くて冷えていると感じる。

窓からも戸口からも、日差しは差し込んでいるから暗いわけがない。冷えているわけもない。ない、ないと自分に言い聞かせても、やはり冷え冷えと薄暗い。

人の営みが消えれば家そのものもまた温《ぬく》もりや明るさを失うものなのか。

伊佐治は身を縮《ちぢ》め、首を竦《すく》めた。

「ああ、それでいい。竈の前に置いといてくれ。で、おさい。もう一度、念を入れるがよ。徳重たちが殺されてからこの方、竈を使ったことはねえんだったな」

「ありません。座敷の掃除はしましたけれど、竈までは……手を出しちゃいけない気がして、そのままにしてました」

おさいが目を伏せる。

「だって、竈をきれいにしても、もう火を入れることもないのかなと思うと……」

「おめえがあの朝、湯を沸かしたのは右側の竈で間違いねえな」

信次郎は、おさいの心内など歯牙にもかけない。

「はい。ご飯を炊くのとお湯を沸かすのはこちら側と決まってるんです。だから、いつも、鍋か釜がかかってます。左は、その他の煮炊きに使います」

「ふむ。じゃあ、最後にそっちを使ったのは、お月になるか」

おさいは迷いを見せず、即座に頷いた。

「お内儀さんだと思います。あたしは、朝方、ご飯を炊くのと味噌汁を作るだけでしたから。お昼からは竈を使うことはほとんどありません。ときたま鍋に水を足すぐらいです」

「ふーん、そうなると、あるとすればやはりこっちか」

信次郎は燃え滓の上に屈《かが》み込むと、指で掻き分け始めた。

「旦那、何を探していなさるんで」

問うてみたが返事はない。信次郎は、無心にも思える手つきで黒く焦げた滓をあちこち散らしている。灰が立つ。格子窓から入ってくる光に照らされて灰の粉は煌《きら》めき、漂う。

そういやあ、紫の染め物には椿《つばき》の灰を加えるとか聞いたことがあるな。

どうでもいいことを考えてしまう。信次郎の、いかにも器用そうな指が忙しく動く様に目を凝らし続ける。

指が止まった。何かを摘《つ》まみ上げる。引きずられるように伊佐治は腰を下ろし、主の指先を覗き込んだ。小さな木片のようだ。ただ、薪や柴《しば》の類《たぐい》ではない。

「角みたいなとこが、ありますね」

同じように顔を近づけていたおさいが呟く。確かにきれいに尖《とが》った形をしている。人の手で細工された物のようだ。よくよく見ると、僅かに白っぽい焼け残りの跡がある。

「木箱さ」

信次郎は立ち上がり、手のひらに木片を載せた。

「しかも桐箱《きりばこ》らしいぜ。もしかしたらと思ったが、見つかるとはな」

「木箱って、誰かが竈で木箱を焼いたってこってすか」

「そうだな。焼いたのはおそらくお月だろうよ」

「お月が？　どうして、わかるんで？」

「確かにとは言えねえ。ただ思い当たる節があるのさ」

信次郎は伊佐治にではなく、おさいに眼を向けた。

「おさい、おめえ、桐箱について何か心当たりはねえかい。お月が手にしていたのを見たとか、片付けていたとか。そんなに大きくはねえ。竈の焚口に突っ込めるぐれえの代物だ」

「何で大きくないってわかるんでやす。ばらばらに壊しちまえば、焚口に突っ込めやすぜ」

信次郎が伊佐治に木片を差し出す。思わず両手で包むように受け取っていた。

「桐だと、辛《かろ》うじてだが判別できるだろう」

「へえ。焼け残ったところを見ると、確かに桐のようでやすが」

「桐と薪や柴では灰が違ってくる。元の木が違うんだから当たり前よな。けど、灰はほとんど同じ類のものだ。それだけ、桐の灰が少ないってことさ。大物を壊して燃したんなら、もうちょい灰ができる。明らかに違う二色の灰が竈の中にできなくちゃならねえ。燃え残りももっと多くあるはずだしな」

ふっと灰買いの男を思い浮かべた。伊佐治は一応、表向き小料理屋『梅屋』の主になっている。岡っ引稼業にどっぷり浸《つ》かり、包丁より取縄の方がよほど手に馴染《なじ》んでしまって久しいのだが。その『梅屋』に時折、顔を出す灰買いは、よく肥えた五十絡みの男だ。灰は家の天井や柱を洗う灰汁《あく》を作るのに欠かせないと言っていた。椿の灰と紫染めの関わりも、その男から聞いた気がする。

伊佐治は頭を振った。灰買いなどどうでもいいのだ。思案が一つに纏《まと》まらない。

灰だって？　桐箱だって？　それがどうしたと言うのだ。どう絡んでくるのだ。

「あっ、そういえば」

おさいが息を吸い込んだ。黒目がうろつく。記憶の紐《ひも》を懸命に手繰《たぐ》っている眼だった。

「えっと、ちょっと、ちょっと待ってくださいよ。えっとあれは……」

上がり框に座り、おさいはこめかみを押さえた。僅かに前屈みになり、何かを呟く、信次郎も伊佐治も急《せ》かさなかった。苛立ちも焦《あせ》りも見せなかった。

人の記憶の紐帯《ちゅうたい》は細い。脆《もろ》くて、撚《よ》れていて、容易《たやす》く切れてしまう。どこに繋《つな》がるかもあやふやだ。よくわかっていた。だから待つのだ。待つしかない。

「ああ、そう、見ました。一度だけ、お内儀さんがこうやって」

おさいは両手を胸の上で交わらせる。

「箱みたいなものを抱きかかえてるの、見ました。とても大切そうでした。両手で箱を持って、じいっと眺めてましたよ。あ、それで……膝の上に扇が載ってました。きれいな扇で目に留まったんです。あたし、掃除をしようと思って、お内儀さんのお部屋を覗いたんですけど、つい『きれいですね』って言ってしまいました」

しゃべることで記憶の糸が解《ほど》けていく。おさいは糸を手繰り寄せ、さらにしゃべった。

「そしたら、お内儀さん、ちょっと慌てた様子でその箱を脇にやりました。袱紗《ふくさ》で包んで横に回したんです。その拍子に扇も膝から落ちて、それも袱紗の中に包み込んで……。それから、掃除はいいって、自分でするから庭を掃くようにと言われました。ちょっと怒ったみたいな口振りで、あたし、お内儀さんの機嫌を損ねたかと心配になったぐらいです。でも、そうじゃなくて、お内儀さん、いつもより機嫌がいいくらいでした。ほっとしたのを覚えてますよ」

伊佐治は僅かばかり口元を歪めた。

「けど、おれが扇の箱のことを尋ねたときには、何にも知らないと言ったはずだがな」

「あのときは、気が動転していて……。包丁とか小刀《こがたな》とか、そんな刃物ならともかく箱にまで気が回らなくて、全然思い出せませんでした。正直、親分さんがどうしてそんなことをお尋ねなのかわからなくて、あの……どうでもいいじゃないかって思ったんです」

伊佐治は舌打ちしたくなる。

人から何かを聞き出す仕事は石群《いしむら》だの穴ぼこだの深い溝だの、ありとあらゆる障《さわ》り物を取り除きつつ前に進むことだ。気を抜いたり、油断していると石に躓《つまず》き、穴や溝に落ち、聞き出さねばならない何かまで行きつけない。行きつくための技や心構えは十分に備えているつもりでいた。が、とんだ、驕《おご》りだったようだ。

「すみません。あたし、ちゃんと考えてなくて」

おさいが目を伏せる。おさいに非はない。あのとき、たぶん伊佐治自身が扇の箱にさほどの重きを置いていなかったのだ。箱があろうがなかろうが、さして物事は変わるまいと考えてしまった。その緩《ゆる》みが詰めの甘さに繋がった。舌打ちしたい相手は、おさいではなく自分だ。旦那、面目ありやせん。詫《わ》びの一言を奥歯で嚙み潰《つぶ》す。

ただ、今でもよくわからない。桐だろうが松だろうが、木箱一つがどう関わってくるのか、とんと見当がつかない。

「袱紗の色を覚えてるか」

指先の汚れを手拭いで拭いながら、信次郎が問うた。

「箱を包んでいたという袱紗だ」

「色、ですか。ええ……紫よりもっと薄くて、あ、そう藤色です。淡い紫でした」

信次郎は懐《ふところ》に手を入れ、藤色の袱紗を取り出した。あの扇を包んでいた物のようだ。

「これかい」

おさいは両眼を見開き、まじまじと見詰める。それから、首を横に振った。

「わかりません。多分、それだと思います。でも、お内儀さんの部屋では一寸の間見ただけなので、はっきりそうだとは申し上げられません」

「何とも、律儀《りちぎ》な性分だな」

信次郎が笑う。楽し気だった。

おさいは実直だ。正直で真面目な気質なのだ。慎重でもある。だから、安請け合いをしない。ああ、それですよ。間違いありません。確かにそうなんですよ。ええ、そうですとも。容易く請け合われた言葉がどれほど頼りないか、当てにならないか骨身に染みている。

「同じ物かどうか確かめる術《すべ》はない。けど、よく似てはいる。そうだな、おさい」

「はい。色合いは似ています」

「では、同じ袱紗として話を進めようか。お月は袱紗に包まれた桐の箱を大事にしていた。簞笥の抽斗《ひきだし》に仕舞っていたんだろうが、ときたま、それを取り出して眺めていたわけだ。で、親分、その箱の中身は何だ？」

「そりゃあ、扇じゃねえですか。あの金箔《きんぱく》を施された舞扇ですよ。膝の上に載ってたんでやしょ。箱から出したに決まってやす」

「まあ、そう考えるのが筋だよな。おさい、お月は舞を習ってたのか」

「あ、はい。半年ほど前から、月に二度か三度ぐらい通っていらしたようです。舞でも琴でも、何か習い事を始めるのは昔からの望みだったとか。お内儀さん、生家が貧しくて習い事なんて夢のまた夢だったそうです。それはあたしも一緒なので、気持ち、よくわかります。あたしはとうとう習い事とは縁がないままになりましたが」

おさいが苦く笑った。この律儀な奉公人にお月は心を許していたのだろうか。それとも己の境遇を誇り、見下していたのだろうか。

「どこに通っていた。師匠の名はわかるか」

信次郎が畳みかける。慣れたのか、おさいはもう臆《おく》した風は見せなかった。言葉に詰まりながらも、きちんと答えていく。

「えっと……えっと、確か浅草寺近くのお師匠さんだったはずです。お名前とか流派まではわかりません。そこまで聞いていませんでしたから」

「徳重は女房の習い事に文句は言わなかったわけだ」

「言いませんでした。女房としての務めを果たしていれば、好きにすればいいと以前、仰っていました。もちろん、散財するような真似は許さなかったと思います。お内儀さんも贅沢《ぜいたく》をするような性質《たち》じゃなくて、習い事の方もそんなに高名なお師匠さんじゃないから、僅かな謝礼で教えてくれるんだと話してましたよ」

阿漕《あこぎ》で冷徹で金のためなら何でもする高利貸し。女郎上がりの権高《けんだか》な女房。おさいの話を聞いていると徳重とお月のそんな姿が揺らいでくる。揺らいだ後、金に人一倍執着するものの女房には寛容な老人とささやかな暮しをそれなりに楽しんでいた女が立ち現れる。そんな気がする。どちらが本物なのか。どちらも本物なのか、偽なのか。

人の正体ってのは、どうにも計れねえもんだ。

「そのわりには、扇が豪華過ぎるな」

信次郎の呟きに思案が引き戻される。いつの間にか、その手には金箔の扇が握られていた。ひらりと振られた扇は光を浴びて、金色《こんじき》に輝く。

「お月の慎ましい暮らし振りからして、この扇は少し贅沢過ぎねえか。親分、『安芸屋』でこいつの値は確かめてあるな」

「へい。三両一分だそうで」

「三両、扇一つが三両もするんですか」

おさいが口元を押さえる。名の知れた大店でさえ手代の給金は年に五、六両、番頭でも十両が相場だろう。舞扇に三両の値は、おさいでなくとも驚く。

「まあ、ただの紅が百両で売れるんだ。扇が三両でもおかしかねえさ」

「遠野屋さんの紅のことを言ってるなら、ただの紅とは違いますぜ。〝遠野紅〟でやすよ」

「紅は紅さ。腹が膨れるわけでも傷や病が癒えるわけでもねえ。それでも百両さ。なあ、おさい、もし、おめえが〝遠野紅〟を手に入れたとしたらどうする」

「〝遠野紅〟って、あの遠野屋さんのですか。そんな夢みたいなこと……。でも、もし手に入ったら一生の宝にします。唇に塗るなんてもったいなくてできません。だから、きっと、きっと……誰にも知られぬように仕舞い込んで、時々眺めて、ため息吐いて、でも多分、とても幸せな心持ちになれると思います」

おさいの口元にとろりと甘い笑みが浮かんだ。

「そういやあ遠野屋さんが言ってやしたね。紅は女人《にょにん》の守り神になるってね。あっしなんかにゃわかりませんが、小さな紅が人を幸せにすることだってあるんでやすよ。遠野屋さんはそのことをちゃんと心得てるんじゃねえんですかい」

ひらり。また、扇が舞う。金色の光が散る。

「なるほど。紅でも扇でも、人は持っているだけで幸せな気になれる。だから、法外な金を払ってでも手に入れようとする、か」

扇を畳み、信次郎は板場に放り出した。おさいが眉を顰《ひそ》める。

「しかし、お月が見ていたのは三両一分の扇じゃねえ。桐箱だ」

「扇を出してから、箱の上書きでも確かめてたんじゃねえですか。別におかしかないと思いやすが」

「それにしては、扇の扱いが邪険じゃねえか。ぞんざいに膝の上に置いて、落とす。慌てて袱紗に包む。とても大切にしていたとは思えねえな。欲しくてたまらなかった物を手に入れ、矯《た》めつ眇《すが》めつ見入る。そういうことは、よくある。ただ、お月が眺めていたのは扇そのものじゃなくて箱だったんじゃねえのか」

「欲しかったのは箱の方だと?」

俄《にわ》かには信じ難い。桐の箱などどこでも手に入るとは言わない。が、伊佐治たちのような財を持たない者にも、まるで無縁という代物ではなかった。女房のおふじの簞笥も古手屋で購《あがな》ったとはいえ、桐でできている。嫁のおけいも嫁入りのさい、桐の下駄を携えてきた。おふじもおけいも三両一分の扇など触れたこともないはずだ。

「でも、旦那。お月が扇より箱を大切にしていたとして、それを焼いちまったんでやすよ。どうして、竈なんかに焼《く》べたんですかね」

暫く考え、伊佐治は続けた。

「不用になったから……ですかい」

主の表情を窺う。何も読み取れない。読み取れないのはいつものことだから、不安や狼狽《ろうばい》は覚えない。伊佐治には、木であれ紙であれ落葉であれ燃やすというのは暖を取るためや煮炊きを除けば、不用の物を片付ける最後の手立てとしか考えられない。燃やして、燃えて灰になれば形はなくなる。

「そう、不用になった。あるいは邪魔になった。けどよ、親分。扇はあるのに扇の箱だけを燃やすってのは、どういうことだろうな」

「あ……そう言われてみれば、そうでやすね。扇ごと燃やしたんなら、まだ、わかりやすがねえ。師匠と諍《いさか》いをしてかっとなって竈に突っ込んだとか」

いや、どんなに腹を立てても三両一分の品を燃やすなんて真似、するわけがねえな。

少なくとも自分はしないし、できもしない。そんなことを仕出かしたら……。

女房の怒り顔が脳裏を過《よぎ》り、伊佐治は身を硬くした。

「お月は扇を袱紗に包み簞笥に仕舞い込み、箱は火の中に突っ込んだ。そして、その夜に殺された。亭主共々な」

「え、旦那、ちょっと待ってくだせえ。徳重とお月を殺ったのは榮三郎ですぜ。そりゃあ間違いねえでしょう。そ、それとも違うんでやすか。いや、まさか」

「違やあしねえよ。下手人は榮三郎さ」

「でやすよね。そこは覆《くつがえ》りやせんよね」

長い息を吐いていた。

「覆りはしないが、ちっと様相は違ってくるだろうな」

「は？　何ですって」

伊佐治は喉に息を詰め、咳《せ》き込んだ。咳き込みながら、頭の中で思案を纏めようとする。

今、旦那は何て言った？　様相が違う？　そりゃなんだ。

咳《せき》が治まる。曲げていた腰を伸ばすと、信次郎と目が合った。信次郎の唇がめくれる。あの薄笑いが現れる。伊佐治はほんの寸余、足を引いた。

「まだ終わっちゃあいねえぜ、親分」

薄笑いのまま、信次郎がそう告げた。


自分を死んだ者として葬式を出す。葬式の終わった夜、佐賀屋さんを殺す。全て、親父が仕組んだことです。死人は捕まらない。幽霊は下手人にならない。そう言って……。止めましたよ。もちろん、止めました。わたしもおふくろも、馬鹿なことを考えるなと懸命に止めました。でも、親父は聞き入れませんでした。このままでは、今の屋の身代《しんだい》どころか、町内に持っている家作も田舎の土地も全て奪われると言い張るばかりで……。親父の佐賀屋さんへの怨《うら》みは、わたしどもが思っているいるよりずっとずっと深かったようです。おこう伯母《おば》のことも……はい、父の姉で佐賀屋さんの先妻になります。その伯母も佐賀屋さんに虐《しいた》げられて亡くなったのだと言うておりました。親父と伯母はとても仲の良い姉弟だったそうで伯母が亡くなったとき、親父が身も世もないほど泣いていたのを覚えております。でもその葬儀のとき、佐賀屋さんが親父を謗《そし》ったのですよ。

「大の男が人目も憚《はばか》らず大泣きするなんてみっともない。泣いたって、喚いたって、一旦亡くなった者は生き返りはしないぞ。そんな情けない性質で店一つ構えてやっていけるのか。器の程が知れるな」

と。はい、わたしもその場におりましたから、あまりの言い様にかっとなりました。頭に血が上って、佐賀屋さんに殴りかかりそうになったのです。いえ、実際、こぶしを握って立ち上がっておりましたよ。それを止めたのが、親父でした。わたしを後ろから抱きかかえるようにして、「やめろ、やめろ」と。あのときの親父の声、今でも耳に残っています。「やめろ、やめろ」って……。

親父は悔しくないのか、どうして我慢ができるんだと、不思議だったものです。まだ若くて子どもに近かったわたしにはどうしても解せませんでした。大人というのは、こんなときでも耐えるものなのかと、耐えねばならないものなのかと、胸が苦しくなったほどです。でも、でも……違いました。あのときから、親父はずっと佐賀屋さんへの怨みを抱き続けていたんです。もしかしたら、ええ、もしかしたらですが、伯母から辛さや苦しさを打ち明けられていたのかもしれません。けど、怨みが根を張り芽を出したのは、その後だったのです。はい、あのままなら、伯母の死で佐賀屋さんとの縁が切れたままなら、ここまでにはならなかったはずです。

すみません。涙が……。あ、ありがとうございます。大丈夫です。手拭いを持っておりますので。

数年前から商いが思わしくなくなり、店が徐々に傾いて行きました。親父もわたしも立て直しのために走り回ったのですが上手《うま》くいかなくて、昨年から金繰りにいよいよ行き詰まるようになりました。そんなとき、佐賀屋さんがひょこっと現れて……。はい、仰る通りです。当面、商いに入り用な金を工面してやろうと申し出てきたんです。それも、利平《りひよう》無しで。ただし、担保だけはきちんとしてくれとは言いました。

わたしは借りてはいけないと思いました。佐賀屋さんが高利貸しをしているのは、明らかな事実です。容赦のない取り立ての噂を耳にしておりましたから。これは、危ないと。でも……でも、口に出来なかった。よした方がいいと言えなかったんです。金策が尽きていて、でも、目の前の難局を何とか乗り切ることができたなら、上向きになる、光明が見えるかもとそういうときだったんです。佐賀屋さんの申し出は抗《あらが》い難い誘いのようでした。今、思えば、佐賀屋さんは何もかも見通していたのかもしれません。親父やわたしの商才の無さも、何代も続いた今の屋という店を自分の代で潰したくないという親父の心内もみんな見通していたんです。伯母の夫として出入りしているうちに、見定めていたんでしょうかねえ。そのあたりはわかりません。わからないのが、わたしどもの甘いところなのでしょう。ともかく、佐賀屋さんは見通した上で金を貸してやると申し出てきました。

今さらですが悔やまれます。あのとき、店が潰れるのもいたしかたないと、佐賀屋さんを撥《は》ね除《の》けていたらと悔やまれてなりません。

え？　あ、はい。わかっております。どんなに悔いても後の祭り、手遅れなんです。わかってはおるのですが、悔いずにはいられないのです。

佐賀屋さんの申し出は甘い罠《わな》でした。餓えた者の前に差し出された毒饅頭《まんじゅう》のようなものでしたよ。親父は抗うことができませんでした。佐賀屋さんから金を借りたんです。でも、商いはなかなか持ち直さなくて、親父はさらに佐賀屋さんから金を借りました。それでもやはり駄目で……。三度目に借金を頼みに行ったとき……すみません、もうほんとうにしゃべるのが辛くて。は、はい、そうです。わたしは罪人です。お調べには、何でもお話しせねばとわかっております。滅相もない。隠し事などする気はまったくございません。隠すようなことも、もうありませんから。

今、振り返ってみますに、親父が佐賀屋さんへの憎しみを募らせ、殺すことまで考え始めたのは、あの日だったと思います。

あの日ですか。ええ、佐賀屋さんに三度目の借金を頼みに行った日のことです。親父の帰りがあまりに遅くて、そろそろ木戸が閉まるという刻《とき》になっても戻ってきませんでした。わたしとおふくろは心配で心配で、探しに行こうとしていた矢先に裏口から戻ってきたんです。あのときの……あのときの親父の顔、眼裏に焼き付いています。目を閉じると、くっきりと浮かんでくるほどです。

血の気がまったくありませんでした。それこそ幽霊のように青白くて、なのに、両眼だけは血走って紅《あか》いんです。その紅い色が顔の中でぽかりと浮いて見えましたよ。おふくろなんか、悲鳴を上げて後退ったほどです。

親父、佐賀屋さんから尋常でないほど罵られたらしいのです。口に出すのも憚られるほどの罵詈雑言を浴びせられたのですよ。わたしが聞き出しただけでも、びた一文貸せない、これ以上、おまえに金を渡すのは溝《どぶ》に捨てるようなものだ。おまえは溝鼠《どぶねずみ》より質《たち》が悪い。この世に溝鼠より下の者に金を貸す者などいるものか。そんな酷《ひど》い罵りだったようです。いや、もっともっと酷い言葉で罵られ、馬鹿にされ、挙句《あげく》の果てに亡くなった伯母のことまで世間知らずの役立たずだったと、嘲《あざけ》られたみたいで……。でも、それだけなら、親父は佐賀屋さんを殺すところまでいかなかったと思いますよ。ええ、息子だから言うのじゃありませんが、親父は人殺しができるような残忍な人柄では決してなかったんです。ほんとに……。でも、あの日を境に親父は人が変わりました。別の誰かになってしまった。そうとしか思えないのです。

そんな親父に殺しの決意をさせたのは、証文でした。佐賀屋さんと取り交わした証文です。それによると担保に取り上げられるのが、今の屋の店と地所だけでなく、代々譲り受けていた家作も他の地所も、先代が隠居用に拵《こしら》えていた仕舞屋《しもたや》にいたるまで、つまり、わたしたちの持っている財産の全てになっていたのです。それらを取り上げられたら、わたしたちは文字通り無一文です。着の身着のまま、放り出されることになります。

え？　いいえ、証文がすり替わっていたとかじゃありません。親父がちゃんと確かめなかったのです。二度目に金を借りるときに、前と同じものだと言われ、急《せ》かされてよく確かめもせずに判をついてしまったのです。ええ、はい、呆《あき》れるのは当然です。そのあたりは、本当に甘くて……ただ、二度目の借金までは佐賀屋さんは妙に優しくて、一度は親戚の縁を結んだ間柄だから力になるとか、お互い助け合うようにしようとか……伯母のことだって、いい女房だった、後添《のちぞ》えをもらったのは淋《さみ》しさを穴埋めしたかったからだと、聞いていてほろっとする言葉ばかり並べてたんですよ。おこうの葬儀のときは酷いことを言って済まなかった。こちらも取り乱していてと詫びたりまでしたのです。親父にしてみれば、義兄って気持ちがどこかに残ってたんじゃないでしょうか。だから、ついつい、信用してしまった。信用したかったってのもあるでしょうが。

はい、そうです。何をどう言っても、親父やわたしが甘過ぎたのです。世の中の厳しさも、険しさも知らなかったのですから。伯母の葬儀での佐賀屋さんの冷たさを思い出さなきゃいけなかったんですよね。

ただ、さっきも申し上げましたが、三度目の借金を断られどうにもならなくなったあの日から、親父は人が変わりました。笑うことがなくなって、突然、ふらっと店を出て行くことが増えました。そうこうしているうちに返済の期限が迫って来て、わたしが親子三人で棒手振《ぼてふ》りでも内職でもして、生計《たっき》の道を見つけねばと焦っていたころ、親父から……、親父から、恐ろしい企てを打ち明けられました。

止めましたよ。もちろん、止めました。でも、もう手筈は全て整っていると言われ、これより他に手はないとも言われ……。結局、その通りに動いてしまいました。

親父は佐賀屋さんが憎かったんです。憎くてたまらなかった。殺すことでしか、憎しみや怨みを晴らせなかったのです。

でも、でも、やはり止めなきゃいけなかったんです。わたしが、親父を命懸けで止めなきゃいけなかった。なのに、できなかった。

怖かったんですよ。いえ、親父じゃありません。身一つで世間に放り出されるのが、怖くてたまらなかった。これまで生きていくための苦労なんて、ほとんどしたことがなかったものですから。それは、おふくろも親父も一緒でしょうが。わたしは怖くて怖くて、人殺しでも何でも、それでこの恐ろしさから逃れられるのならそれでもいいとさえ、思ってしまったんです。

金？　ああ、佐賀屋さんの車簞笥に入っていた金ですか。はい、仰る通りです。証文と一緒に親父が持ち帰りました。押込み強盗に見せるためだと言うておりましたが、三百両近くありましたから、この先の暮らしの支えにするつもりだったと思います。もしかしたら、それを元手に細々と商売をしながら生きる。そこまで考えていたのでしょうか。今となっては、わかりかねます。え？　あ、はい、そうです。弥吉さんを方便に使いました。わたしたちがあの夜、家にいたと証してくれる役を勝手に担わせてしまったのです。はい、はいその通りです。全て親父の企てでした。こちらから弥吉さんの名を出さず、いざとなったとき証し人になってもらう。その方がより効目《ききめ》があると、わたしたちが善良で正直に見えると申しました。ええ、ほんとうに今にして思えば、あの親父がここまで悪知恵と申しますか、悪企みを考えついたなんて不思議でなりません。奇妙にさえ感じます。本当に穏和な人柄で……でも、わたしたちのやったことは夢でも幻でもなくて事実なんですね。

はい？　あの夜、お高さんに見られたことですか。いえ、わたしも母も聞いておりませんでした。親父にすれば、脅して何とか口を封じられたと思ったのでしょうか。この上、わたしたちを思い煩わせたくなかったのでしょうか。

お役人さま、親分さん。本当に本当に申し訳ございませんでした。親父を止められなかった責は全てわたしにあります。おふくろはわたしたちに引きずられただけなんです。佐賀屋さんの一件から後、ろくに眠っていないはずです。こんなことといつか明るみに出る。いつか罰が下るってずっと怯《おび》えていました。親父がお月さんまで、佐賀屋さんの後添えまで殺したと知ったときは、その場にしゃがみこんで動けなくなったほどです。なんで、なんでお月さんまでと口走って、震えておりました。その後ですよ。おふくろが変わったのは。魂が抜け落ちたみたいになって、ともかく親父に言われた通りに芝居をしている。そんな風でした。

ですから、無理だったんです。もう無理だったんです。親父はお高さんを殺そうとしました。お高さんが余計なことを言う前に殺すと、見られたときに始末しておけばよかったと言い張りました。親父はもう人の心を失っていたのでしょう。おふくろも強く止めませんでした。お高さんをうちに呼び出す算段をふんふんとやけに素直に聞いておりましたよ。親父と同じくおふくろも、もう半分、正気を失っていたのです。二人とも眼つきが虚ろで、目の前の現を見ていないようでした。実際、見ていなかったんでしょう。

親父は死にました。

もうここまでと覚悟して自分で喉を突きました。けれど、もし、捕まらなくても上手く逃げ延びたとしても、生き永らえることはできなかったと思います。はい、思いますよ。どこかで、自分の命にけりをつけていたと。人を殺した重みに耐えられるような人ではなかったですから。

お願いいたします。わたしはどのような重罰も受けて当たり前の身です。でも、おふくろだけは、どうか、おふくろだけはお情けをくださいませ。あまりに……あまりに哀れで……なりません。なにとぞ、なにとぞ。


今の屋の一人息子、仁太郎は泣き伏し、母の酌量を乞うた。

榮三郎は死に、お町は魂が抜け落ちたままだ。曲がりなりにも事実を語れるのは、仁太郎一人しかいない。その白状を聞きながら、終わったと伊佐治は呟いていた。

この一件、終わったな、と。むろん、小さな謎が残っているとは承知しているが、下手人が死に、事の大体が明るみに出た。

終わりだ。嫌な、後味の悪い事件だった。事の真相がはっきりしても誰も幸せになれない。やりきれなさと一抹の虚《むな》しさが胸裏《きょうり》を漂う。下手人を挙げた昂《たかぶ》りなど微塵《みじん》も起こらなかった。気持ちはただ沈んでいくだけだ。

それでも終わったことに変わりはない。江戸の町で新しい事件は日々、起こる。信次郎好みの捻《ね》じれた異形のものでなくても、人と人との揉《も》め事、厄介事はあちこちで生じているのだ。伊佐治はそれに携わっていかねばならない。

なのに、終わっていない？　この事件はまだ底があるというのか。

呟き込んだ喉が痛い。伊佐治は丹田《たんでん》に力を込める。

「どういうこってす、旦那。木箱なり木戸なりが、そんなに大事なことなんでやすか」

「親分はそう思わねえか」

「思いやせんね。そりゃあ、腑《ふ》に落ちねえ気はしますが、それが大きく関わってくるとはとても考えられやせん。だいたい、榮三郎が下手人なのは確かで、既に死んじまってる。どこに底があるんでやすかい」

主に問い質《ただ》しながらも、胸の奥の奥で熱い情が蠢《うごめ》くのを感じていた。

ちょっと待ってくれよ。これで終わりじゃねえって。違う様相が現れるって。

それは、どんなものなのだ。見当は一分一厘つかない。だから、気持ちが蠢く。弾《はず》む。一分一厘見当のつかない風景をまた、見ることができるのか。

このうずうず、困ったことに癖になりやす。

遠野屋に告げた自分の言葉を嚙み締める。頷いた遠野屋の珍しく戸惑いを滲ませた顔も思い出す。互いの身に染みた毒を量るような眼つきだった。

信次郎がふわりと欠伸《あくび》を漏らす。気怠い気配が伝わってくる。

どうやら詰の一手の思案も終わっているらしい。全てが片付いているわけだ。だから少しばかり倦《う》んでいる。

見えている男には未知の風景は楽しめない。

つまり旦那にゃ、このうずうずは味わえねえってことか。

伊佐治は胸を張り、信次郎に向かってにやりと笑って見せた。

第七章　残花の雨

花の盛りが過ぎても、浅草寺の賑《にぎ》わいは衰えなかった。殿春《でんしゅん》の陽気に誘われてか、今日はひとしお、人出が多いようだ。そぞろ歩きの老若男女はみな一様に楽しげで、この世の憂いとは無縁とも見える。そんなわけがあるはずもないのだが、日に日に明るさを増す光や軽やかなざわめきについつい眩《くら》まされてしまうのだ。江戸の賑わいに身を置くと、心身共にふわりと持ち上げられ、そのまま運ばれていく心地さえする。

今日は日差しが暖かい。

安芸屋藤左ヱ門《とうざえもん》は身体《からだ》の芯まで染み込んでくる暖かさに、我知らず吐息を漏らしていた。大川橋《おおかわばし》を渡り、茶屋町《ちゃやまち》に向かってゆるゆると歩く。古くからの馴染《なじ》み客に注文の品を届けての帰り道は、足取りも心持ちもつい緩《ゆる》んでしまう。

いやいや、表店《おもてだな》の主《あるじ》としてそれでは駄目だな。

藤左ヱ門は背筋を伸ばし、胸を反らした。

浅草寺前に店を構える『安芸屋』は扇を扱う。役者や芸妓《げいぎ》の使う本様《ほんよう》の舞扇から、儀礼用の格式高い品、江戸名所を描いた土産物《みやげ》まで幅広く商《あきな》っていた。老舗《しにせ》だ。藤左ヱ門でちょうど十代目となる。初代藤左ヱ門は京の出で公家《くげ》の血を引くと、幼いときから聞かされていた。ちなみに三代目まで、本妻は京のやんごとなき血筋の娘を娶《めと》っていたとか。やんごとなき京の娘に商家のお内儀《かみ》は務まらぬだろうと、子どものころから思っていた。今でも思っている。血筋で商いはできない。三代までの商売は、人形とさして変わらないお内儀を据《す》えて立ち行くほど、大きく強く回っていたのだろうか。

今はとても無理だ。

女房のお佐江《さえ》は元旅籠町《もとはたごちょう》の紙問屋の娘だった。高貴な出自《しゅつじ》ではない。母方の祖母は武家の出らしいが、それとて貧乏御家人に過ぎなかった。しかし、お佐江は江戸の商いがどんなものか、骨の髄《ずい》まで解している。奥から店を支えるこつも、始末のやり方も心得ている。働き者であり、気配りもできた。申し分のないお内儀なのだ。何より、実家は『安芸屋』ほどの由緒はないが、商いの手広さと身代《しんだい》の豊かさでは遥《はる》か上をいく大店《おおだな》だ。実際、お佐江の持参金や実家からの助けがなければ、『安芸屋』は潰《つぶ》れていただろう。

父親である先代藤左ヱ門はさほど商才に長《た》けていたわけではないが、手堅く守る商売を貫き、店を守ってきた……と藤左ヱ門をはじめ大抵の者は信じていた。ところが、短い患《わずら》いの後に亡くなってから初七日も済ませないうちに大事が露見した。

真面目で正直で商い一筋だと信じられてきた父が、賭場《とば》に出入りし、かなりの借金を抱えていたのだ。青天《せいてん》の霹靂《へきれき》、仰天《ぎょうてん》のあまり声も出なかった。藤左ヱ門も遊びはする。お佐江の目を盗んで、深川や築地《つきじ》のよからぬ場所に通ったときもあった。馴染《なじ》みになり、本気で溺《おぼ》れかけた女もいた。しかし、溺れなかった。深みにはまる手前で引き返してきたのだ。

それが、先代はできなかったらしい。女ではなく博打《ばくち》に引きずり込まれてしまった。誰にも見破られないように巧妙に隠し通し、多額の借金を残して一生を終えた。あのとき、お佐江が助けてくれなかったら、お佐江の実家が金を出してくれなかったら。そう考えるたびに背筋が寒くなる。お佐江のおかげで身代限りの憂《う》き目を見ずに済んだ。

よくよくわかっている。大切にもありがたいとも思っている。

だから、今日も米饅頭《よねまんじゅう》を購《あがな》ってきた。お佐江の好物だ。さぞや喜ぶだろう。

『安芸屋』が見えてきた。お佐江が通りに水を打っている。

あんなことは丁稚《でっち》か女中にやらせればいいのに。しかしまぁ、自分で女中仕事もこなしてしまうのがお佐江のいいところではあるが。あれで、もう少し器量が良ければな。

そこで藤左ヱ門はそっとかぶりを振った。

お佐江は確かに不器量だ。目も鼻もちまちましているのに口だけが大きい。髪も赤っぽくて艶《つや》がなかった。しかし、それがどうだと言うのだ。お佐江は性根がいい。実家は裕福だ。『安芸屋』の土台を支えてくれる。

それで十分だ。十分じゃないか。おれは、できた良い女房をもらったのだ。

藤左ヱ門は立ち止まり、振り向き、お供の小僧に声を掛けた。

「おい、彦助《ひこすけ》どん、饅頭の包みを落としたりするんじゃないよ」

「へえ、わかってますよ。せっかくの饅頭が潰れてちゃ、お内儀さんへの土産になりませんものね。大事に運んでます」

彦助がしたり顔で答える。頭の回りは速いし、覚えもいいが、こういう賢《さか》しらな性根は直さないと使えない。藤左ヱ門はあれこれと思いを巡らせる。

前を向く。歩き出そうとした足が止まった。

目の前に男が立っていた。

さして大柄ではないし、若くもない。なのに、壁を感じた。一瞬だが、壁が立ち塞《ふさ》がったと思った。我知らず、足を引く。

「安芸屋藤左ヱ門さんでござんすね」

「……あ、はい。そうですが」

男は軽く頭を下げた。どことといって剣呑《けんのん》な気配を漂わせているわけではない。むしろ、穏やかで静かな佇《たたず》まいだった。それなのに動悸《どうき》がする。壁に囲まれ、閉じ込められたように息苦しくなる。

「あっしは、本所深川あたりで御上《おかみ》の御用聞きをしておりやす伊佐治と申しやす」

「あ……。一度、お調べに来られましたがあのときの……」

いや違う。あのときの男はまだ若かった。はしこい動きの若者だったはずだ。

「へい。あれはあっしの手下《てか》の一人なんで。その節はいろいろとお世話になりやしたね」

岡っ引の親分がお出ましというわけか。でも、なぜ？

傍《かたわ》らを荷車が通り過ぎる。土埃《つちぼこり》が立つ。

伊佐治が身振りで道の縁に寄るように示した。天水桶《てんすいおけ》の陰に立ち、改めて尋ねる。

「それで、親分さん、何のご用でしょうか」

どうしても用心の口調になる。動悸がさらに強くなる。倒れてしまいそうだ。

あれのことだろうか。あの扇のことだろうか。うまく誤魔化《ごまか》せたと思っていたのに……。

「へえ、実は安芸屋さんに見てもらいてえもんがありやしてね。これなんでやすが」

伊佐治が懐《ふところ》から袱紗《ふくさ》包みを取り出した。

「中身が何か、おわかりでやすよね」

「はい」

自分でも驚くほどあっさりと認めていた。とぼけきれる自信がなかったのだ。

藤色の袱紗が解《ほど》け、金色の扇が現れる。光を弾《はじ》いてきらめく。

藤左ヱ門は寸の間、目を閉じた。閉じた瞼《まぶた》の裏でも光の粒が輝く。

「この前も手下が伝えたはずでやすがね、これは相生町であった殺しの一件と関わりがありやしてね。つまり、殺された女の持ち物なんでやすよ」

「……はい」

「この扇、安芸屋さんの品でお間違えねえですよね」

「ええ、間違いありません。うちの品です。先日、手下の方にも申し上げたはずですが」

伊佐治が頷《うなず》く。天水桶の周りで羽虫が群れている。微《かす》かな羽音が耳に刺さってくる。それでも、意外に落ち着いた声が出た。その声で藤左ヱ門は、先に帰るよう彦助に言い付ける。彦助は横目で岡っ引を窺《うかが》いながら、傍らを通り過ぎて行った。

「そのことなんでやすが、手下の話では売った相手が誰かわからないと安芸屋さん、仰《おつしや》ったそうでやすね」

彦助が十分に遠ざかってから伊佐治は口を開き、問いを重ねた。

「けど、安芸屋さんほどの商いをされていて、買い手がわからないってのはどうかと気になりやしてね。掛売帳はむろんでやすが、当座売りの帳面もありやすよね」

「あ、はい。ありますよ。ただ、うちは土産用のわりに手ごろな値の品も商いますので、そういう物はまとめて帳面に載せます。なので、時々、抜け落ちもあるんですよ。杜撰《ずさん》と言われれば杜撰なのですが、少額なのでそれもいたしかたないかと」

「三両一分ですぜ」

伊佐治がほんの僅《わず》か目を細めた。それだけで表情が一変する。ひどく険《けわ》しい色が面《おもて》に滲《にじ》んだのだ。藤左ヱ門は自分の失言に気付き、唇を嚙《か》んだ。

「土産用の名所扇とは違いやしょう。三両一分もする品を売っておいて、帳面に何も記してねえってのは商いとしてどうなんでやす」

「それは、ですから……うっかりそういうことも……」

「安芸屋さん」

伊佐治が一歩、前に出てくる。目の中の光が強くなる。

「ここで、今さらあれこれ誤魔化しても埒《らち》が明きやせん。本当のことをしゃべっちゃもらえやせんかね。安芸屋さんがしゃべれねえなら、あっしから言わせてもらいやすが」

もう一度、唇を噛む。知らず知らず項垂《うなだ》れていた。

「この扇、安芸屋さんがお月に、ええ、殺された佐賀屋さんの女房ですよ。その女に渡した、言い換えれば、貢いだ。そうでやすね」

黙っている。それが答えになってしまう。

「安芸屋さん、お月とは前々から知り合いだったんでやすね」

「はい。その通りです」

顔を上げる。伊佐治の口調からも顔付からも、険しさは拭《ぬぐ》い去られていた。むしろ、優しげで暖かい。この日差しのようだ。それが本来の性質なのか、見せかけに過ぎないのか藤左ヱ門には窺い知れない。

「お月さん……知り合ったころは朧《おぼろ》と名乗っておりましたが、お月さんとは深川の宿で客と女郎として……その、馴染みの仲になっておりました」

「どのくれえ通ったんで」

「半年足らずです。かなり足繁《あししげ》く……通っておりました。一時は夢中になっていたと思います」

「なのに半年で切れたのは、飽《あ》いたからで？」

「いいえ、逆です。このまま、ずるずる続けたら抜け出せなくなると感じてしまって」

身体が火照《ほて》る。汗が滲んで、喉が渇く。

深川の女郎屋の、湿った夜具の上で朧の身体をむさぼった。手のひらに吸い付いてくる肌合い、ぽてりと重い乳房《ちぶさ》、指に絡《から》みついて来る秘所の恥毛、喘《あえ》ぎ声、吐息、喉の白さ。

これは拙《まず》いと思った。このままでは、この女に溺れてしまう。

女にしろ、賭博にしろ、酒にしろ溺れてしまったら終わりだ。店も家族も商いそのものも全て失う羽目になる。父親と同じ轍《てつ》を踏むことになる。

未練はたっぷりとあったけれど、藤左ヱ門は深川通いを止《や》めた。止めてしまえば、女はそれこそ朧になり、徐々にだが日々の中に埋もれていった。そのままなら、おそらく時折、懐かしむことはあっても生々しく思い返すことはなかったはずだ。それが……。

「扇を納めに行った先で、お月さんに出逢《あ》ってしまいました」

稽古《けいこ》用の舞扇の見本を持って、踊りの師匠の家を訪れた。古い付き合いの客だ。そこに新弟子の一人として、お月が座っていたのだ。

「驚きました。わたしも向こうも、そりゃあ驚きました。暫《しばら》く声が出なかったぐらいで」

「で、焼け木杭《ぼっくい》に火が付いちまったわけでやすか」

「……ええ、まあ……その、二度ほど」

二度ほど逢瀬《おうせ》を重ねた。しかし、ここでも藤左ヱ門の用心が働いた。女郎ではなく他の男の女房だ。露見すれば、ただの遊びでしたでは済まない。

「それで、ちゃんと切《きり》をつけようとしたんです。でも、お月さんの方が……」

「なるほど、女郎のときは男との縁も泡沫《うたかた》と納得していたが、お互い堅気《かたぎ》の身の上となるとそうはいかない、ってわけでやすか」

「……でしょうか。何だかちょっと人が変わったようでして。いえ、まあ、商家のお内儀に納まったわけですから変わって不思議じゃありませんが」

お月は執拗《しつよう》だった。深川の女郎、朧であったときは「これで、藤《とう》さんともお別れなんだね」とさめざめ泣きはしても、手切れの金を受け取るとあっさり別れを呑《の》んだ。けれど、お月という女は聞き分けの欠片《かけら》もなく、縋《すが》りついてきたのだ。正直、狼狽《うろた》えた。困った。お月にも、お月を振り払ってしまえない、どこかで哀れにも愛《いと》しくも感じている己《おのれ》の心にも狼狽え、困惑し、弱り果てた。

「それで殺そうと思ったんで」

押し殺した低い声で伊佐治が言う。一瞬、何を言われたか解《げ》せなかった。「へっ？」と、間の抜けた音が唇の間から零《こぼ》れただけだ。

「お月にしつこく縋られ、厄介でたまらなくなった。それで、殺そうと思い立った。違いやすか、安芸屋さん」

大きく目を剝《む》いていた。目尻が痛いほどだ。息根が止まったと感じた。心《しん》の臓《ぞう》がさっきよりさらに速く、さらに激しく音を立てる。

「ち、違います。そんな馬鹿なこと……。わ、わたしはお月を、いえお月だけでなく誰もこ、殺したりしていませんよ。できるわけないじゃないですか、そんな恐ろしいこと」

お月と呼び捨てにしていたが、そんなところまで気が回らなかった。

まさか、おれが疑われてる？　まさか、そんな……。

「だ、だって下手人は捕まったんでしょう。相生町の夫婦殺しの下手人が捕まったって、も、もっぱらの噂《うわさ》じゃないですか。あの、えっと……借金で首の回らなくなった男が金欲しさに押し入ったとか何とか噂で……。わ、わたしは関わりありませんよ」

冷や汗が滲む。舌がうまく回らなくてしどろもどろになる。行き交う人々の中には不審げな視線を向けてくる者もいた。気にする余裕はない。

「それに、あの、手下の方にも申し上げましたが、わ、わたしは仲間内の集まりがありまして……あ、あの夜のことですよ。ち、ちゃんと調べてください。調べてくださいよ、親分さん。料亭の名前はわかります。えっと、あの、このすぐ近くでえっと」

「『いすゞ』でやすね」

「あ、そうそう『いすゞ』ですよ。柳橋《やなぎばし》のあたりにも出店があって、豆腐料理が評判の」

落ち着け。おれは何を口走ってるんだ。豆腐料理なんてどうでもいいだろう。岡っ引に疑われたぐらいで取り乱すな。おれが下手人じゃないのは、明らかじゃないか。ずっと、商売仲間といたんだ。長いこと飲んで、木戸が閉まる寸前まで飲んで、女将《おかみ》に駕籠《かご》を呼んでもらった。ああ、でも酔い過ぎて途中から、ほとんど何も覚えてない。

「豆腐料理がお好きなんで」

「はい？」

「豆腐料理でやすよ。かなりお好きなようでやすね」

「あ、はい。まあ、好きですが」

「酒もかなりいける口で、集まりがあるときは大抵、遅くまで飲んで帰る。そうでやすね」

「……ええ。そうですが。それがどうかしましたか。わたしは確かに酒好きじゃありますが、酒が因《もと》で何かやらかしたなんてことはありませんよ。もちろん、人殺しなんてとんでもない話です」

「けど、この扇を音物《いんぶつ》としてお月に渡しやしたね」

「そ、それは酔っていたからじゃありません。素面《しらふ》で」

口を閉じる。まんまと引っ掛かってしまった。相手の方が一枚も二枚も上手らしい。

「はい。その通りです。お月が欲しがったので、与えました」

腹を括《くく》った。この岡っ引に自分の隠し事など通用しないのだ。だとしたら、正直にありのままを話すしかない。決めたとたん、焦りも狼狽《ろうばい》もきれいに消えた。人の心とは何とも珍妙なものだ。

「客を装って、いえ、本当に客としてではあるのですが、お月が店に来たことがありまして、ええ、わたしへの当てつけだと思います。そのとき、この扇に目を付けて、たいそう気に入ったが値が値だけになかなか手が出ないと、何度も言って帰りました」

「つまり、それは暗に扇をくれとせがんでいたわけでやすね」

「かと思います。今思えば、お月が本当に欲しかったのかどうか、怪しい気もしますが。わたしを試したんだと思います」

「と、わかっているのに安芸屋さんは、扇を渡したってわけですかい」

「思案はいたしました。値が張るのは確かですし、店の品を駆引きの具にしたくない気持ちもありました。ただ、お月から文が来て、扇をくれるならもう二度と店にもわたしにも近づかないと言うのです。それならと決心しました」

「お月から文が？　その文はどうしやした」

「燃やしました」

「お月に扇を渡したのはいつでやす」

「えっと……いつだったかな。桜がちらほら咲き出したころ、いやまだ蕾《つぼみ》のころでしたかね。わたしの懐銭《ふところぜに》から三両一分を出して、売上に穴が出ないように計《はか》らいました」

「安芸屋さんがご自分で直《じか》に渡したんで」

伊佐治が問いを畳みかけてくる。いえいえと、藤左ヱ門は頭を横に振った。

「それは憚《はばか》られます。店の者を使いに出しました。品を届ける役をきちんと果たせるかどうかは商人の一歩ですので、年長の小僧によく言い付けるのです」

「なるほど、で、誰を相生町までやったんで」

「彦助という小僧です。さっき、わたしの供をしておりました」

「文はどうでやす？　扇に付けやしたか」

「いえ、これといっては何も。余計なことはしない方がいいと思いましたので。箱入りの扇だけを届けるようにしました」

伊佐治が黙り込んだ。思案事を追うように、眼差《まなざ》しが空《くう》を漂う。

「親分さん、本当です。嘘《うそ》偽りはございません。わたしは人を殺したりしておりませんよ」

お月が死んだ、殺されたと聞いたとき、全身が粟《あわ》立った。歯の根が合わず、奥歯がかちかちと音を立てた。それを気取《けど》られないように振舞おうとすれば、下腹が鈍く疼《うず》いて、吐き気まで覚えた。前夜からお佐江も風邪《かぜ》気味とかで部屋に籠《こも》っていたから、それを口実に「女房から風邪を移されたらしい」と自室に引っ込んだ。夜具に包《くる》まってお月のことを考えた。死んだ。殺された。もう逢えない。もう逢わずにすむ。迫られることも縋られることも脅されることもねだられることも、ない。

ほっとする。罠《わな》から逃《のが》れられた気分になる。なのに、淋《さみ》しい。もう逢えない。もう逢えない。もう、あの女はどこにもいない。胸の内が洞《うろ》になったようだ。凍《い》てた風が音もたてず吹き通っていく。

お月。

藤左ヱ門は夜具を引き被《かぶ》り、声を潜めて泣いた。

「小僧さんに話を聞かせてもらえやすかね」

我に返る。岡っ引が見上げていた。一応、許しを乞うてはいるが藤左ヱ門に拒む力も気もないと見越している。そういう眼だ。

頷き、先に立って歩き出す。

『安芸屋』の前はきれいに打ち水されていた。お佐江の姿は見えない。

これで扇のことも、お月のこともばれてしまうかな。それとも、まだどうにか誤魔化せるだろうか。誤魔化した方がいいのか、正直に打ち明けた方がいいのか。

込み上げてくるため息を何とか、噛み殺す。

岡っ引を奥の座敷に通し、すぐに彦助を呼んだ。いつもより少し神妙な顔つきで、小僧が廊下に座る。

「お呼びでしょうか、旦那さま」

「小僧さん。あんた、相生町の殺しの件、知ってるね」

藤左ヱ門より先に伊佐治が口を開く。不意を衝《つ》かれた恰好《かっこう》になり、彦助は息を吸い込んだまま身動きすらできないようだった。

「どうなんでえ、知ってるのか知らないのか」

「し、知ってます」

「どうやって知った？　読売《よみうり》でも読んだのか」

「いえ、おキネさんたちが台所でしゃべってるのを聞いたんで」

「おまえさん、殺された女房に扇を届けたことがあるんだってな」

彦助がまた、息を吸い込んだ。まだ喉仏のはっきりしない喉元が上下に動く。

「旦那さまから用事を言い付かって、届けに行ったのだろう」

「……はい」

「いつのこった。できる限り詳しく話してみな」

「それは、あの……よく、お、覚えてなくて……」

藤左ヱ門は首を傾《かし》げた。彦助の物言いが明らかに乱れ、覚束《おぼつか》なくなっている。普段はもっとしゃきしゃきと臆《おく》せず話ができる小僧だった。

「彦助どん、隠し立てをすることはないのだぞ。親分さんには包み隠さず、何でもお伝えしなきゃならない。わかってるな」

「は、はい。それはもう……。でも、本当に覚えがあやふやで、すみません」

廊下に額を擦《こす》り付けるようにして、彦助は低頭した。

「殺されたのは『佐賀屋』って表向きは口入屋《くちいれや》、裏じゃ高利貸しを渡世にしていた年寄りとその女房だ。おまえさん、その女房に直に扇を渡したんだろ。通いの女中は何にも知らなかったからな」

藤左ヱ門は膝を進め、岡っ引に向かって首肯した。

「お月から言われていたんです。扇を届けるなら昼八つを過ぎてからにして欲しい。その刻《とき》は女中も帰り一人でいるからと。多分、ご亭主に知られたくなかったんでしょうね」

「それは、いつぐれえだい。あの事件が起こる、どれくれえ前になる」

藤左ヱ門の言葉が聞こえなかったかのように、伊佐治は彦助を問い詰め続ける。

「そ、それは二十日ばかりは前だったような……」

「二十日も前？　いや、そりゃあねえだろう。実はな小僧さん、あんた見られてたんだ」

「は……」

「通いの女中ってのがあんたを見てんだよ。忘れ物をして『佐賀屋』に引き返したとき、裏木戸からお仕着せを着た小僧が一人出てきたのを見たと言ってるんだ」

年のわりには大柄な彦助が震え始める。額に汗の粒が噴き出した。

「その女中が言うには小僧を見たのはな、事件の」

「す、すみません。お許しください」

額を擦り付けたまま、彦助は泣き出した。

「誰にもしゃべるなと言われてて……。それで、それで……」

藤左ヱ門は腰を浮かそうとしたが、脚に力が入らなかった。自分の身体も震えている。

伊佐治が呟《つぶや》いた。

「そうかい。鎌《かま》をかけてみたが、やはりな」

「え、鎌をかけた？」

唾《つば》を呑み込む。伊佐治の黒目がちらりと、ほんの刹那だが藤左ヱ門に向けられた。

そうか。通いの女中が見たというのは、出まかせか。

そう察したけれど、咎《とが》める気も詰《なじ》る気も起こらない。そんな余裕はなかった。

彦助は観念したのか、しゃくりあげながらもきれぎれに白状し始めた。

「お、扇は箱ごと預けて……相生町に届けたのは、十日も後でした。だ、旦那さまにも誰にも言ってはならないって……他言したら店から追い出すって……」

「誰に言われたんだ、そんなことを」

喉の奥から叫びがほとばしった。

「おまえは誰に預けたんだ。誰に扇を渡したんだ、彦助」

彦助が顔を上げる。額に薄《うつす》らと血が滲んでいた。汗と涙と洟《はなみず》で顔半分がぐしょぐしょになっている。しかし、意外にしっかりした調子で彦助は告げた。

「お内儀さんです」

「お佐江が？　馬鹿な、お佐江がそんなことをするはずがない。いいかげんなことを言うな」

「本当です。本当にお内儀さんに渡したんです。使いに出ようとしたら呼び止められて、それを暫く預かると無理やりひったくられて、旦那さまにはちゃんと届けたと伝えるように言い付けられました。はい、返してもらったのはずっと後でした。すぐに相生町に届けに行くようにと言われて。お内儀さん、怖い顔をしてました。目なんか吊《つ》り上がっていて、ちょっと怖気《おぞけ》るぐらい怖かったです。いつもは優しいのに変だなとは思ったけれど、そんなことより気持ちの方が急《せ》いて、早く届けなくてはとそればかり考えてました。無事、先方に渡せたときはほっとしました」

　語り終えて、彦助は本当に息を吐き出した。伊佐治が立ち上がる。

「安芸屋さん、お内儀さんは今、どこにいやす」

「は？　あ、はい。お佐江は店先に水を打っておりましたが、親分さんと話をしている間に奥に引っ込んだようです。見て参りましょうか」

「いけねえ！」

　一声、叫ぶと座敷を飛び出して行く。

「お内儀の部屋はどこだ」

　恐ろしいほど歪《ゆが》んだ形相で怒鳴りつけられ、彦助が二間《けん》先の障子戸を指差す。もう声も出ないようだった。あっけにとられ、寸刻、その背中を見送っていた。が、藤左ヱ門はすぐに我に返った。

まだ廊下に座ったままの彦助を蹴飛ばすような勢いで、岡っ引を追いかける。

奥まった四畳半がお佐江の部屋だ。狭いが日当たりがよく、風が通る。お佐江は気に入っていて、暇があればここで縫物をしたり、ぼんやり庭を眺めていた。

その部屋の前で、藤左ヱ門は立ち尽くす。

見えている光景が解せない。現《うつつ》のものとは思えない。

なんだこれは？　なんなのだ？

小振りの衣装簞笥《たんす》の前で、伊佐治がお佐江を抱き抱《かか》えていた。口に指を入れている。その周りには血の塊《かたまり》のようなものが散乱していた。お佐江が引っ搔《か》いたのだろうか、畳に血色の爪の跡がはっきり残っている。腐臭と青臭さが混ざり合った異様な臭いが鼻を突いた。

背後で彦助が悲鳴を上げた。

「毒を飲んだんだ。医者を呼べ。医者だ」

伊佐治の大声が響く。「は、はい。かしこまりました」。こんなときなのに彦助は躾《しつ》けられた通りの返事をして、駆け去った。

「お医者さまを呼んでください。誰か、誰か」

「彦助どん、何事だ。何を慌ててる」

「お内儀さんが、お内儀さんが毒を。早く、医者を呼んでーっ」

「何だって、お内儀さんがどうしたって」

引き攣《つ》った声、驚きの声、足音、何かが転がった音……遠くからざわめきが寄せてくる。

お佐江の身体が震えた。「ぐえっ、ぐえっ」。断末魔の獣《けもの》に似た呻《うめ》きと血の混じった嘔吐《おうと》物が、広がる。臭いも広がる。

「お佐江……」

藤左ヱ門はその場にへたり込んだ。腰から下が萎《な》えたようだ。力が入らない。それでも、何とか這《は》いながら女房に近づいていく。

お佐江、死なないでくれ。死なないでくれ。

伊佐治が何か呟いた。幾筋もの汗が頰を伝い、滴《したた》り落ちている。

「お佐江っ」

藤左ヱ門は叫びながら、お佐江の身体に縋りついた。

何が起こったのか、起こっているのかわからない。何にもわからない。わかっているのは唯《ただ》一つだ。

終わった。

これで終わってしまったのだ。山もあり谷もあり、悩みも嘆きも苦労もあったけれど、それでもまあ幸せだと笑える暮らしが潰《つい》えてしまった。終わってしまった。二度と戻ってこない。掛け替えのない日々が指の間から零れ落ちてしまった。

「お佐江、お佐江、お佐江」

叫んでも揺すっても、返事はない。

お佐江の髷《まげ》から黒塗りの櫛《くし》が落ちた。あるか無きかのささやかな音が、藤左ヱ門の耳に、深く突き刺さり、いつまでも鳴り響いた。

遠野屋の表座敷は賑やかだ。

明日にいつもの催しを控え、用意の最中《さなか》だった。

「ふむ。いいな。思っていたよりずっといい感じだ」

三郷屋吉治が大きく肩を揺する。

「どう思ってたんだ。おまえの思うところを聞かせて欲しいもんだな」

すかさず、吹野屋の主、謙蔵が口を挟んできた。

「いや、そりゃあ……ともかく、いいよ。思ってたよりずっといいんだよ。見事なもんだ。あの古い帯がこんなになるなんてなあ。何と言うか、生まれ変わったみたいじゃないか。それもたった半日でここまで仕上げたっていうんだから、驚きだ」

二人の前には小紋の袷《あわせ》と帯が、衣桁《いこう》に掛かっていた。帯は黒繻子《くろしゅす》、紫縮緬《むらさきちりめん》の昼夜帯《ちゅうやおび》だ。三郷屋の女中おタヨの持ち物で、古く安価な代物だった。その帯のあちこちに五枚花弁の小さな花が縫い留めてある。綿を詰めているので僅かに盛り上がっていた。端切れで作ってあるので様々《さまざま》な色合い、紋様があり、たいそう愛らしい。娘帯としては、捨てがたい愛らしさだが、それだけでなく際立った新しさではないかと吉治は感嘆の吐息を漏らしたのだ。

「ほんとにねえ。生まれ変わったって言い方、ぴったりですよ」

おうのは笑みを浮かべ、指先でそっと帯に触れてみた。あの粗末な帯がこんなに愛らしく変わるとは、驚くしかない。華やかでも豪奢《ごうしゃ》でもないけれど、娘盛りをきちんと飾ってくれる一条だ。

「お高さんて言いましたかね。遠野屋さんが見つけてきた職人さんは」

謙蔵が問うてくる。さっき、吉治に突っ込んだときとは明らかに違う、おずおずとした遠慮がちな口振りだった。

「はい。お高さんです。十になる前からお針を使って縫い仕事をしていたそうですよ。同じ森下町内なのですけれど、こんな腕利きのお針子《はりこ》さんがいたなんて知りませんでした」

「いつものことながら、遠野屋さんの目利きはたいしたものです。人でも品でも、本当の意味で優れたものを迷うことなく見つけてしまう。いやもう感服するしかありません」

「迷わないわけじゃないでしょうが……」

おうのは、語尾を濁した。

これほどの商いを回し、これほどの催しを続ける。迷わないわけがないし、迷わない者にできる仕事とも思えない。傍《はた》からどう見えるかは別にして、遠野屋清之介は迷うが故に思案を磨き、人を見る眼を磨いてきたはずだ。むろん、天から商才を授けられたのは確かだ。しかし、その才に溺れも満足もせず地道に悩み続けてきた。だからこそ、今の遠野屋の栄《さかえ》がある。清之介の前身を薄らとだが知っているだけに、その道のりに深く感じ入る。この先も迷いながら進んで欲しいと望む。清之介のおかげで、自分も自分なりの道を見つけられた。いつか恩返しをしたいとも望む。

「それにしても遠野屋さん、遅いですね」

吉治が廊下側に首を伸ばし、少し声を翳《かげ》らせる。

「ええ、お客さまとの話が長引いているみたいですね」

「お客さまって、尾上町の親分さんでしょ」

吉治が眉を寄せ、口元を歪めた。丸顔のせいか渋面というより泣き顔に見える。

「遠野屋さん、ずい分と親しいようだけど大丈夫ですかねえ」

「大丈夫というのは？」

「いえね、ほら岡っ引の親分なんて、ごろつきと紙一重《かみひとえ》なんて輩《やから》も多いでしょう。見回り料だの揉《も》め事の収め賃だの、ほとんど強請《ゆす》り集《たか》りと変らないやり方で金をせびったりして。あ、いや、まあ尾上町の親分さんはそういう手合いとは違って頼りになるし、筋が通っているともっぱらの評判じゃありますがね。それでも、岡っ引が足繁く出入りするってのは、商いにとってあまり良くはないですがねえ」

「それはそうでしょうけど、でも、遠野屋さんと親分さんは立場を超えてのお付き合いのようですよ。あたしなんかにはよく、わかりませんが。さ、あちらはあちらとして、あたしたちは仕事の続きに精を出しましょう。おちやさん、吹野屋さんのお草履《ぞうり》に合わせて半襟《はんえり》を選んでくださいな。吹野屋さんに目利きしていただかないとね。それと、お伝えしたいことがあるんでしょ」

部屋の隅からおちやが進み出る。

「あ、はい。もうできておりますのでお願いいたします。えっと、あの、それで吹野屋さん、お色だけでなく紋様合わせもおもしろいのではないかしらと考えまして」

「紋様合わせとは、この前、わたしが言ったようなやり方ですか」

「ええ、あのお考え、とてもいいと思うのです。で、わたしなりに思案してみました。例えばこのように半襟が桜の花なら鼻緒に花弁《はなびら》を刺繡《ししゅう》したり縫い付けてみてはどうかと……」

「それは、お高さんとかいう針子さんに頼むんで？」

「刺繡は縫箔屋《ぬいはくや》さんに頼まなければ駄目かもしれません。縫い付けはお高さんに任せられます。実は二つ三つ、見本で作ってもらったんです。これを見てください」

「どれどれ。ほおほお、これはなかなかの物のようだな。ただ草履にしても下駄にしても履きやすさが何より上だからな。こちらのは少し、飾りが邪魔になるかもなあ。それに、あまり凝ると値に跳ね返る。そこのあたりが難しい」

「普段履きには無理でしょうか」

「どれどれ、おれにも見せてくれ。なるほど、鼻緒の飾りなあ。こちらは帯飾りと対になるのか。いいねえ、洒落《しゃれ》てるじゃないか」

「だから、洒落てるだけじゃ半端なんだ。要は履き心地だ。使い勝手がよくないとな。初めは物珍しくて売れても、履きにくい草履や下駄なんて一月《ひとつき》も経《た》たないうちに見向きもされなくなっちまう。履き心地と値とちょっとした洒落っ気。この三つが揃《そろ》ってないとな」

「なるほど、履物《はきもの》ってのは存外、難しいな」

謙蔵はもちろんおちやも吉治も真剣な眼差しになっている。商人の眼だ。

おうのは顔を寄せ合う三人を見下ろし、仄《ほの》かに笑んでいた。本物の商いは人を活《い》かす。生業《なりわい》を生み出し、銭を生み出し、人が人としてまっとうに生きられる道を生み出す。

遠野屋さん、やはり、あなたは大したお人ですね。

廊下の向こうに目を向ける。気持ちの内に影が差した。

あなたの生きる場所はここですよ。商いの回るところです。

心内で呟いた自分に驚く。

あたしは何を偉そうに……。自分がどこで生きるかなんて、どう生きるかなんて遠野屋さんは承知の上にも承知している。あたしが口出しできるようなお方じゃないんだ。

おうのは乳房の上を強く押さえていた。

伊佐治が嫌いなわけじゃない。さほど深い付き合いではないが実直で生真面目で、優しい人柄だと解している。ただ、その主の方はとんと得体が知れない。だからだろうか、時折、妙な胸騒ぎを覚える。

遠野屋さん、近づいちゃ駄目ですよ。

そう諫《いさ》めたい心持ちになる。伊佐治にもその主にも、遠野屋に出入りしてもらいたくない。本気で思う。

清之介が誰かに引きずられるほど、弱いとも脆《もろ》いとも考えてはいない。並外れた強靭《きょうじん》な心があってこそ、今がある。自分など足元にも及ばない強靭さだ。信じるに足る強さとしなやかさ。そうだとも、十分に信じるに足る。

この胸の騒ぎ、この心許《こころもと》なさは、多分、あたしが臆病だからだ。手にした幸を失いたくないと怯《おび》えているからだ。人の幸せがあっけなく消えると骨身に染みているからだ。遠野屋さんじゃない。

あたしだ。あたしが怖気《おじけ》ているだけなんだ。

「おうのさん」おちやに呼ばれる。

「この色合わせは、少し奇抜過ぎますか」

「え？　あ、はいはい。そうねえ、お人を選びますかねえ。でも、無難ばかりじゃおもしろくないし、こういう大胆な合わせ方もありじゃないかしらね」

おうのは視線を座敷に戻し、笑みを作る。

「遠野屋さん、遅いなあ」

吉治が呟いたけれど、聞こえない振りをした。


「それでは、裏木戸の件は安芸屋のお内儀さんの企《くわだ》てだったのですか」

念押しのように問うてみる。

伊佐治が妙に緩慢《かんまん》な仕草で首を前に倒した。疲れているのか、いつもの生気が感じられない。

「さいでやす。箱の底に日付と刻と裏の一文字を記して、渡したんだそうで」

「文ではなく箱に直に、ですか」

「へえ。安芸屋の主人てのは、昔からちょくちょく女遊びをしていたそうで、女と文のやりとりをするのも簪《かんざし》に結び付けたり、箱に書き込んだり、小細工をして楽しんでいたんだとか。お佐江はそれを知ってたんですよ。で、亭主の振りをしてお月に逢引の言伝《ことづて》をした。お月の方は、疑いもしなかったんでしょうね。で、あの夜、安芸屋のために木戸を開けて待っていた。おそらく、台所横の小間に呼び入れるつもりだったんでやしょう。実際に入ってきたのは榮三郎だったわけでやすがね」

そこで、ため息を吐《つ》き、伊佐治は僅かに目を伏せた。

「お佐江の文机《ふづくえ》の上に書き置きがありやしてね。それに、事細かく書いてありやしたよ。急ぎ書けるもんじゃやなし、お月が亡くなったと知ったときから覚悟はしてたんでしょうね。あっしが安芸屋さんと話してるのを見て観念したんだと思いやす」

「安芸屋のお内儀さんはまだ、生きておいでなのでしょう。親分さんの手当てが早くて、飲んだ毒を吐き出すことができたのではないですか」

伊佐治が渋面のままかぶりを振る。清之介を見上げた眼にも翳りが宿っていた。

「慰めてくれるのはありがてえが……そう、褒《ほ》められたもんじゃねえんで。確かに命は助かりやした。けど、まるで赤ん坊みてえになっちまって、いや、赤ん坊なら泣きも笑いもしやすが、それもなくて、一日の大半を眠っていてたまに目を開けても、呼んで返事をするわけでもなく、亭主や子どもの顔がわかる風でもなくって有り様なんでやすよ」

「しかし、お内儀さんが服毒してからまだ数日経ったばかりではありませんか。これから、回復する見込みもあるでしょう」

「ほとんどねえとのこってす」

伊佐治が自分のこめかみを指先で押さえる。

「医者によると、お頭《つむ》のどこかが毒にやられちまったそうで。治しようがないらしいんでやす。むしろ徐々に衰えていって、長くても一、二年の内に命が切れる見込みの方が高いと医者に伝えられたそうでやすよ。まあ、それが幸せなのか不幸せなのか、お佐江はまだ、安芸屋で亭主や子どもに見守られて眠ってやす。何にもわからなくなった者をお白州《しらす》に引きずり出すわけにもいかずって、御上も見て見ぬ振りをしてやすよ。この先、何らかの咎《とが》めは下されるかもしれやせんが」

「……そうですか」

返す言葉を失い、清之介は唇を結んだ。伊佐治はやや伏し目になって、話を続ける。

「お佐江の書き置きによりやすと、事の起こりは、浅草寺の境内で呼び止められて藤左ヱ門さんとの関わりを打ち明けられたことのようでして。お月は、本気で藤左ヱ門さんと惚《ほ》れ合っている、いずれは一緒になるつもりだとはっきり告げたそうでやすよ。お月がどんな思案でそんなことを口走ったのか、今となっちゃあ確かめる手立てはありやせんが……お月なりに本気だったのかどうか……わかりやせんねえ」

「本気で安芸屋さんに惚れていたと?」

「まあね、お月にも徳重って亭主がいるわけでやすから、そうそう容易《たやす》く口にできる台詞《せりふ》じゃねえと思いやすが、それをわざわざ相手の女房に伝えるってのは、よっぽどでやしょう。お月とすりゃあ、自分も安芸屋さんもきれいさっぱり夫婦別れして、いずれは安芸屋のお内儀の座に納まるって未来《さき》を思い描いてたんですかねえ。うーん、わかりやせん。安芸屋さんに確かめやしたが、そんなつもりはまったくなかったし、約束など決して交わしていないとのことでやしたが」

安芸屋にとってお月は遊びの相手、遊女のころとさして変わりはしなかった。おそらく、お月はそれを察していたのだ。口惜《くや》しい。憎い。愛しい。伊佐治の言う通り、お月の胸の内にどんな情動が蠢《うごめ》いていたのか窺う術《すべ》はもう、ない。

「お佐江は初め、相手にする気はなかったんで。亭主の遊び癖は心得ていたし、子どももいる。安芸屋さんてのはたいそうな子煩悩《こぼんのう》で子どもを不幸せにするわけがないと、わかっていたそうなんでやす」

「しかし、実際にはお月さんを……」

「お月が嗤《わら》ったんですってよ」

「嗤った？　お内儀さんをですか」

「へえ。お佐江の容姿を嗤ったんで。醜女《しこめ》だと嘲笑《あざわら》って、安芸屋さんの心は美しい自分に向いていると言い切ったあげく、その証《あかし》に店に飾ってある高直《こうじき》な扇を貢ぎ物にしてもらうと、さらに言い切ったんで。お佐江はその嘲笑いがどうしても許せなかったと書いておりやした。で、安芸屋さんが、あの扇をそっと相生町に届けようとするのに気が付き、お月を殺さねばと心が決まったんでやすよ。ただ、安芸屋さんに確かめたところじゃ、お月からあの扇をくれるならきれいに別れてもいいと言われ、つい、店の品に手を出したって顚末《てんまつ》でやしたが」

「なるほど、お月さんとすれば好いた男の女房に、嫌がらせの一つもしてやりたかった。とすれば、安芸屋さんの心が自分に向いていないとわかっていたのではありませんか。だから、お佐江さんが憎くなる。お佐江さんを苦しめてやりたくて、あれこれ策を弄して安芸屋さんが自分に気のあるように見せかけたというわけでは」

「さいでやすねえ。お月も、男の裏も表も知り抜いていたでしょうし、徳重との暮らしに苦労していたわけじゃねえ。むしろ、商家のお内儀になってそこそこ満足していた節はありやす。だから、本気で安芸屋さんと一緒になろうとしていたのかどうか……うーん、やはりよく、わかりやせんねえ。女の心の内ってのはどうにも摩訶不思議《まかふしぎ》で、あっしなんかには見通せませんや」

伊佐治は低く唸《うな》った。

清之介にも見通せない。わかっているのは、お月のどこか捻《ね》じれた想《おも》いが死を呼び込んだという、それだけだ。

「親分さん、つまり、佐賀屋さんの一件は徳重さんにもお月さんにも、それぞれに殺される理由《わけ》があったということですね」

口にして、いや違うなと思い直す。

人が人に殺されることに、人が人を殺すことに、どんな理由もありはしない。榮三郎にしてもお佐江にしても、命を脅かされたわけではなかった。ぎりぎり追い詰められはしたが、相手を殺すことより他にどんな手立てもなかったのか。現や胸の内の苦悶《くもん》に負け、殺すことを選んでしまったのではないか。

それを責めることは、おれにはできないが。

顔も名も素性も知らぬ相手を幾人も斬《き》った。怨《うら》みも憎しみもない者たちを殺した。追い詰められていたわけではない。殺すより他の手立てなど考えようともしなかった。命じられた通り木偶《でく》を斬るように人を斬った。榮三郎やお佐江を察度《さっと》できるはずもない。

「そうでやすね。まさか、夫婦で違った理由があるなんてねえ。あっしなんか、お月は徳重殺しのとばっちりを食らっちまったとばかり考えてやしたから」

伊佐治がやや、声の調子を大きくする。おそらく、清之介の思案を捉《とら》え、気を遣ってくれたのだろう。

遠野屋さん、昔は昔。もう忘れるがいいですぜ、と。

「ええ、理由はそれぞれにありやした。けど、下手人は榮三郎一人でやす。あの夜、お佐江は家から一歩も出ちゃあおりやせんからね」

「お月さんに裏木戸を開けさせる。それがお佐江さんの役目だったわけですか」

「さいで。初めに殺しの場を調べたとき、うちの旦那、ざっと三つのことに引っ掛かってたんでやすよ。扇の箱はどこにあるのか。なぜ木戸が開いていたのか。なぜ表ではなく裏木戸から入ってきたのか」

伊佐治が三本の指を順に折り込んでいく。清之介は平たい爪の付いた指先を見詰めた。

「箱はお月が竈《かまど》で燃やしてやした。殺される日のこってす。お月は、夜遅くに安芸屋さんが忍んで来ると信じていやしたから、万が一、徳重の目に触れることを恐れて灰にしたんでしょうよ。それまでは、大切に隠していて時々、取り出しちゃあ眺めていたみてえです。だから、本当に安芸屋の旦那を待っていたんでしょうね」

「哀れな話ですね」

お月には非も歪みも愚かさもあった。他人を蔑《ないがし》ろにし、嘲笑い、自ら禍根《かこん》を招いた。しかし、恋しい男をひたすら待つ初心《うぶ》な一面もあったのだ。けれど男は来ず、命を絶たれた。それがお月の現だった。

徳重もお月もひどく驚いた顔つきのまま息絶えていたと聞いた。徳重は死んだはずの榮三郎の姿に心底から驚愕《きょうがく》したのだろうが、お月はどうだったのか。己の現の無残さに吃驚《きっきょう》するしかなかったのではないか。

ふっと考えてしまう。

「木戸が開いていたのは、お月が安芸屋さんのために閂《かんぬき》を外しておいたから、裏木戸だったのは、お佐江が裏と記したからでやすね。お佐江は佐賀屋さんの家内の様子も周りの様子も知らなかった。忍び込むなら裏木戸だと思い込んでいたんでしょうね。まあ、箱は燃えちまったし、お月は死に、お佐江は物もしゃべれねえ。本当のところを確かめる術はないが、そう的外れでもねえだろうと……」

「木暮さまが仰《おっしゃ》ったのですね」

「ええ。面倒くさそうに言いやしたよ。旦那の気持ちは、この一件からはもう離れてるんですかね。まあ、お奉行所も早々《そうそう》に幕引きしろとの仰《おお》せみてえでね。読売で騒がれるような良俗に反する事件は長引かせちゃならねえってお達しでさ」

「では、佐賀屋さんの一件は榮三郎さんとお佐江さんが示し合わせての罪科《つみとが》だったと、そこに落ち着くのですか」

「のようでやす」

思わず膝を進めていた。ああ、そうなのですかと頷けない。重いほどの違和を覚える。

頭のどこかで「やめておけ」と声がした。おそらく、己の声だろう。

やめておけ。どこで幕が引かれようが、おまえに何の関わりがある？　いらぬことに踏み込むな。

さあ、遠野屋の商いに戻れ。おまえが生きると決めた場所に戻るがいい。

清之介は膝の上で手を重ね、奥歯を噛み締めた。

伊佐治が腰を浮かす。

「じゃあ、あっしはこれで。お忙しいときに、お邪魔しちまってすいやせん」

「いえ、お報《しら》せをとねだったのはわたしですから。わざわざ、ご足労いただいて」

型通りの挨拶を呑み込む。伊佐治は既《すで》に廊下に足を踏み出していた。

「木暮さまは、これで良しとされておられるのですか」

伊佐治が振り向き、僅かに眉を上げた。

「榮三郎さんは医者も巻き込んで幽霊に化けました。お佐江さんは、お月さんを殺すために裏木戸を開ける手筈《てはず》を整えました。当のお月さんを使ってです。徳重さん共々お月さんを殺すことを榮三郎さんと約束していたわけになります。そうですね」

「へえ」

伊佐治は返事をしてから、清之介に向けていた視線を逸《そ》らした。

「そんな入り組んだ、尋常でないやり方を誰が考えたのです」

伊佐治の視線が戻ってくる。今度はまっすぐに、躊躇《ためら》う風もなく清之介に注がれた。

「お奉行所は、全て榮三郎とお佐江の仕業《しわざ》として片付ける気でいやす」

「木暮さまも、ですか。木暮さまはそれで納得しておられるのですか」

しているわけがない。こんないい加減な穴だらけの結末を、あの男が受け入れるわけがない。誰が望もうとも拒み通すだろう。拒んで、どうするのか。

自分のやり方でけりをつける。

それしかあるまい。

伊佐治が向き直り、そのまま廊下に腰を下ろした。

「実は、昨日になりやすが宵方《よいかた》、八丁堀のお屋敷を覗《のぞ》いてみたんで。あっしとしても、ちょいと後味が悪いというか引っ掛かりがありやしたもんで。へえ、今でも引っ掛かっちゃあおりやすよ。お佐江が小僧から扇を取り上げてから、お月に渡せと返すまで、十日余りが経っておりやす。その日数は何だったのかよくわかりやせん」

「流れから行くと、今の屋さんと綿密に打ち合わせをして機を計っていた間と考えられますね。医者も口説かなくてはなりませんし、今の屋さんの隠れ場所も入り用でしょうし。お佐江さんと今の屋さん、二人の気持ちが固まらないと今回の件は成り立たない……成り立たぬ方がよかったのですが。それにしても、親分さん、上手《うま》く嚙み合ったものですね」

「まったくで。榮三郎にしてもお佐江にしても、日の下でまっとうに生きてきた者たちです。まっとうに生きているから殺しとは無縁だなんて言い切れやせんがね。少なくとも殺しに慣れていたはずがねえんで。なのに、互いに役目をこなし、殺したい相手を葬り去った。榮三郎が主に動き、お佐江は片棒を担いだ恰好じゃあありやすが手際が良過ぎやすよねえ。榮三郎とお佐江はどこで知り合ったのか、そこんとこもまだ曖昧なままなんで」

「曖昧を木暮さまが捨て置かれるとは、信じられぬのですが」

清之介の眼差しを受け止め、伊佐治は一度だけ瞬《まばた》きをした。

「あっしも同じ心持ちでやさぁ。だから、旦那から何か指図があるだろうと、勇んでお屋敷に出向いたんでやすよ。だってね、遠野屋さん、旦那はまだ終わっていないと、はっきり口にしたんですぜ。まだ底があるって。徳重ん家の台《ち》所でね。まぁ、些《いささ》か面倒臭げじゃありやしたが。当人がそう思ってるなら、思ったように動くはずでやしょ。もともと、上の意向なんぞ気に掛けるお人じゃありやせんしね」

「ええ、重々承知しておりますよ。で、どのようなお指図があったのです」

「ねえんですよ」

伊佐治がかぶりを振る。膝をぴしゃりと叩《たた》き、息を吐き出す。

「ない？　木暮さまはお指図を出されなかったのですか」

「さいです。指図どころかこの一件には、既に気持ちが向いていないみてえでした。あっしの見た限りはでやすが」

清之介は顎《あご》を引き、唇を嚙んだ。

気持ちが向いていない？　自分が手掛け、幾つもの穴が開いたままの一件であるのにか。それとも、あの男の眼はとっくに終結の形を見定めているのか。いや、それなら……。

「親分さんや手前に何かしらの解き明かしがあるはずですね。いつもなら、事件が片付いた後、木暮さまなりに伝えてくださっておりました」

ほらよ、これが欲しかったんだろう。

信次郎はときに薄く笑いながら、ときに真顔で、ときに気怠《けだる》げに真像を清之介たちの眼前に広げた。それはたいてい思いもよらぬ姿形をしていて、たびに清之介は目を見張り息を呑むのだ。白日の下に引きずり出された謎。明らかになった下手人や犯科人《ぼんかにん》。そこに驚愕したわけではない。現が思案を超えることとは、商いにもある。日々の暮らしの中にも出来《しゅったい》する。驚愕したのは、人の正体だ。信次郎の話に耳を傾けているうちに人は姿を変える。薄皮を一枚一枚脱ぎ捨て、あるいは、べろりと剝《む》いて本性を露《あら》わにする。

悋気《りんき》な女、強欲な男、生真面目な職人、健気《けなげ》な娘、好々爺《こうこうや》、卑劣漢、道楽息子、君子人《じん》。人は人に名目を貼り付けるけれど、名目は名目、ただの薄皮に過ぎない。薄皮の下に隠れていた人のありようには一つとして同じものはなく、似ているものさえなかった。欲も憎悪も愚かしさも優しさもみな違う。

瞠目《どうもく》するしかなかった。

伊佐治が首肯《しゅこう》する。へえへえと声だか息だかわからない音を漏らす。

「そうなんでやすよねえ。正直、そこのところが病みつきになっちまって……何というか、旦那の言葉で目の前の霧がばあって晴れるというか、見ていた景色がくらっと変わっちまうみたいなこと、一度覚えちまうとおもしろくてね。さて、今度もあれを味わわせてもらえるかと、ついつい当てにしちまうんで」

「わかります。わたしも同じですから。親分さん、似たような話を前にも交わしましたね。酒毒に侵されているようだと」

伊佐治と目を合わせる。老練な岡っ引はおぼこ娘のように頬を染めていた。

「まったくね、時々、いや度々、やってられねえって旦那を蹴飛ばしたくもなるし、何もかも放り出したくもなるんでやすが、そんな気持ちよりあの味の方がどうしても勝っちまうんですからしょうがありやせんよ」

「はい。しょうがありません。下手《へた》に足掻《あが》いて、抜け出せるものでもなし」

「遠野屋さん、やけに割り切った物言いでやすね」

「己に言い訳しても始まりませんからね。他では味わえない快楽を知ってしまった。それが幸なのか不幸なのかわたしには言い当てられませんが」

おや、おれはずい分と素直に心内を吐露しているな。

苦笑してしまう。己の素直さがおかしい。

伊佐治が勢いよく立ち上がった。真顔で清之介を見下ろす。

「もう一度、旦那のお屋敷を覗いてみやす」

「はい。ぜひに」

一礼すると、歳《とし》には不釣り合いな俊敏な動きで伊佐治は去っていった。やはり、庭蔵の横を通り裏口へと消えていく。後ろ姿を見送り、清之介は空に顔を向けた。

雲が流れていく。足が速い。天の高みでは、かなりの風が吹き過ぎているのだろうか。

ふと、寄辺《よるべ》ない情に囚《とら》われる。雲は気儘《きまま》に想いのまま空を流れているのではない。風に運ばれ何処とも知らぬ場所に行きつく。

おれはあの風なのか、雲なのか。

馬鹿な。何を今さら、つまらないことを考えている。己を叱り、両足に力を込める。足裏に廊下の硬さが伝わってくる。なのに、頼りない。足元が崩れ、身体がふわりと浮くように感じる。浮けば、天を走る風にさらわれてしまいそうだ。

「ととさま」

軽い足音をたて、おこまが駆け寄ってきた。

「ととさま、だっこ」

飛び込んできた小さな身体を受け止め、抱き上げる。とたん、足の底がぴたりと廊下に吸い付いた。寄辺なさも、心許なさも消えて、ここに立っている己を生々しく感じ取れる。

「あのね。ととさま」

おこまは大きな眼で清之介を見詰めてくる。

「もう、怖い夢、見ないの」

「怖い夢？　ああ、おとっつぁんがどこかに行ってしまう夢か」

「うん。もう、見ないの。よかった。もう怖くないよ」

「そうか」

さほど大柄でもない娘なのに、腕に確かな重さと温かさを伝えてくる。

「ととさま、かかさまが好きだった？」

「え？」

「かかさま。優しかった？　きれいだった？　ととさまは、かかさまが好きだった？」

おこまを下ろし、清之介は廊下に膝をついた。おこまの黒眸《くろめ》を覗き込む。

「おっかさんはな、優しくて美しい女人《にょにん》だったよ。おとっつぁんは今でも、とても好きだ」

おこまの禿《かむろ》をそっと撫《な》でてみる。艶やかな手触りだった。

「おこまも、かかさまのこと好き。ととさまが好きだから、好き」

あはっと、おこまが笑った。

「あの、あのね。もうすぐお菊ちゃんが来るの。一緒に、遊ぶの。あのね、お菊ちゃんのかかさまが、えっと、あのね、お人形のべべを縫ってくれたの。二つも縫ってくれたの」

「そうか。それはすごいことだぞ。よかったな、おこま」

こくりと頷き、おこまはもう一度、楽しげに笑った。

清之介は立ち上がり、おこまと手を繋《つな》ぐと表座敷へと歩き出した。

商いの場所だ。仲間たちが待っている。

そういえば、おこまを授《さず》けてくれたのは、あの男だったな。

手前勝手でいいかげんな事訳《ことわけ》ではあったが、あの男が自分の許《もと》におこまを届けてくれた。それは揺るがない事実だ。

信次郎との縁の深さに、歪《いびつ》さに心を馳《は》せる。

「あ、お菊ちゃんだ」

廊下の端に小さな影を見つけ、おこまが駆け出した。手の中には、まだ仄かな温《ぬく》もりが残っている。清之介はそれを、ゆっくりと握り締めてみた。

桜はとっくに散り終わっている。

庭に花樹が植わっているわけでもない。それなのに、一瞬、花の香りを嗅《か》いだ。茂った葉とも熟《う》れた実とも違う、ささやかな芳香だ。

木暮信次郎は読んでいた綴《つづ》り帖から顔を上げ、外に目をやった。

まだ夕七つには届かない刻だ。

光は燦々《さんさん》と地に注ぎ、日に日に強さを増す。

しかし、闇を見た。漆黒の闇ではない。行灯《あんどん》なのか月明かりなのか、あえかな光の源があって、ぼんやりとあたりを照らしているのだ。その明かりの中で女が舞っていた。

激しい舞だ。

扇が闇を裂くように、裁つように、震わすように動く。身体が幾度も回る。しかし、優雅だった。激しいけれど優雅に女は舞う。足はぴたりと地に付いたまま滑らかに動き、一分の乱れもない。

何かに似ているな。

胸の内で呟き、その何かにすぐに思案が至る。

ああ、あいつの剣か。

激しくありながら優雅、身体の芯はいささかも揺れることなく刃だけが自在に煌《きら》めく。この舞とあの剣は似ているのだ。

そうは思いませぬかな、母上。

瑞穂の指がすっと撫でる。それだけできれいに折り畳まれた扇は、何の役にも立たない具としか思えない。

手元の綴り帖が風にかさりと鳴った。母の留記《るき》だ。読み進み、読み返してみたけれど、やはり日付と天候、金銭の出入りより他に何も記されていない。ただ……。

微かな足音が聞こえた。忙《せわ》しげなわりに、落ち着いた足取りを伝えてくる音だ。そろそろ来るころだとつけていた見当より、幾分早い。

「旦那、お出《い》でやしたか」

伊佐治が現れ、縁側に腰を下ろす。

「いると知ってて来たんじゃねえのかい、親分」

「あいにく、あっしは千里眼は持ってねえんでね、旦那がお屋敷にいるかいないか見通せやしませんよ」

「いなければ帰ってくるまで待つつもりだったんだろうが。一晩中でもな。ふふ、千里眼はなくとも人並み外れた粘りは具えているよな」

「おそれいりやす。ま、あっしのことより、旦那は何をしてらしたんで？」

問う前に、伊佐治は部屋の中を見回していた。視線が素早く巡る。帳面だの紙束だのがあちこちに散らばっていて、お世辞にも整っているとは言えない有り様だ。

「また、お調べ事でやすか」

「まあな。ただ、今はちょいと幻を見ていたな」

「はぁ？」

伊佐治が腰を浮かし、まじまじと信次郎を見詰めてくる。

「旦那が幻を？　何を言ってんでやすか。まさか、毒茸《どくきのこ》でも食ったんじゃねえでしょうね」

「この時期に毒茸があるかよ。おしば婆《ばあ》さんのとびきり不味《まず》い飯しか食ってねえよ」

「じゃあ、おしばさんが飯に毒を混ぜ込んだんだ。でなきゃ、旦那が幻なんぞ見るわけがねえ。で、旦那」

縁側に座り直し、伊佐治が覗き込んでくる。

「どんな幻をご覧になったんでやす？」

まったく、何でもかんでも穿《ほじく》ろうとしやがる。

と、おかしくはあったが苦々しくは感じない。この岡っ引の勘を蔑《ないがし》ろにはできない。猟犬の嗅覚と同じだ。獲物を嗅ぎ当てる骨合《こつあい》は天性のものだと心得ている。

「旦那が幻を見るなんて、信じられやせんよ。だから、余計に気になっちまってね。出過ぎた真似《まね》だとはわかっちゃいるんでやすが、あっしも」

「おふくろ、さ」

「へ?」

「おふくろの幻を見た。今、そこで」

顎をしゃくる。伊佐治が身を捩《よじ》り、庭へと顔を向ける。

「扇を手に舞っていたぜ」

妙に緩慢な仕草で、伊佐治は姿勢を戻した。それから、また、信次郎を凝視した。

「旦那が母上さまの、瑞穂さまの幻を見た……んでやすか」

両眼を見開いたまま問うてくる。

「そうさ。何で一々、驚く。息子が母親の幻を見るのが、そんなに不思議かい」

「息子が母親の幻を見るってだけなら、別段、何ともありやせんよ。あっしもたまにですが、亡くなったおふくろの夢を見やす。けど、旦那が瑞穂さまを……ってのは、どうにも合点がいきやせんねえ。いったい、どういうことなんで?」

伊佐治の眼が底光りする。探索する者の眼つきだ。いつの間にか岡っ引根性が身についてしまったと伊佐治はときに嘆いてみせたりもするが、自分の勘に引っ掛かった出来事を執拗《しつよう》に追い求めるのは、この老人の性分だ。生まれ持った性質なのだ。

「そうさな、幻というより思い出したってのが当たりかもな」

縁に出る。伊佐治の傍《かたわ》らにしゃがみこみ、明るい光に満ちた庭に目をやる。闇などどこにもない。花もない。

「おふくろは舞の名手だったと、亡くなってからだが、度々他人《ひと》から聞かされた。おれは、まだ幼かったせいなのかおふくろがどの程度の舞手だったのか知らねえ。知りたいと望んだこともねえ。おれには関わりのないことだからな」

伊佐治が何か言いたげに唇を動かした。が、一声も漏《も》れてこなかった。

「けどよ、思い出したのさ。一度だけ、おふくろの舞姿を見たことがあるってな」

「へえ……」

「昔、おふくろは一人で舞っていた。音曲《おんぎょく》も謡物《うたいもの》もない所でな。おそらく、この屋敷のどこかだろうよ。おれは、それを見たんだ。見事だと感じていた。そして、激しいともな」

「瑞穂さまの舞が激しかったってわけでやすか」

「いや、そうじゃなかったな。動きそのものは、いたって静かだった。おそらく、あのとき、おふくろは憤《いきどお》っていたんだ。ひどく腹を立てていた」

伊佐治が顎を引く。それから、下唇を舌先で舐《な》めた。

「あっしは、さほど瑞穂さまを存じてるわけじゃありやせん。けど、何と言うか……ええ、穏やかなお人だったと覚えておりやす。腹を立てるとか、声を出して笑うとか、誰かを詰《なじ》るとかそういう、その」

「人らしい情動を表にしたことはなかった、か」

「それだと、瑞穂さまが人らしくねえように聞こえるじゃありやせんか。違いやすよ。慎み深かったんでやす。お武家の女人として心内を出さなかったんじゃねえですか」

「なるほど、上手い言い回しだ。しかし、ここにはおれと親分しかいねえんだ。角が立たぬよう言葉を選んでも意味がないぜ。ふふ、親分、おふくろは憤っていたのさ。その気持ちを持て余し、舞うことで収めようとした。それしか収める手立てがなかったんだ」

伊佐治の膝に綴り帖を投げる。

「へ、これは？」

「おふくろの留記さ。詳しく見なくていい。ほとんど何も書いていないに等しいからよ。ただな、真ん中あたり破れているだろう」

「引きちぎったのさ。何枚か引きちぎったみてえでやすね」

「へえ、確かに。鋏《はさみ》や小刀《こがたな》で切り取ったのではなく力任せに引きちぎった」

「誰がでやす」

「おふくろだろうな」

「瑞穂さまが？　こんな乱暴に帳面を破ったんで？」

「そうだ。その留記はおふくろの化粧箱の中に入っていた。他はまとめて一括りにしてあったのに、それだけ仕舞い込まれていたんだ。何度読み返しても、後生大事に隠しておくような中身じゃねえ。誰それから付け届けがあった。魚屋にこれだけ払いをした。そんなことしか書かれちゃいねえんだ。他の留記と違うのは唯《ただ》一つ、何枚かが破られている。それだけさ。おふくろにとって、破り取ったことそのものが大事だったんだ」

「どういうこってす」

「だから憤っていたんじゃねえのか。怒りに任せて真実を記したものの、それは記してはならない真実だった。だから、引きちぎり、破り捨てるしかなかった。その荒い破り方はおふくろの怒りそのものさ。前後の日付からして、おれが舞姿を見たころじゃねえかと思うぜ」

伊佐治が強く眉を寄せる。傷のような縦皺《たてじわ》が二本、眉間に刻まれた。

「旦那、どうして、そう言い切れるんでやすか。ずい分と昔の話じゃありやせんか。旦那は、まだ肩上げをしている子どものころでやしょ。いくら旦那でも、舞姿や破れた帳面から瑞穂さまの心内を測るなんて無理じゃねえですか。しかも、長《なげ》え間、忘れ去っていたわけでやすからね。違いやすよね」

伊佐治が身を乗り出してくる。

「昔じゃねえ、今だ。旦那は、今、瑞穂さまの心内を察したんじゃねえですか。どうして、今なのか、何で今さら瑞穂さまに気持ちを向けたのかさっぱり、わかりやせん。けど、もしかしたら……もしかしたら、徳重の一件と繋がってんでやすか。瑞穂さまが記した真実とやらは、記しちゃならなかった真実とやらは、今の事件と繋がってんでやすか。だとしたら、それはどんなもんでやす」

信次郎の目の前を羽虫が一匹、漂うように過《よぎ》っていく。伊佐治が軽く咳《せ》き込んだ。そのせいではあるまいが、声音がやや掠《かす》れて聞き取りづらくなる。

「あの一件、滎三郎とお佐江を犯科人として幕を引く。それを旦那は良しとされているのかと、遠野屋さんに尋ねられやした」

遠野屋か。

ここにいない男に告げる。

半ちくに首を突っ込んでくるんじゃねえよ。それとも、とことん付き合うと腹を括っているのか。

ふふん、半端な真似をしていると命取りになるぜ、遠野屋。

「こんなややこしい入り組んだ殺しを誰が考えたのかとも、尋ねられやしたよ。旦那、あっしも榮三郎やお佐江だけで回った事件だとは、どうにも思えねえんで。まして、そこに瑞穂さまが絡んでくるとなると、ますますこのままの幕引きに納得できなくなりやす」

「だろうな」

伊佐治が顔を上げ、目を細める。

「だろうなって、旦那は昨日、この一件にはあまり気が乗らない風だったじゃねえですか。あっしが何を言っても上の空というか、気持ちがねえみてえでやしたよ」

「そりゃあ親分の受け取り方だろう」

伊佐治の頬から顎にかけての線が強張《こわば》る。

「あっしはいつだって、素直に物事を受け取ってやす。だいたい、まだ終わっていないと言ったのは旦那ですぜ。そりゃあ、お佐江のこたぁ確かに驚きやした。けど、あれで底が割れたってこたぁねえでしょ。遠野屋さんの言う通りでやすよ。榮三郎の徳重への怨みとお佐江のお月への妬《ねた》みを誰かが結び付けなきゃ、この一件は成り立たねえ。二人だけで企んだとは、どうにも考えられやせん。それで、瑞穂さまの」

信次郎はかぶりを振って、伊佐治のしゃべりを遮《さえぎ》った。

「昨日は調べ物に没頭していたのさ。いろいろ気になることがあったんでな」

立ち上がり、信次郎は告げた。

「上がんな、親分。頼みてえことがある」

岡っ引の双眸《そうぼう》に光が点《とも》る。口元が引き締まった。「へいっ」。短い返事の後、足裏を拭き、座敷に入ってくる。身軽だ。伊佐治の歳からすれば隠居している者、余生を静かに暮らしたいと望む者も多かろう。しかし、この男にそんな老いた気配はない。江戸の日の下も闇の中も、まだまだ存分に動き回れるだろう。

ときに鬱陶《うっとう》しくも目障りでもあるが、頼もしいのは確かだ。

敷居を跨《また》ぎ、座敷の隅に腰を下ろしたとたん伊佐治は少し前のめりになった。

「旦那、あれは」

「ああ、徳重の家から借りてきた車簞笥だ」

「わざわざ、借りてきたんで?」

「ああ、小せぇ代物だからな。さして重くはなし、喜助に取りに行かせたのさ」

本来は小者《こもの》を務める喜助だが、信次郎の供は伊佐治の役回りになっているから、もっぱら雑用を引き受けている。伊佐治とはむろん顔見知りだ。

「何で、今さら、車簞笥なんか」

呟きながら、伊佐治が慎重な仕草で簞笥に触れる。高さも幅も二尺あまり、奥行きは一尺ほどだろう。いたって小振りだが桐《きり》を材として、実にきっちりと堅牢《けんろう》に作られていた。

「どうだ」と問うてみたら、伊佐治は戸惑い顔で首を横に振った。

「どうって言われましても、ただの簞笥じゃねえですかい。徳重はここに商売用の金包《かねづつみ》を仕舞ってたんでやしょ。物取りに見せるために榮三郎が持ち帰ったようですがね」

「奥まで腕を突っ込んでみな。何かに気が付かねえか」

「何かって、中は空っぽで……うん？」

気が付いたらしい。伊佐治が軽く息を呑んだ。

「こりゃあ、奥行きのわりに中が狭いというか、外と中で少し寸法が違いやすかね」

「奥の面に手を当てて左右に動かしながら、押してみな」

「はぁ、左右に動かして押して……わっ。外れやしたよ、旦那」

伊佐治は慌てて手を引っ込めると、改めて中を覗き込んだ。

「こりゃあ、何です。からくりでやすか」

「そうだな。金包みは無理でもちょっとした書付ぐれえなら、奥の隙間に隠せる」

「隠してありやしたかい」

伊佐治が右手をぶらりと振った。

「ああ、女の身売りの証文が五、六枚は出てきたな」

「身売りの？　帳面に記してあったやつでしょうかね」

「また、別物のようだ。こちらは証文だけあって詳しく書き込まれていたぜ。女の年齢、身分、借金の額に売値。まさに品物の扱いだな。中には姉妹、母娘、纏《まと》めて買い上げ、売りさばくなんてのもあった。目を通すかい、親分」

「遠慮しやす。聞いてるだけで気分が悪くなりやすよ」

口だけでなく本当に悪心《おしん》を覚えたのか、伊佐治の顔色がくすんでくる。

「ふふ、そうだろうな。気分のいい話じゃねえ。さすがに、徳重もこれが他人の目に触れちゃまずいと考えたんだろうよ。ただの高利貸しじゃなく、女衒紛《ぜげんまが》いの真似までしていたとあっちゃあ世間体が悪過ぎるし、女衒の女房なんて真っ平だと、お月が忌み嫌いもしたかもしれねえ。徳重としちゃあ、若ぇ女房《わけ》がそれなりに大事だったんじゃねえのか」

「それで、わざわざ、こんな仕掛け簞笥を作らせたんで」

「親分、奥の面をよく見てみな」

伊佐治は僅かに目を細めただけで、簞笥に頭を突っ込んだ。「ああ」と声が上がる。

「隅っこに名が書いてありやすね。これは……重と読めやすね。徳重の重でやすか。てことは、これを作ったのは」

「ああ、おそらく徳重本人だろうな。職人がそんな隠れ所に、客の名前を記すわけもない」

「さいでやすね。なかなかに器用な男だったってこってすか。けど、それは殺しとは関わりねえですぜ。徳重が器用だろうが不器用だろうが殺されたに決まってやすからね。それとも何ですか」

信次郎の前にどかりと座ると、伊佐治は背筋を伸ばした。

「徳重が、この簞笥を作ったことと殺されちまったことは繫がるんで？　その繫がりを旦那は見てるんでやすか。見えてるんでやすね」

膝の上で皺の寄った手が握り締められた。

「今、話してくれとは言いやせん。言っても詮無いとわかってやすからね。ただ、お指図はいただきやすぜ。旦那、あっしはどう動き、何を探りゃいいんです」

猟犬の眼つきになって、伊佐治が迫ってくる。さあ早く解き放てと苛立《いらだ》っていく。そのくせ、落ち着いて耳をそばだて、信次郎の一言一句を聞き漏らすまいとしている。

どこまでも重宝な親仁《おやじ》だな。

重宝で使い勝手がよく、とびきり役に立つ。この上ない岡っ引だ。

「今、どのくらい手下を動かせる」

「すぐになら五人でやすかね」

「では、その内の一人を医者の所にやってくれ。お佐江を診た医者だ。もう少し詳しく、病状を聞き出してもらいてえ。どんな毒を飲んだのかもな」

「へい」

「後は少し手間になる。行方を捜して欲しい者がいる。もしかしたら、向島《むこうじま》の渋江村《しぶえむら》にいるかもしれねえ。ただ、大昔のことだからな、もうとっくに死んじまった見込みも大だ」

「心得やした。で、捜し出してどうするんで」

伊佐治の前に一枚の似顔絵を差し出す。

「これは……」

「知り合いの似顔絵師に描かせたものだ。これに似た男を知っているかどうか尋ねてみてもらいてえんだ。それと、東周とか言う、榮三郎の幽霊仕立てに一役買っていた医者の身辺をもう一度、洗ってくんな」

信次郎の言葉一つ一つに頷きながら、伊佐治の頭の中で手下を動かす段取りができていく。回る車輪に似た音が聞こえてきそうだ。

矢継ぎ早に幾つかの指示を出した。迷いはない。今日一日で、欠けていた最後の一片を収まるべき場所に収めた。後は、出来上がった絵図に現を重ねていくだけだ。

「わかりやした。早速に手下を集めやす」

まだ、事の全容は報《しら》せていない。何のために動き、走り、探るのか見当がつかないだろう。しかし、一言の疑念も挟まず己に課された仕事だけを確かめると、伊佐治は江戸の巷《ちまた》に飛び出していった。

さて、遠野屋はどうするか。

散らかった座敷の中で考える。

遠野屋は伊佐治とは違った意味で有為な駒だ。使い方は些《いささ》か面倒ではあるが、その分、他の者にできない働きをしてはくれる。

手のひらを広げ、目に見えない駒を転がす。

いつでもお出でください。お待ち申し上げておりますから。

どこか冷ややかで、そのくせ儀礼のそっけなさはなかった。そつのない商人の台詞の裏に挑発の気配を含ませて、遠野屋は頭を下げたのだ。

指を折り込む。手の中で何かを握り潰す。

待っているか。上等じゃねえか。

逃がしはしない。人らしく生きて、人として死ぬ。褥《しとね》に横たわり、家族に見守られ、満足の内に息を引き取る。

そんな陳腐な幕引き許しはしねえぜ、遠野屋。

信次郎は指を開き、庭に視線を流した。

闇はない。光だけがある。

母の舞姿は掻き消えて、二匹の蝶《ちょう》が白い翅《はね》を煌《きら》めかせているだけだった。

お佐江が亡くなった。

医者の診立てだと半年か一年は持つはずだったが、一月も経たぬ間に息を引き取った。昏々《こんこん》と眠り、たまに目覚めても乳飲み子に似た意味の解せない声を発し、また眠り、ある朝、花が散るようにことりと逝《い》った。御上の恩情なのか、住み慣れた『安芸屋』の一室で家人に看取られての死だった。

「それがまあ、たった一つの救いっちゃあ救いかもしれやせん」

伊佐治が息を吐く。その頭上を燕《つばめ》が鳴き交わしながら、飛び去っていった。

「安芸屋さんは、どうなります？　どんなお裁きが下るのでしょうか」

清之介は石段を上りながら、燕の動きを目で追う。空は臙脂色《えんじいろ》に燃え、下方を濃鼠《こいねず》に縁どられた雲はほとんど動かない。地には漆黒の影が長く伸びていた。燕は空と地の間を縦横に飛び、どこかに消えていく。美しさと不気味さの間《あわい》にあるような日暮れの光景だ。

「そうでやすねえ。直に殺しに手を染めたわけじゃなし、戸締めぐれえで済ませてもらいてえとは思いやすが、そんなに甘くはねえでしょうね。女房が殺しの荷担をする、その因を作っちまったんですから。あっしのこれまでの見聞からすれば財産没収の上、江戸十里四方御構《おかまい》あたりに落ち着く気がしやす」

「それは、何とも厳しい……」

現はいつも厳しい。誤った者を容易く赦《ゆる》してはくれない。

「女房も店も失《な》くしちまったわけでやすからねえ。安芸屋さんの女遊びの代償、とんでもなく高くつきやした」

伊佐治の横顔も臙脂色に染まっていた。もごりと唇が動き、顔が上がる。

「けど、うちの旦那はたぶん所払《ところばらい》ぐれえで済むんじゃねえかって言うんでやす」

清之介も前に視線をやる。石段を上っているせいか、黒羽織の背中はいつもよりずっと大きく見えた。西日を受けて、てらてらと艶めく。

「どういうことです？　安芸屋さんの刑が軽くなる拠《よ》り所を、木暮さまはお持ちなのでしょうか」

わかりやせんと、伊佐治はかぶりを振った。

「このところ、旦那の指図であちこち探り回りやした。驚くことも、腑《ふ》に落ちねえこともありやしたがねえ。うーん、それがどんな風に、どこで結び付いていくのかさっぱりわかりゃしやせんよ。まあ、それはいつものことなんで苦にはなりませんがね。むしろ」

そこで伊佐治は唇を舐め、微かな笑みを浮かべた。

「楽しみじゃありやす。さっぱりわからねえところをどう解き明かしてくれるのか、ちょいと心待ちしてしまいやすね」

「ええ、よくわかります。今日、わたしが呼び出されたのもそこに与かっているのでしょうが。どう与かるのかは……」

「さっぱりわからねえ、でやすね」

「まさに。さらに言えば、呼び出されていそいそ駆け付ける自分の心内も、些か謎です」

いや、謎などではない。信次郎から、おもしろい芝居を観せてやろうとの文が届いたとき、用心の気持ちは動いたが、迷いは起こらなかった。

ぜひに見物させていただきましょう。

目の前に信次郎がいたなら、即座にそう返答していただろう。

むしろ、楽しみじゃありやす。伊佐治の生直《きすぐ》な情懐はそのまま清之介の想いでもあった。ただ、用心の気持ちはずっと動き続けている。

伊佐治はわかる。謎解きの場面に腹心の岡っ引を伴なうのは、理屈に合っている。けれど、我が身は違う。弥吉の主という立場ぐらいしか、この件との繋がりはない。それもいたって細い繋がりではないか。ただの気紛れで、あるいは面白半分に信次郎が自分を呼び出したとは考えられない。清之介に己の手並みを見せつけようとか、望むなら同座させてやろうとかの心意でもなかろう。そんな虚栄の心とも気配りとも無縁な男だと、重々承知している。では、なぜと考え、答えを摑《つか》めぬまま呼び出しに応じた。〝楽しみ〟が用心に勝ったのだ。

石段を上りきり、境内に入る。どこかで時鳥《ほととぎす》が鳴いていた。

「ここは、木暮家の菩提《ぼだい》寺《じ》なのですね」

「へえ、宝来寺でやす。けど、墓参りにあっしや遠野屋さんを伴うのもおかしな話でやすからね。旦那の狙いは別にあるはずなんでやすが」

伊佐治が口をつぐむ。庫裡《くり》の陰から僧が一人、現れたからだ。墨染《すみぞめ》衣《ごろも》のせいではあるまいが、濃い影から滲み出たように思えた。

「おお、これはこれは信次郎どの、よう参られましたな」

「ご住持、過日は馳走《ちそう》になり申した」

「はは、不味い茶を馳走と申されるか。些か居辛《いづら》い心持ちになりますな」

「いや、茶の味はもとよりご住持と話を交わした一時が慰みにもなりましたので、今日は、文に認《したた》めました通り古い知人を連れて参りました」

信次郎が振り向く。柔らかな笑顔だ。

「こちらは宝来寺のご住持、慶達どのだ。ご住持、尾上町の『梅屋』と森下町の『遠野屋』のご主人でござる。『遠野屋』の名前ぐらいはお聞き及びかもしれませんな」

「おお、知っておりますとも。僧の身と言えども、〝遠野紅〟の評判は耳に入っております。信次郎どのとお知り合いとは存じませんでしたがの」

「旧知の間柄でござる。実はこの遠野屋、巨万の富を手にしながらこのところ気分が優れぬのです。

鬱々《うつうつ》として日々がおもしろうないとか。我らからすると、贅沢《ぜいたく》にも思えますが煩悩、心垢《しんく》は人それぞれ。寺に参り、ご住持と語らうのも薬効あるかもと思い立った次第です。そうだな、遠野屋」

慶達が視線を向けてくる。清之介はわざとゆっくりと頭を下げた。

「巨万の富を手にした覚えはありませぬが、慶達さまのお話を伺えるのなら何よりかと存じまして、木暮さまにお供いたしました」

「それはそれは、まあ拙僧の説教などいかほどのありがたみもございますまいが、茶など点《た》ててしんぜましょうかの。茶室に案内いたします」

「いや、それより二人にご住持の苔《こけ》庭を見せていただきたい。二人とも、あの庭は見事なものだぞ。一見に値する」

もう一度、頭を下げる。伊佐治も小袖の前を叩きながら、低頭していた。

巨万の富を手にしながら、鬱々と日を過ごす商人。それが今日の役どころらしい。

これでは見物客ではなくて役者側だな。しかも、筋書も台詞も知らない役者だ。

伊佐治が見上げてきた。その眼に無言で頷き返す。

確かに美しいものだった。苔の深い色と匂いが目にも鼻にも染みてくる。すぐに茶と菓子が運ばれてきた。大兵《だいひょう》といって差し支えない体軀《たいく》の僧が三人、膝前《しつぜん》に盆を置くと一言も発しないまま部屋を出て行った。

伊佐治が隣で身動《みじろ》ぎする。

「実は、思い出したことがございまして」

唐突に信次郎が口を開いた。庭とも茶とも無縁の話題だった。

「前に申し上げました母の言葉についてですが」

慶達が首を傾げ、問うように瞬きした。心当たりがないらしい。

「それがしが覚えておる母の言葉です。『死の間際、何を見たのであろうか』と。そのようにご住持にお伝えしましたが間違っておりました」

「と、申されますと?」

「正しくは『死の間際、何を見るのであろうか』ではなかったかと思い出されたのです」

慶達は僅《すが》かに目を眇めた。柔和な表情が曇る。信次郎が何を言いたいのか、何を言い出すのか察しかねているのだ。それは清之介も、おそらく伊佐治も同じだ。

「何を見たのかとは、既に過ぎた事を問うこと。何を見るのかであれば、未来《さき》に心を馳せているわけでござる。それがし、桜の散るころにちょっとした事件を手掛けておりました。相生町の口入屋の夫婦が殺された件、ご存じかな」

「いえ、寺におりますと俗世とはどうしても縁遠くなりますゆえ。それが何か?」

「その夫婦の死に顔に引きずられて、母の言葉を違《たが》えてしまったわけです。母は誰かの死に顔を見たわけではなく、まだ生きている誰かが死の間際に何を見るのかと、呟いた。それが事実だったと今さら、気が付いた有り様です」

慶達は手の中の数珠《じゅず》をじゃらりと鳴らした。

「信次郎どの、瑞穂どのが亡くなられて二十年の上の年月が経ちます。母御《ははご》を思う気持ちは尊きなれど、いつまでも拘《こだわ》り続けるのは現世の重荷ともなりますぞ」

「ここからの帰りだったはずでござる」

慶達の口元が歪んだ。

「それがしの記憶だと、ここでご住持と母が話した帰り、それがしが初めてこの庭を見た帰り、母はそう呟いたのです。『死の間際、何を見るのであろうか』と。とすれば、あれはご住持のことだったのでしょうな。ご住持が最期にどんな光景を見るのかと、母は息子相手に、いや、独り言のように口にした。では、ありますまいか」

ははと、慶達が笑った。穏やかな笑い声だった。

「どうでございましょうかなあ。拙僧に答える術はございませぬ。何度も申しますが二十年も昔の、まして、まだ童《わらわ》であった信次郎どのの話をどこまで本気に聞けばいいのか、本気に聞いてどう答えるべきか、迷いまする。ただまあ、拙僧はまだこうして生きておりますから、最期の光景とやらを見るのはまだこれから。仏の御許《みもと》に参りましたら瑞穂どのに教えて差し上げましょうかのう」

「穴の底ではありませぬかな」

「は?」

「ご住持が死の間際に見るものは、地に掘られた穴の底でしょうな。今回の事件、直に手を下したわけではないので死罪ではなく下手人かと思われます。まあ、首を落とされるのは同じでございますが、様《ためし》ものにされぬだけよろしかろう。あぁ、しかし、事の企ては全てご住持の仕業と明かされれば、死罪に値するとのお裁きが下るやもしれませんが」

慶達の黒目が左右に振れる。縋るような視線があちこちに動く。

「信次郎どの、もしや、鬱々として気が晴れぬのは御身《おんみ》なのではありませぬか。気鬱がゆえにあらぬ妄想を口走っておられるのでは」

「いや、それがしはいたって正気でござる。どこまでもとぼける腹積もりなら、これをご覧いただきたい」

信次郎が一枚の紙を取り出し、慶達の前に広げた。清之介の座からもよく見える。ただ、似顔絵らしいという以外はわからない。

「これは殺された口入屋の亭主、徳重を若くしたものです。腕の立つ似顔絵師に描かせました。死に顔を若くしての絵なので、そっくりというわけにはいきませぬが、なかなかよく似ているとは思えます。これを持って、手の者に渋江村まで行かせました。渋江村は『竹乃屋』の主人の在所でござる。『竹乃屋』、ご住持は知っておられますな」

「むろんです。あの箱屋でしたな。百両箱を作った……」

「さようさよう。あの盗みの一件の後、暫くして店を畳み在所に戻ったそうです。で、その主人は二年も前に亡くなっておりましたが、お内儀の方はまだすこぶる元気なようで、この男のことを」

信次郎の指が似顔絵の真ん中を指した。

「よく、覚えておりましたよ。重蔵《じゅうぞう》という職人、百両箱を二つ作り、盗みの片棒を担いだあげく逃げ出した職人に間違いないと言い切りました。一生忘れられないとも申しました。つまり、重蔵は江戸に舞い戻り捕まり処刑された、のではなく、徳重と名を変えて江戸の町でしたたかに生きていた。そういうことになりまする。どこぞで商売を始め、そこそこの身代を築いていたようですが、その商いの元になったのは、この寺から盗み出された百二十両でありましょうな。まあ、どういう塩梅《あんばい》に分けたかまでは判じられませぬが、商いの元手にはなりうる額であったのでしょう。あ、いや」

何か言いかけた慶達を信次郎は身振りで止めた。

「似顔絵のこと、耄碌《もうろく》した婆さまの戯言《ざれごと》といなしてはなりませんぞ。もう一つ確かめたことがございましてな。この重蔵、朝は必ず湯で顔を洗うという、真夏であっても湯でなければ駄目だという、些か変わった癖《へき》があったようで、それが徳重とも重なるのです。実は、それがしも役所の旧記を調べ上げてみました。しかし、ご住持の言われた通りのこと、重蔵が刑に処せられたという記載は一切、ございませなんだ。とすれば、ご住持はそれがしに嘘を申されたことになる」

「嘘だなどと……。拙僧も歳ゆえ、思い違いは多々あったかもしれませぬ。それなら謝らねばなりませぬが、嘘と決めつけられるのはちと心外でございますなあ」

やれやれと、信次郎がため息を吐き出す。

「御仏《みほとけ》に仕えるわりに往生際が悪うござるな。では、しかたない。こちらから全て、話をさせていただこう。まずは、二十年前、寺の金を盗み出したのは重蔵と大工の佐吉、この二人ということになっております。二人とも腕の立つ職人ながら博打にはまり、金が入り用だった。重蔵と佐吉は賭場で知り合い、たまたまこの寺に関わる仕事をしていたことで悪巧みを企てたという筋書となっておりましたな」

慶達が顎を引く。目を細め、信次郎を凝視する。

「しかし、賭場というところは飽くまで人の目、世間の目、法の目を盗んで集うところ。まっとうな場所ではござらん。そこで、幾ら町人とはいえ互いの素性を明かして結び付くとは、いささか考え難《がと》うござりましょう。二人とも、まだ職人であったわけで一応は日の下で生きていたわけでござるからな。だとしたら、重蔵と佐吉を結び付け、なおかつ、寺に金があることを知っていた者がいる。そう考えるのがよろしかろう。いや、金を手にするために重蔵と佐吉のいる店に仕事を回したのかもしれませぬ。つまり、百両箱の消えた細工を一から十まで仕切ったわけです。重蔵と佐吉は手先に使われたに過ぎない」

伊佐治が傍らで息を吸い、吐いた。張り詰めた気配が清之介にも伝わってくる。

「その者がご住持、慶達どのでございますな」

「何を証として、拙僧を疑われるか。甚《はなは》だ乱暴、些か無礼でございますぞ」

「ご住持がそれがしに嘘をつかれたからです。重蔵が処刑されたとあまりに大きな虚言でござった。思い違えるには大き過ぎはしませぬか。ご住持は江戸に帰り、正体を隠して暮らしていた重蔵、佐賀屋徳重を見たのでしょう。あるいは、どこかでばったり出逢ったか。ふふ、おそらく賭場でござろうな。賭場でばったり……。ご住持にすれば、徳重は生きていてはならない相手だった。その口から万が一にも真実が漏れれば、命取りになりかねない。いや、寺の金に手を付けただけの話ではない。寺の勘定方の僧を毒殺しようとした罪もござる」

「これはまた何を言われるかと……」

「さらに言わせていただく。ご住持、同じ毒をお佐江にも渡しましたな。いざとなったら、これを飲めと。楽に死ねるとでも囁《ささや》いたかもしれませんな」

「旦那」

我慢できなかったのか、伊佐治が腰を上げた。信次郎は振り向き、にやりと笑う。

「そうさ、佐賀屋殺しの一件、仕組んだのはこの坊主だ。徳重の口を塞ぐためにな。おそらく、徳重は多くを知り過ぎてたんだろうよ。おれが思うに、この坊主、賭場の胴元をしていたんじゃねえのか。胴元なら客の素性を全て知っていても不思議じゃねえからな。勘定方はそれに気が付いていた。二つ年上のなにくれとなく面倒を見てくれた相手だと言ったよな。弟のように接していた慶達が裏では賭場を仕切り、かなりの金子《きんす》を稼いでいた。その事実に気付いちまったのさ。だから、殺されたんだ。毒を盛られたんだよ。百二十両の金を盗んだのは、金そのものより勘定方を自裁に見せかける口実が欲しかったからかもな。とにかく、徳重はそのことを知っていた。ずい分と厄介なやつじゃねえか。佐吉って大工の方はおそらく生きちゃいまい。事件の前に泣いてたっていうから、自分がこれから犯す罪に怯えてたんだろう。そういう男だ。逃げ出したのはいいが、すぐに舞い戻ってきたんじゃねえのか。で、慶達に殺された。邪魔でしかねえものな。殺されて、寺の墓場のどこかに埋められて、今はもう骨だろうがよ。で、図太い徳重は盗んだ金を元手にしてどんな商いをしたのか、しこたま貯《た》めて江戸に戻っていた。十年ほど前のことらしいが。そのまま、おとなしく地道に暮らしていればつつがなく生きていけたかもしれねえ。けど、ついつい、昔の虫が動き出して、賭場に顔を出したんだろう。そこで慶達に見られた。徳重は気が付かなかったかもしれねえが、慶達にはすぐにわかった。賭博に殺し。これがばれちゃあ、まあ、間違いなく首は刎《は》ねられる。で、その厄介な相手の口封じを企てたのさ」

「それが榮三郎やお佐江を使っての、あの殺しになるんで」

伊佐治が腰を浮かしたまま、何度も唾を呑み込む。

「そうさ。徳重の身辺をきっちり調べたんだろうな。それで榮三郎と、お月絡みでお佐江が引っ掛かった。安芸屋の先代は博打にはまっていたそうだが、出入りしていた賭場ってのは慶達、おめえの開いてた鉄火場じゃなかったのか。だとしたら家内の様子はある程度摑めていたはずだ。後は、榮三郎とお佐江の二人をそそのかし、操ればいいだけだ。ちっと手間はかかるが、慶達自身が疑われる見込みは万に一つもねえ。何でも、徳重殺しの夜、在家信者を集めて夜通しの読経をしていたそうじゃねえか。修行と称してな。何から何まで、きっちり仕込んだもんさ。榮三郎もお佐江も追い詰められて、静心《しずごころ》を保てなかったんだろう。上手いこと口車に乗せられちまった。けど、勘定方とお佐江に同じ毒を使ったのは拙《まず》かったな。よく似た症状、よく似た死に方、おれでなくとも怪しいと疑うぜ」

じゃら。また、数珠が鳴った。

「あ、それとおふくろの形見の舞扇、その紙の間にさらに一枚紙が挟んであってな、勘定方が介抱するおふくろに、慶達がやったと告げたそうだ。そう書いてある。ただ、賭場に出入りする者の中に高位の武士がいた。そのために、裁きの手が及ばぬまま、賭場は一時、消えちまったそうだな。おふくろは詳しく書き記していなかったが、その高位の武士ってのが奉行所絡み、親父《おやじ》の上役に繋がる誰かだったんじゃねえのか。だから、おふくろも黙り込み、知らぬ振りをするしかなかった。まあ、賭場が消えたのは事実だ。それはそれで良しとしなきゃなるめえさ。ところが、この坊主は性懲りもなく、ほとぼりが冷めたころにまた賭場を開いたってわけさ。あぶく銭を儲《もう》ける欲に抗《あらが》えなかったのかい、慶達。東周って医者もそこに出入りしていた。駒は揃ったってとこで」

じゃらっ。数珠が飛び散った。慶達が立ち上がる。同時に隣室の襖《ふすま》が開いた。白刃《はくじん》を手にした僧が数人、雪崩《なだ》れ込んでくる。

「馬鹿者が。したり顔にしゃべりおって。生きてここからは出られぬぞ」

信次郎が肩を竦《すく》める。長脇差を清之介に投げてよこし、もう一度、竦めた。

「だとさ。後は頼むぜ、遠野屋」

商人の役だけでは済まさない。そういうことか。

清之介は立ち上がり、気息を整えた。

茶を持ってきたときから、ただならぬ気配は感じていた。僧侶のものではない。賭場の用心棒も兼ねている輩なのだろう。

鞘《さや》を払う。刃引きはしていない。蒼く煌めく真剣だ。

「親分さん、下がっていてください」

「遠野屋さん」

伊佐治が今にも泣きそうに、顔を歪めた。

「やれ。三人とも殺せ」

慶達が叫ぶ。雄たけびを上げて、男が刃を振りかざしてきた。清之介は腰を落とし、その腹に刃《み》背《ね》を打ち込む。すぐに引いて、ちらりと信次郎を窺った。

薄く笑っている。

罠にかかったのは宝来寺の住持なのか自分なのか。

まったく、どうしようもない男だ。

一際、大柄な男が跳びかかってくる。速いけれど隙だらけだ。

清之介は静かに刃を薙《な》いだ。


「まったく、どうしようもありやせんよ」

伊佐治が長く細い吐息を漏らした。

「遠野屋さんには、またまた、とんでもねえ迷惑をかけちまって」

「親分さんが気に病むことじゃないでしょう。別に怪我《けが》をしたわけではありませんし。着物の裾が茶で汚れはしましたが」

「旦那に洗濯させてやりまさぁ。ほんとに、何と言ったらいいのか、とことん性根の悪いお方でやすよ。ああなることがわかった上で、遠野屋さんを引っ張り出したわけでやすからねえ。それだけじゃなくて、遠野屋の主人と顔見知りになる機会を餌にして、慶達を釣ったんでやす」

「慶達はわたしを賭場に誘い込めると考えたのでしょうか」

「でしょ。大店の主が網にかかったと、ほくほくしてたんじゃねえですか。実際、網にかかったのは自分でやしたが」

昨夜の焼け空《やぞら》が約束していたのか、今日は碧空《あおぞら》が広がっている。日差しも強く、汗ばむほどだ。遠野屋の座敷には風が通り、夏鶯《なつうぐいす》の声が時折、響いてきた。

「親分さん」

「へい」

「木暮さまが仰っておられました扇のことですが」

「ああ、瑞穂さまが勘定方のお坊さまの遺言を聞いて、扇に隠し文を挟んでいたってやつでやすか」

「あれは、木暮さまの作り話でしょうね」

伊佐治は清之介から庭へと視線を移した。雀《すずめ》たちが柿の木の根元をさかんに穿っている。

「遠野屋さん、どうしてそう思われたんで?」

「あまりに都合がよ過ぎるからです。よしんば、確かに聞いたとしてもそれを隠し文にするとは考え難いのです。わたしは母上さまのことを何一つ知りませんが、いつ人の目に触れるかもわからないやり方で、伝言を残すような方ではない気がします」

「まあ、旦那の母親でやすからね。あっしもそう思いやす。瑞穂さまは誰であろうと何かを託すようなお人じゃなかった。ただ、旦那が言いやしたよ。おふくろはひどく腹を立てていたと。憤りながら舞っていた。その姿を見たんだそうで。あのころ、賭場が一つ、二つ消えたのは事実のようで、それはお役所の旧記にもたった一行ですが記されていたそうでやす。だから、お偉いお武家が出入りしていて、うやむやになったってのも本当かもしれやせん。瑞穂さまは何もかもを見通していた。けれど、どうにもできなかった。だから、怒りを抑え込み慶達を見逃すしかなかった。そういうことなんでしょうかね。そのお怒りが命を縮《ちぢ》めたとまでは言い切れやせんが」

「母御が木暮さまを伴って慶達と話をしたのは、法の網をかいくぐり生きる悪人を見せておくためだったのでしょうか」

伊佐治は暫く思案し、違うでしょうと言った。

「そのときは法要か何かの話で、終始、穏やかだった気がすると、旦那の記憶でやすから確かでしょうよ。瑞穂さまはご自分の情を抑え込んだのだと思いやす。腹立ちにしろ、悲しみにしろ、情に振り回されるこたぁなかったんじゃねえでしょうか。ただ……」

「ただ?」

「慶達のような悪人がどんな死に方をするのか興を引かれていたのかもしれやせん」

「悪を許せないとか、憎むとかではなく興を引かれていた、ですか。なるほど、どうしてだか納得してしまいますね」

木暮瑞穂。さて、どういう女人であったのか。おそらく、今までのおれの人生で逢ったことのない、似た者さえいない、そんな方だったのだろう。

その方はわかっていたのではないか。自分の小さな息子がいつか、憎形《そうぎょう》の悪を亡ぼすだろうと。そう考えるのも、おれの手緩《てぬる》さのせいだろうか。

慶達は今朝方、捕らえられた牢の中で死んでいた。隠し持っていた毒を含んでの最期だった。伊佐治はそれを伝えに来たのだ。伝えた後に、「これで本当に終わりやしたよ」と呟いた。いつものことだが、事件が落着した後、伊佐治は急に老けて、萎《しぼ》む。次の事件に駆り出されるころには、すっかり回復し、前より若やいでいるのだが。

「親分さん、わたしは木暮さまにお尋ねしたのですよ」

「へえ、何をでやす」

男たちをみな刃背打ちで倒し、伊佐治が捕縛した慶達を引っ立てていったとき、清之介は信次郎に尋ねてみた。

「木暮さまには母上さまのお気持ちを晴らしたいという想いが、僅かでもあったのですか」

どんな答えを待っていたのか、自分でもわからない。この男と母親との結び付きがどのようなものか知りたかった。それだけだった。今を逃したら問える機会はもうないだろう。

信次郎は笑った。

嗤笑《ししょう》でも冷笑でもなかった。嬉笑《きしょう》でも朗笑でもない。この笑みをどう呼べばいいか、摑めない。

その笑みを消して、信次郎が言った。

「遠野屋、今日は世話になった。礼の代わりにいいことを教えてやろう」

半歩、前に出てくる。清之介は固くこぶしを握った。

「人は人を頼りに生きられはしねえよ。親だろうが子だろうが、他人は他人、自分じゃねえんだ。誰かをよすがにしちまったら、そこでお終《しめ》えだぜ。誰かに支えられないと生きていけねえやつが、誰かを支えることなんざできやしねえのさ」

おこまの姿が浮かんだ。「ととさま」と呼ぶ声が聞こえた。同時に胸の奥が熱くなる。憎悪が炎の形で渦巻く。火の粉を散らし、唸りを上げる。

この男が憎い。殺してやりたい。

信次郎が背を向ける。転がった茶碗を跨ぎ、外に出て行く。

殺してやりたいほど憎い相手が去っていく。

清之介は指を握り締め、乱れた座敷の中に立っていた。


「遠野屋さん、どうしやした」

伊佐治が覗き込んでくる。

「うちの旦那に何を尋ねたんで」

「あ、いや……いいのです。もう、いいのです」

風に乗って、おこまの笑い声が届いてきた。今日もお菊が遊びに来ているのだ。

「子どもの笑う声ってのは、いいもんでやすねえ。気持ちがさっぱりしまさぁ」

伊佐治はさらりと話題を変えて、楽しげな表情を作った。

清之介は束《つか》の間、目を閉じる。
殺してやりたいほど憎い相手がいる。その現をどう受け止めればいいのか。
目を開ける。光が染みる。
その光を吸い込んで扇が舞う。舞いながら光そのものになっていく。
夏鶯が鮮やかに鳴いた。

「小説宝石」二〇二〇年六月号〜二〇二一年一・二月号掲載作品を加筆修正しました。

あさのあつこ

1954年岡山県生まれ。小学校の臨時教員を経て作家デビュー。「バッテリー」シリーズで野間児童文芸賞、日本児童文学者協会賞、小学館児童出版文化賞を、『たまゆら』で島清恋愛文学賞を受賞。児童文学、青春小説、SF、ミステリー、時代物と、幅広いジャンルで活躍。初の時代小説『弥勒の月』は魅力的なキャラクターが称賛され、「弥勒シリーズ」として作品を重ね、累計77万部を突破する。本作が第十作目となる。

花下《かか》に舞《ま》う

2021年3月30日　初版1刷発行

著　者　あさのあつこ
発行者　鈴木広和
発行所　株式会社 光文社
〒112-8011　東京都文京区音羽1-16-6
電話　編　集　部　03-5395-8176
書籍販売部　03-5395-8116
業　務　部　03-5395-8125
URL　光　文　社　https://www.kobunsha.com/

組　版　萩原印刷
印刷所　萩原印刷
製本所　ナショナル製本

落丁・乱丁本は業務部へご連絡くだされば、お取り替えいたします。

ISBN978-4-334-91393-9

生きるのか死ぬのか。愛すのか憎むのか。あさのあつこが放つ江戸の巷の物語

「弥勒《みろく》」シリーズ好評既刊

累計77万部

【光文社時代小説文庫】

心に虚空を抱える同心木暮信次郎。深い闇を抱える商人遠野屋清之介。宿命に抗う男たちの、生きる哀しみと喜びを描く。

弥勒の月《みろくのつき》

商人遠野屋清之介と同心木暮信次郎。一人の女の死によって、出逢ってしまった宿命の二人。著者初の時代小説。シリーズ第一弾。

夜叉桜《やしゃざくら》

江戸の町で女郎が次々と殺されていく。死んだ女の簪が、因縁の二人を引き寄せる。生きる哀しみが胸を裂くシリーズ第二弾。

木練柿《こねりがき》

女中おみつ、義母おしの、赤ん坊おこま、梅屋の嫁おけい。遠野屋の身近で起こる事件を追いかける連作集。シリーズ第三弾。

東雲の途《しののめのみち》

屍体に隠された瑠璃石に導かれ、清之介と伊佐治が西へと向かう。ついに清之介の秘された過去が明らかに。シリーズ第四弾。

冬天の昴《とうてんのすばる》

同心仲間が女郎と心中した。その死を探り始めた信次郎が突然消えてしまう。恋のもつれか、謀りか。シリーズ第五弾。

地に巣くう《ちにすくう》

今は亡き父と向き合い、息子は冷徹に真実を暴く。信次郎の父右衛門の衝撃の過去が明らかになる。シリーズ第六弾。

花を呑む《はなをのむ》

とろりと甘い匂い。口から溢れる深紅の牡丹。妾に怨み殺された男の怪異に因縁の二人が挑んでいく。シリーズ第七弾。

雲の果《くものはたて》

殺された女と焼けた帯。病死した男と遺された帯。謎めいた帯の奇妙な繋がりが、男たちを衝き動かす。シリーズ第八弾。

鬼を待つ《おにをまつ》

清之介を翻弄する亡き女房と瓜二つの女。五寸釘が首を貫く禍々しい死。欲に呑み込まれていく、商いと政。シリーズ第九弾。